不绝的韵律

百 读 中 国

尚
书
房

诗说新语

李白们是怎样作诗的

野 莽/文　聂鑫森/画

文化发展出版社
Cultural Development Press

图书在版编目（CIP）数据

诗说新语：李白们是怎样作诗的 / 野莽著；聂鑫森画．—北京：文化发展出版社有限公司，2016.9
ISBN 978-7-5142-1475-8

Ⅰ．①诗… Ⅱ．①野… ②聂… Ⅲ．①古典诗歌－诗歌欣赏－中国－当代 Ⅳ．① I207.22

中国版本图书馆 CIP 数据核字 (2016) 第 186835 号

诗说新语：李白们是怎样作诗的

野莽 / 著　聂鑫森 / 画

出 版 人：赵鹏飞
总 策 划：尚振山
责任编辑：曹振中　罗佐欧
责任校对：郭　平　岳智勇　　责任印制：孙晶莹
责任设计：侯　铮　　　　　　排版设计：麒麟传媒

出版发行：文化发展出版社（北京市翠微路 2 号　邮编：100036）
网　　址：www.printhome.com　www.keyin.cn
经　　销：各地新华书店
印　　刷：北京天恒嘉业印刷有限公司
开　　本：710mm×1000mm　1/16
字　　数：263 千字
印　　张：26
印　　次：2016 年 9 月第 1 版　2016 年 9 月第 1 次印刷
定　　价：68.00 元
ISBN：978-7-5142-1475-8

◆ 如发现任何质量问题请与我社发行部联系。发行部电话：010-88275710

序：印在卷首的后记

野　莽

想起鲁迅所谓的遵命文学，这本书似乎是遵麒麟传媒之命。

事情的缘起，是某地的学生课本因取消古诗和鲁迅，在国内引发热议。振山先生是以行动替代演讲的出版家，给我打来电话，说在人民日报网上见到五十首向国人推荐的古诗词，想请我据此写出五十篇赏析文章，时间最好在年内。

这个年指元旦，而非春节。我抽空看了一眼墙上的挂历，现在是十月底，我正收拾书物准备回城西听风楼度过冬季，便是马上动手，一天写一篇，大约也要写到十二月二十日。这期间总会有外事蔓出，如有朋自远方来，或有朋邀我到远方去，何况我还没看见那五十首诗长得什么样子，我也不懂得怎样赏析。我做过教师，非常年代的，没有课本的，不做作业也不考试的。我倒是很想有人把我赏析一下。

振山把他的电话筒当望远镜，清楚地看见了我脸上的表情。但他

不慌不忙地说，还请聂夫子为本书作画，也是五十幅。

聂夫子与我相识于二十世纪八十年代，那是一个令人骄傲的真正的文学时代，若将老友比老酒，其浓香醇香也是总相宜的，我们的确已在岁月的地窖中埋下了三十年的友情。很多时候我们愿意出行，是因为从名单上看到了彼此的名字，于是不打背包就出发了。

接着又说，还请蒋女士做本书的审校。蒋女士名槺媛，植物学家的女儿，父亲以中国乃至世界的稀有树种为自家小姐取的芳名，害我在与她的第一次战斗中被打败了。那是她在我的书中发现了一些疑点，双方发生争执。后来她写文章向人炫耀，世上还有这么火暴的人，还把我的名字都写错了，我就知道他不会写这个字！

那个"槺"字我用五笔打不出来，就胡写成"稠"。此树为红木的一种，据说现在快要绝了，两个字恰好代表着相反的意思。

后来我也知道，她是中国最好的编辑。她能把作者书中的错误像北京人称之为"眼芝麻糊"的眼屎一样全部挖出来，而把作者没有错误的地方像眼珠一样细心地保护着。

有的编辑不是，看不见"眼芝麻糊"，也不怎么洗脸，却专门会挖人眼珠，血淋淋的。遇上这样的编辑我转身就走，不跟他们玩儿。

我向蒋槺媛赔礼道歉，送她一套新书，和一枚自种的小葫芦，上面烙诗一首："奇木凌空生，横扫骄天杨。春来怕弄姿，闻风叶自黄。"但是我们至今未能一见。

振山的望远镜可喜地发现了我表情的松动，继续讲。

京城有名的小慧做版式设计。

京城有名的吕先生做封面设计。

纸张调好了,是一种有故纸效果的轻型纸,不能太白,也不能太光滑,翻动时要发出柔和而轻微的声音。

异型开本,让读者大海航行的目光滑过它的时候能有稍许的停顿。

世上有这样的出版家,他颠覆了产生一本书应该从头到脚的传统流程,居然从脚到头。如同操办一场宴席,先通知几点钟开饭,客人们都上路了,这时候他才请师傅下厨。而且只给一个菜谱,柴米油盐都得自己带着。

这个冬天,我本来想做的是另一件事,为我的母亲。但我只能放弃,因为我没有拒绝朋友的能力,还因为他已有了上面这一整套的班底。我答应从十一月一日开始,年前把它写完就是了。

我是一个自由散漫的人,没有坚定而又明确的目标,从不逼着自己天黑之前必须赶到哪里报到。我想到哪里就到哪里,有些去处风景甚好,龙颜大悦,便在那里多待几日,不能及时返回也没关系。这是我从《聊斋》里面得到的启示,有人朝着一座金碧辉煌的宫殿走去,次日天亮,发现原来是一片坟地。

但是我无论到哪里去,也无论去写什么,都会带着自己的眼睛和思考。在别人看过千回万遍的地方,既不做讨人喜欢的鹦鹉,也不做为了耸人听闻而故意让人厌恶同时也引人关注的乌鸦。我习惯看见什么就说什么,想到什么就说什么,没人给好处,甚或还有坏处会带给

李白们是怎样作诗的

我，用一位风靡神州的哑嗓歌手的歌说，无所谓，我无所谓。

聂夫子大抵也是这样，我们经常在一个可以自由散漫的野外不期而遇。

我就这么写了起来。我的写法是避开诗词字句本身的解说，一是历代专家学者的解说层出不穷，蔚为大观，二是本书也以附录的形式安排了韵译和注释，因此我只在诗词之外花些笔墨。陆放翁说"汝果欲学诗，功夫在诗外"，他本是为青年诗人讲如何写诗，我今把它借用在了如何说诗上面。

这期间我应朋友之邀去了一次竹林七贤隐居的云台山，写了一篇游记给《中国文化报》；家里来了一次老家的同事；出去会了一次京城的朋友；治了一次牙；理了一次发；收拾院子以及搬家花了一个白天加半个夜晚。余下的五十天，我全部用于了这五十篇文章。

振山不敢给我打电话。但他不断地安排别人给我打，做版的小慧开始一次要十篇，接着一次要五篇，再接着写一篇要一篇。我已没有了回头再看一遍的条件，明知道文章需要修改，非常需要。

蒋女士用邮箱、短信、微博、微信等各种最先进的手段，经常在深夜向我质询，有天晚上还用一家宾馆的电话打来长途，与我核对她的多个卡壳之处，也就是她既怀疑是"眼芝麻糊"又担心是眼珠的危险地带。我分析她把小慧寄她的书稿带到了什么会议上，研究这些诗词的版本多如牛毛，我引证的典故往往不在她核查的那个版本，她说这次我把她害苦了。

序：印在卷首的后记

还得记下另一位名叫梅小寒的家乡女子，她是某所大学的教授，茶文化专家，闲来也写一点子小说，被网络称为学者型的作家，不知怎么她就知道了有一个人，要把做完小说的勺子伸到古诗词专家教授硕博导们固若金汤的大肉锅中，于是日索一篇，卧榻御览。如此度过五十个上课铃前的春天的凌晨，看完也懒得有一句批评，只说自己不想成名如被人考古的李清照。另外，还想多看鱼玄机几眼也没看着。

这便比凌厉的蒋棚媛多了约略的温婉。蒋女士对我把她心中的美男子温飞卿写得多才却貌丑，把她喜欢的词帝李后主写得反不如黑粗器伟的宋太宗颇为不满，论辩中甚而至于愤然地发来小周后被辱的图片。

她们是这本书的最早的读者，女性的。

版式和封面也提前发给我看，这又是振山发明的高级催生术，他应该去妇产科上班。给我看版式是提醒我控制字数，看封面是逼我想出最好的书名。聂夫子也将插画发来，戒骄戒躁地问我可不可以，我说可以极了，尚老板成功地改变了我们身份，把我变成教师，把他变成画家。

但接下来，一件意外的事让我悲痛而又不安，我偶尔从聂耶侄子的微信中发现了一篇悼文，是聂夫子带着三个弟弟写给慈母大人的，再看日子竟在三天以前！我惊呆了，家中发生这大的事，那正是在他为本书插画的时候，他竟然瞒着我，害怕我会为此分心！当晚我为老伯母写了挽诗发给耶侄，表达我一份迟寄的哀思。

现在一切都已过去，我写下这篇新增的文字，是为了纪念这非同

李白们是怎样作诗的

寻常的五十天，感谢在这五十天里陪我一道劳动的朋友，也包括始作俑者振山先生。

最后我想再说一句似乎是作解释的话，这本书中的五十首诗词，以及它们的先后顺序，均是依照人民日报网的推荐。我本曾想过作些调整，如让曹操当先，让马致远断后，让杜甫二梦相连，让柳永退居唐人之后等等，后来终于放弃。因为如果这样，将会把事情做得越来越大，比方再接着调整诗人、诗作、朝代一类，我想那或许是以后的事。

而这一次，我只在部分诗的题目上面加了序号，在部分词的词牌后面续了词名，是为方便查考，也免却同一作者的同题混淆。书中的诗人简介和诗词注释，均为工作人员录自有关教材，未敢擅动，特作说明。

辗转周折，因缘命定，曾经相邻一座大楼而不相识的年轻朋友曹振中先生迁任另一座大楼之后反而与我相遇相知，并且做了此书的编辑，想来也是一件可以随笔记下的事。

2016年7月22日匆于北京竹影居

目 录

序：印在卷首的后记 /1

酒桌上的精彩演讲 /1

　　——说李白《将进酒》

醉卧沙场与病卧古道 /10

　　——说王翰《凉州词》

诗人的挂冠情结 /17

　　——说岑参《与高适薛据同登慈恩寺浮图》

要登就登最高的山 /24

　　——说杜甫《望岳》

月亮代表酒的心 /30

　　——说李白《月下独酌》

李白们是怎样作诗的

惹人怜爱的孟夫子 /37

　　——说孟浩然《过故人庄》

小杜的风流史、自供状和忏悔录 /43

　　——说杜牧《遣怀》

诗仙的天国梦 /50

　　——说李白《梦游天姥吟留别》

风流诗人对战后的想象 /63

　　——说杜牧《赤壁》

无情未必边塞诗 /71

　　——说王昌龄《芙蓉楼送辛渐》

仙人的忧愁和一诗二题之谜 /78

　　——说李白《宣州谢朓楼饯别校书叔云》

被无聊才子文字游戏的诗 /85

　　——说王之涣《凉州词》

忧国诗人的销魂之夜 /92

　　——说杜甫《赠卫八处士》

公然仿制的千古名作 /99

　　——说李白《登金陵凤凰台》

大唐时代的文人相亲 /106

　　——说杜甫《梦李白·其一》

送君南山归隐图及其他 /114

　　——说王维《送别》

发生在自家的三吏三别 /121

　　——说杜甫《月夜》

一条走不通的路 /128

　　——说李白《行路难·其一》

古来唯有谪仙词 /136

　　——说李白《望庐山瀑布》

从中国的"四大"说起 /144

　　——说王之涣《登鹳雀楼》

东方圣母颂 /151

　　——说孟郊《游子吟》

聪明诗人不会去钓鱼的水上乐园 /159

　　——说王维《青溪》

最后一次灵的相会 /168

　　——说杜甫《梦李白·其二》

渭川、碧溪、故人庄与桃花源之比较 /176

　　——说王维《渭川田家》

神童的赠言和谶言 /184

　　——说王勃《送杜少府之任蜀州》

秋日江边的迷惘 /193

　　——说孟浩然《早寒江上有怀》

归来哟在外当官的游子 /200

　　——说常建《宿王昌龄隐居》

三十二岁的哥哥坐在小河边 /208

　　——说柳宗元《溪居》

贬官之后的大彻大悟 /216

　　——说刘禹锡《乌衣巷》

英雄被狗熊气哭的故事 /224

　　——说陈子昂《登幽州台歌》

他家住在哪个山坡 /231

　　——说孟浩然《秋登兰山寄张五》

音乐的力量 /239

　　——说李颀《琴歌》

一颗孤独而冰冷的心 /247

　　——说柳宗元《江雪》

烽烟滚滚唱英雄 /254

　　——说岑参《白雪歌送武判官归京》

多情与误解的凶险 /263

　　——说韦应物《滁州西涧》

情同情人的手足 /271

　　——说苏轼《水调歌头·明月几时有》

士可饿而不可折腰 /280

　　——说陶渊明《饮酒·采菊东篱下》

风流而未成性的才子 /289

　　——说温庭筠《送人东游》

考场寒蝉和词坛卿相 /299

　　——说柳永《雨霖铃·寒蝉凄切》

绝代才人和薄命君王的血书 /307

　　——说李煜《虞美人·春花秋月何时了》

一个热爱自己生命的人 /317

　　——说曹操《龟虽寿》

荣获词坛金奖的剧作家 /325

　　——说马致远《天净沙·秋思》

苏太守乱点鸳鸯谱 /335

　　——说苏轼《念奴娇·赤壁怀古》

水军联欢晚会上的男高音独唱 /343

　　——说曹操《短歌行·其一》

英雄的强国梦 /352

　　——说辛弃疾《永遇乐·京口北固亭怀古》

一个女人一生中的二十四小时 /360

　　——说李清照《声声慢·寻寻觅觅》

最早在延安开荒生产的军队 /368

　　——说范仲淹《渔家傲·秋思》

英雄何故不能幽会美人 /377

　　——说辛弃疾《青玉案·元夕》

宰相肚里的落花和归燕 /384

　　——说晏殊《浣溪沙·一曲新词酒一杯》

男儿有泪流成河 /392

　　——说辛弃疾《菩萨蛮·书江西造口壁》

酒桌上的精彩演讲

——说李白《将进酒》

李白有不少好听的绰号，于他有知遇之恩的贺知章，称他谪仙人，同代齐名的杜甫，称他饮中八仙之六，他本人也以酒仙自称，后世之人追认他为诗仙兼酒仙，或酒仙兼诗仙。西方人看问题的立场和我们略有不同，把他和杜甫进行一番比较诗学的研究之后，称杜甫为人民的诗人，称李白为喜欢喝酒和写月亮的诗人。

读李白的代表作《将进酒》，我却觉得，他稍微的有点儿不像酒仙。从古人的国画作品中我们看到，酒仙是将一个不同凡响的身子歪坐在草地上，怀里抱着一枚装酒的葫芦，衣袂半开，露出一部分不食人间烟火的肚皮，所谓开怀畅饮，"开怀"二字大抵便是从此而来。形式上又多以独酌为主，也不吃猪头肉之类的佐酒之物，身边仅一二童子相伴，喝够了，放

李白（701—762），字太白，号青莲居士，唐朝浪漫主义诗人，被后人誉为"诗仙"。祖籍陇西成纪（待考），出生于西域碎叶城，四岁再随父迁至剑南道绵州。存世诗文千余篇，有《李太白集》传世。762 年病逝，享年六十一岁。其墓在今安徽当涂，四川江油、湖北安陆有纪念馆。

李白们是怎样作诗的

【原文】

将进酒①

李　白

君不见黄河之水天上来②
奔流到海不复回。
君不见高堂明镜悲白发③,
朝如青丝暮成雪。
人生得意须尽欢④,
莫使金樽空对月。
天生我材必有用,
千金散尽还复来。
烹羊宰牛且为乐,
会须一饮三百杯。
岑夫子,丹丘生,
将进酒,杯莫停。
与君歌一曲,
请君为我倾耳听。
钟鼓馔玉何足贵⑤,
但愿长醉不复醒。
古来圣贤皆寂寞⑥,
惟有饮者留其名。
陈王昔时宴平乐⑦,
斗酒十千恣欢谑。
主人何为言少钱,
径须沽取对君酌⑧。
五花马,千金裘⑨,

几个响屁,翩然骑鹤而去。

而我们的李白则不同的,在酒桌上,他为他一生钟爱的酿酒事业发表演讲,痛说喝酒的百般好处,如强似钟鼓馔玉的权贵,胜过古来寂寞的圣贤,云云。这时候,他要么是酒厂雇请的一名老推销员,自然也兼着以身作则的试喝的角色,要么他根本就没有任何的功利目的,完全是心甘情愿,替人作着免费的广告。但是无论如何,比起国画中的那位除了喝酒还是喝酒的沉默的酒仙,他要多担一分辛苦和责任。

他又亲自当起了酒司令,两眼监视着两个酒友,催他们快快地喝,且莫把手中的杯子停下。这一顿千古之酒,我们至今不知道是岑夫子付账,还是丹丘生埋单,对此诗中均未写到。这个李白,喝了一辈子酒,从来也不把这样的俗事放在心上。不过从他的大呼小叫来看,那么主动,那么爽快,那么"千金散尽还复来",很能够让人误认为他是腰缠万贯的东家。

其实这是不可能的事,除去他在诗坛的影响,江湖的名气,又曾经有过供奉翰林的职称,仅就他这次是去游访元丹丘的嵩山颖阳山居,这一上门客人的身份，人家也不会同意他掏腰包。更何况我们知道，玉真公主在天宝初年把他推荐给唐玄宗，只工作了三个年头，据说与作曲家李龟年黄金搭档为肥美人杨玉环写歌词，一句"可怜飞燕倚新妆"没有写好，让高力士抓住了小辫子，已被唐玄宗赐金放还。从此重返浪迹江湖的生涯，时过八年，皇上发的那一点盘缠和安家费，恐怕早就被他大手大脚地花完了。

呼儿将出换美酒，与尔同销万古愁⑩。

接着他宣布，要为大家献上一首歌，请二人注意听好。根据诗中对钟鼓馔玉的藐视，这哥儿仨走进的似乎是一家不大的酒店，与星级相差甚远，没有歌伎和舞伎相伴，于是他借着酒劲，以筷击碗，毅然采用了唐朝的卡拉OK。从他第一次求官未遂的《与韩荆州书》中，我们记得他对韩大人写过的作者简介，是谓"十五学剑术，三十成文章"，因此他本还可以舞剑助兴，或许是看酒店的包间小了，施展不了飒爽的英姿，闪展腾挪之际，万一误戳了朋友可就不好，这样方才改舞为歌。只可惜，如同当年没有照相术留下他的真容，也没有录音机留

李白们是怎样作诗的

【注释】

①将进酒：属汉乐府旧题。将(qiāng)：愿，请。

②君不见：你没有看见吗？天上来：黄河发源于青海，因那里地势极高，故称。

③高堂：在高堂上。朝：早晨。青丝：黑发。

④须：应当。尽欢：纵情欢乐。千金：大量钱财。还复来：还会再来。且为乐：姑且作乐。会须：应当。

⑤钟鼓：富贵人家宴会中奏乐使用的乐器。馔(zhuàn)玉：美好的食物。

⑥圣贤：一般指圣人贤士，又另指古时的酒名。

⑦陈王：指陈思王曹植。平乐：平乐观，宫殿名。

⑧径须：干脆，

下他的歌声，不然对于今天的白粉们，那将是一件多么值得敲锣打鼓的事。

他还和酒店的店主玩儿起了吹牛的游戏，可能是嫌人家上酒慢了，抑或借故停止供应，有认为这三位客官付不起酒钱的嫌疑，便索性一语点破，半是猜测，半是激将，使得老板碍于面子，只好把上酒进行到底。这时候，他几乎从席上站起来了，嘴里说出"五花马，千金裘"，我敢跟岑夫子和元丹丘打赌，这两样值钱的东西，至少他的家里不曾具备。《唐才子传》中记载，他倒是骑过驴的，某日骑驴欲上华山，路过华阴县衙门口没下驴背，华阴县令让衙役将他揪了下来。

下一句"呼儿将出换美酒"，到底是呼唤谁的儿子或者侍从，去哪里去牵马取衣亦未可知，反正他自己的儿子伯禽，此时并不在他的身边。岑、元二先生被他唬得云天雾罩，见他如此财大气粗，想必也是捏着一把汗的，幸好这个老板没有狗眼看人，请他先把实物拿来押在会计那里，然后再让伙计上酒，否则李白这首浪漫主义长诗的结尾，就会换上现实主义诗人杜甫

人生得意須盡歡，莫使金樽空對月。天生我材必有用，千金散盡還復來。

甲午歲鑫森

只管，尽管。沽 (gū)：通"酤"，买或卖，这里指买。

⑨五花马：指名贵的马。千金裘：价值千金的皮衣。将出：拿去。

⑩尔：你们，指岑夫子和丹丘夫。销：同"消"。万古愁：无穷无尽的愁闷。

来续写了。

是这位和汪伦一样热爱文学的企业家，成全了李白这部千古名篇。人家心里明白得很，他以陈思王曹植在平乐观设宴斗酒十千，纵情嬉戏来打比方，这个比方打得不对，因为那是曹家自己的酒，和目前的情况有很大的不同。然而店主就在桌边站着，让他喝着吹着，讲着演着，"人生得意须尽欢"着，消磨着这个没有酒会无限惆怅的夜晚。

听他发表演讲的两位酒友，岑夫子叫岑勋，李白诗中多次提起，李白之外则少有记载，只可查到长安有一座《大唐西京千福寺多宝塔感应碑》，是岑勋撰文，颜真卿楷书，徐浩隶书题额，史华镌刻，当时颇有名气，还不知这个岑勋是否为同名者。丹丘生叫元丹丘，李白提得更多，这个肯定是他，因为此人做过道士，教过李白炼丹，以后李白老是想做神仙，便是受了此人影响。

与二人同饮的诗，李白逮住机会就写，不厌其多，津津有味，如《酬岑勋见寻就元丹丘对酒相待以诗见招》："不以千里遥，命驾来相招。中逢元丹丘，登岭宴碧霄。对酒忽思我，长啸临清飙。"相比之下，似乎与元道士的关系更铁一些，《颍阳别元丹丘之淮阳》："吾将元夫子，异姓为天伦"，好得就像是亲骨肉。

听当今之人劝酒，只要对方的文化能达到编一首顺口溜的水平，统统会以李白来打比方，诸如斗酒诗百篇之类，意思是能喝酒的人就必然能作诗，君不见，那如过江之鲫的土包子官员一到酒席上呼啦一下全都变成了大知识分子。然而李白，我们刚才听到，他却丝毫不提最能喝酒的某位知名人士，所举者曹植，那人酒量并不太大，谢灵运说"天下才共一石，曹子建独占八斗"，那是装才的斗，不是装酒的缸。曹植作七步诗是散步的功劳，并非喝酒的结果，若是喝醉了指着老哥的鼻子大骂一通，说不定那颗本是同根生的豆子真的就被豆萁给煮了。

李白倒是可以学曹植那位写《短歌行》的爸爸，手里举着一杆红缨枪站在马上就要被周郎一把火烧掉的战船上，昂首高歌"何以解忧，唯有杜康"。然而，他的理想不是当一名酿酒师，因此就算是曹丞相提了杜康他也不提。那

【韵译】

你没看见那横空而来的黄河水，匆匆地奔进大海就再也不能返回。你没看见那对镜悲叹的白发人，想起已逝的青春就像刚刚过去的清晨。所以说人在高兴的时候就得尽量的高兴，手举杯中的美酒，遥对夜空的冰轮。既然上天造就了我身，那就必然会给我济世的才能，身外的钱财花光了还有，宝贵的生命却一去不来。炖羊吃吧，杀牛吃吧，大家只管快乐吧，今日索性痛饮一场，每人干它个三百杯。岑夫子呀，丹丘生呀，你们赶快喝酒，不许把杯停下。我呢就为你们献上一首歌，请大家竖起耳朵给我听来。有钟鼓相伴的华宴，其实并不算是珍稀，人生只要有酒我情愿天天大醉一卧

李白们是怎样作诗的

不起。从古至今那些圣贤之辈没人理睬，只有每日饮酒的人名字才会青史永记。陈思王曹植大家知道，当初在平乐观大摆宴席，不惜拿出最贵的酒，让大家喝了纵情的嬉戏。店主啊，你怎么能怀疑我们钱不够呢，你尽管去打酒就是，最好也陪着大家一起喝。什么赫赫有名的五花马，什么价值千金的裘皮衣，那都可以让人拿来，把它换成好酒喝的，我今天和你们坐在一起，共同排解这无尽的愁绪。

么，还有一个人，一个比陈思王能喝得多的刘伶他为什么不提呢？那可是中国第一号的酒徒，每天醉醺醺地坐在车上，后面跟着一个拿锄头的伙计，随时准备着主人醉死了就地挖个坑子埋掉。老婆哭着喊着好老公你别再喝了行不行？这位好老公说行，你给我备上酒肉让我在神灵面前发个誓吧，等老婆把酒肉端来，他扑上去把供神的酒喝个精光。

我想李白不提这人，乃是从心里瞧他不起，又不见他作什么诗，整个儿混进竹林七贤浪得虚名的一条闲汉，长得又丑，《晋书》载其"身长六尺，容貌甚陋"，自东汉至三国再至西晋，那六尺只相当于今天的一米四都不到，而我们的李白，按《与韩荆州书》中谦称"白长不满五尺，然心雄万夫"，虽如此唐朝的五尺比晋代的六尺还长，大约合目前的一米六几，也快要算得上是一条汉子了，更何况心有万夫之雄，而非仅有千杯之量。

只有大宴平乐观斗酒值十千的陈思王，才是李白暗暗羡慕的人："曹植为建安之雄才，惟堪捧驾。天下豪俊，翕然趋风，白之不敏，窃慕余论。"全天下唯此二人，一个走七步作一首诗，一个"日试万言，倚马可待"，后者若把一天的工夫换成步子，也能赶上前者的才捷。因此，曹植的爸爸和刘备煮酒论英雄，李白也可以和曹植举杯论豪俊。只可惜呀，如他们魏国的李康所言，"木秀于林，风必摧之"，他俩就是一对典型的例子。所以一看见酒，他就会油然地思起陈思王来。

醉卧沙场与病卧古道

——说王翰《凉州词》

王翰，唐代边塞诗人。字子羽，并州晋阳（今山西太原市）人，著名诗人。王翰这样一个有才气的诗人，其集不传。其诗载于《全唐诗》的仅有十四首。闻一多先生《唐诗大系》定王翰生卒年为公元687至726年，并未提出确切的材料依据。

实事求是地说，封李白为供奉翰林又赐金放还的唐玄宗，应该算是一个热爱文学与艺术，尊重作家和诗人的君主。经陇右节度使郭知运进献的西域民歌，他将它交给教坊翻成曲谱，配上新的歌词，取名为《凉州词》，而令天下文艺之人赋唱，仅此一例，就为盛唐诗歌做出了贡献。作此词者，当时者众，据说要数王之涣和王翰写得最好，王翰一人作了两首，前一首被明代的王世贞读后，推为唐代七绝的压卷之作。那位主编《唐诗三百首》的蘅塘退士，将这四句诗编入这部流传千古的唐诗选本，并且还说了八个字，属于正能量的评论："作旷达语，倍觉悲痛。"

反能量的评论，以及不正不反、亦正亦反的评论也是有的，用今天的话说，这首诗不属于当时的主旋律，问题出在第三句上。在我们训练有素的记忆中，古往今来的战斗英雄，卧倒在沙场上的姿势，或是杀死敌人，或是被敌人杀死，若还有第三种选择的话，那就是与敌人互相杀死同归于尽。而这位王翰诗人，却提出第四种新的卧倒，叫做"醉卧沙场"。这当然就会有人说闲话了，话题大抵是关于战士是否违备军纪，甚而至于是否爱国。

幸得唐玄宗有别于此前的秦皇汉武，以及后来的康熙乾隆，不然也可以把王翰割去脑袋，或流放到凉州一带把他给凉起来。清代有一个名叫施补华的人，在他的《岘佣说诗》这本诗歌评论集中，对于这一首诗，提出了一个科学的一分为二的说法："作悲伤语读便浅，作谐谑语读便妙。在学人领悟。"再用今天的话说，就是要求读者有幽默感，懂得调侃，若是作古正经的当成爱国主义教材去带文科的研究生，那就走火入魔了。

诗中的主人公，应该是来自中原的年轻战士，诗中描写的景物却全在西域。中原鱼米之乡，多以谷物煮酒，也有的用青梅等果料，如

【原诗】

凉州词[1]

王　翰

葡萄美酒夜光杯[2]，
欲饮琵琶马上催[3]。
醉卧沙场君莫笑[4]，
古来征战几人回。

11

诗说新语　李白们是怎样作诗的

【注释】

①《凉州词》：唐代乐府曲名，是歌唱凉州一带边塞生活的歌词。王翰写有《凉州词》两首，慷慨悲壮，广为流传。而这首《凉州词》被明代王世贞推为唐代七绝的压卷之作。

②夜光杯：用白玉制成的酒杯，光可照明。它和葡萄酒都是西北地区的特产。

③琵琶：古乐器，这里指作战时用它发出号角的声音。

④沙场：平坦空旷的沙地，古时多指战场。君：你。

与刘皇叔煮酒论天下英雄的曹孟德公。西域盛产葡萄，自然就地以取酒材。饮酒的器具，夏商以来是以青铜为爵，皇宫贵胄后来制造金杯银盏，炫其富豪，西域则用白玉琢杯，夜幕之下光可照人。琵琶更是胡人的乐器，用在军中，或可作为冲锋的号角。纵观全诗，前一半是写中原战士离井别乡，身赴异地，手里举的，杯中盛的，耳边听的，眼前看的，脚下踩的，全都是那一片遥远土地上的异物他景。想起历来征战的结局，又联想自己即将到来的命运，趁着战斗还没打响痛饮一场，做好青山埋骨永不还乡的准备，这种卑微但却真实的心情，除了历史和现实中的那些超级的伪爱国主义者，正常人类是可以理解的。

并且我们还可以这样理解，这次出征，已经取得了第一次胜利，在第二场恶战开始之前，抓紧再喝几杯，反正这条命是从刚才这一战捡来的。何况喝酒壮胆，自古以来，战斗英雄的军功章上都有酒的一半，武松打虎，李逵打人，宋江打老婆，酒在里面都起到了一定的作用。八个革命样板戏里的李玉和，不也是临行前喝

醉臥沙場君莫笑古來征戰幾人回

甲午冬 聶鑫森 畫

李白们是怎样作诗的

【韵译】

　　玉杯闪着奇妙的夜光，美酒飘着葡萄的清香，出征的将士刚把酒斟上，催战的琵琶在军中奏响。你若有一天见我醉倒在沙场，且莫要笑我贪杯荒唐，自古为国征战的男儿，有多少能活着回到故乡。

了他妈的一碗酒，"浑身是胆雄赳赳"吗？唱完这段西皮流水不算，还用京白说有这碗酒垫底，自己什么都能对付云云。因此，王翰笔下的这位青年战士，心想喝了这酒以后，若能再打一次胜仗，这辈子就算赚了，万一死了也没有赔，有这样豪迈的想法者，更应该被视为革命英雄的乐观主义。

　　当然，喝醉是不对的，大敌当前，战马咴咴，琵琶一响随时都要出战，战士们一个个都醉卧在沙场上怎么办呢？殊不知王翰这么写，原本是一种修辞的手法，一种艺术的夸张，给人以悲壮的画面感，铿锵的朗诵效果，不能太较真的。如果换成"醒卧沙场"，你想那会是个什么情况，不但与首句的美酒和玉杯八竿子都打不着，让人看见还会当成逃兵，真是要发出耻笑了。

　　在王翰和李白的身上寻找异同，一找就能找到，大概有三同三异。三同之一是交友，杜甫在《奉赠韦左丞丈二十二韵》中曾说起王翰："李邕求识面，王翰愿卜邻"，是说在他最穷愁潦倒的时候，富贵的王翰主动要求来和他住隔壁，想他若是缺米缺面，三病两痛，也好有个人在身边照应；之二是饮酒，"日聚英豪，从禽击鼓，恣为欢赏"，他整天的不上班，把一只大公鸡拴在升堂的大鼓上，让它以爪击之，一帮酒中的英雄豪杰传花于鼓声中，停者为饮。于是后来被贬了官职，死在了半路上；之三是吹牛，"发言立意，自比王侯"，此句在唐朝的诗歌吹牛大赛上荣获了亚军，冠军奖杯被李白捧走了，"生不愿封万户侯"，给人家王侯当人家都不当，比他更牛一筹。

不同之处一为家境，李白是出门白吃白喝，在家白为人夫，王翰则是个家财万贯的高富帅，"枥多名马，家有妓乐"，前者对酒店主人虚构的五花马，千金裘，以及歌伎舞女等佐酒之物，王家大院里面全有；二乃仕途，李白一辈子只当了三年虚头巴脑的供奉翰林，王翰却做过昌乐县尉、汝州长史、仙州别驾、道州司马，后一个官职未及上任，他写那位出征的战士醉卧沙场，自己这个被贬的官员却病卧古道，以至一病不起，呜呼哀哉；第三是艺术生命，也就是诗歌作品，这一点他吃亏吃大发了。一样的

李白们是怎样作诗的

诗才，一样的盛名，一样的多产，李白斗酒百篇，万口相传，一生喝了多少斗酒不好统计，传下的诗篇至少过千，而王翰的作品只传下来十四首，余者皆失。与"唯有饮者留其名"的明星诗人李白相比，这位同样饮酒赋诗的诗人，身后却是有一点点寂寞的。

诗人的挂冠情结

——说岑参《与高适薛据同登慈恩寺浮图》

岑参最响亮的身份，是与高适齐名的边塞诗人，二人合称"高岑"，如同代的诗人李杜，后世的词人"苏辛"。中国有"四大"之风，因此四大边塞诗人之中，除了他俩还有二王，一个是王昌龄，一个是王之涣。若以边塞诗人的要求，来选岑参的代表作，这首五言长诗《与高适薛据同登慈恩寺浮图》，并不是很合标准的。从体例上看，边塞诗似乎还是以铿锵雄劲的七言，最能渲染其狂野与苍莽的气势，五言则更适宜田园和山野的牧歌。最能够代表岑参的诗，应该是飞沙走石、风啸马嘶的七言长诗，如《白雪歌送武判官归京》，"北风卷地白草折，胡天八月即飞雪"；《走马川行奉送出师西征》，"轮台九月风夜吼，一川碎石大如斗"。

这首诗的题目值得研究。本次的采风活动，

岑参（cén shēn）（约715—770），汉族，原籍南阳（今属河南新野），迁居江陵（今属湖北），是唐代著名的边塞诗人，去世之时约五十五岁。现存诗四百多首，其中七十首边塞诗，另有《感旧赋》一篇，《招北客文》一篇，墓铭两篇。

李白们是怎样作诗的

【原诗】

与高适薛据同登慈恩寺浮图①

岑 参

塔势如涌出②,
孤高耸天宫。
登临出世界③,
磴道盘虚空④。
突兀压神州⑤,
峥嵘如鬼工⑥。
四角碍白日⑦,
七层摩苍穹⑧。
下窥指高鸟,
俯听闻惊风⑨。
连山若波涛,
奔凑如朝东。
青槐夹驰道⑩,
宫馆何玲珑⑪。
秋色从西来,
苍然满关中⑫。
五陵北原上⑬,
万古青濛濛。
净理了可悟⑭,
胜因夙所宗⑮。
誓将挂冠去⑯,
觉道资无穷⑰。

本来是五个人,岑参与高适、薛据二位之外,另还有杜甫、储光羲二位,但是诸位请看,《与高适薛据同登慈恩寺浮图》,作者为何不写与以上四人同登,而只写与前二人同登呢?原因可能有两个,第一,人名一多,字数就多,字数一多,题目就长,这次四个人名还不算多而长的,假如最喜欢登山爬楼的李白听说之后也带了四个人来,那就更加的多而长了。别说唐朝的诗文要用毛笔写在纸上,便是今朝的电子排版,也得排到两行以上,标题的字还得又大又黑,这就不光是显得啰唆,排出的版面也不好看,所以只选其两位作为代表。此种方法沿用至今,不过今人从中加了一个"等"字,大抵是为了安抚没上标题,尤其是新闻标题的同志,更尤其是领导同志,不写名字已经是忽视了人家的重要性,再连"等"都不写,就是整个把人都忽视了。

那么问题又来了,为何写与高适、薛据等,而不写与杜甫、储光羲等呢?这就要说到第二个原因。这一个原因里面又分两个,第一,可能是按年龄,高适比岑参大十五岁,薛据生年不详，推测略小于高适，而杜甫比岑参只大三岁，储光羲却比高适要小六岁，岑诗的题目是以长幼排名；第二，若是薛据的年龄推测大了，储光羲就要位居第二，诗题为何仍是与高适、薛据呢？这个问题才是最要紧的，那就是得综合考虑一同登楼的这四位诗人，他们在当时的诗坛影响和社会地位。不用说，高适是边塞诗的领军人物，薛据也是著名诗人，而且当时正担任着长安的大理司直，慈恩寺在长安城内，他就既是京官，又是现管，这次活动要负责邀请、接待、送行，报销车马、餐饮、住宿、门票、解说、纪念品等一应费用，在现实中起到的作用比高适还大。因此，储光羲即便比薛据年长，也只能划入"等"的行列，况且又是个田园诗人，采风活动中跟在边塞诗人的屁股后面，也是理所当然的事。

杜甫的名字没被写进诗题，现在看来，纯乎是岑参的失误。他只着眼于杜甫当时的名声不是太响，至少没有响过高适，却没料想越到以后，杜甫的诗坛地位越是蒸蒸日上，而他这首与五人有关的诗，却一直要流传下去。后人

【注释】

①高适：唐朝边塞诗人，景县（今河北景县）人。薛据，荆南人，《唐诗纪事》作河中宝鼎人。开元进士，终水部郎中，晚年终老终南山下别业。慈恩寺浮图：即今西安市的大雁塔，本唐高宗为太子时纪念其母文德皇后而建，故曰慈恩。浮图，原是梵文佛陀的音译，这里指佛塔。

②涌出：形容拔地而起。

③出世界：高出于人世的境界。世界，人世的境界。

④磴（dèng）：石级。盘：曲折。

⑤突兀：高耸貌。

⑥峥嵘（zhēng róng）：形容山势高峻。鬼工：非人力所能。

⑦四角：塔的四

李白们是怎样作诗的

周。砑：阻挡。

⑧七层：塔本六级，后渐毁损，武则天时重建，增为七层。摩苍穹：贴着天空。

⑨惊风：疾风。

⑩驰道：可驾车的大道。

⑪宫馆：宫阙。

⑫关中：指今陕西中部地区。

⑬五陵：指汉代五个帝王的陵墓，即高祖长陵、惠帝安陵、景帝阳陵、武帝茂陵及昭帝平陵。

⑭净理：佛家的清净之理。

⑮胜因：佛教因果报应中的极好的善因。夙：素来。

⑯挂冠：辞官归隐。

⑰觉道：佛教的达到消除一切欲念和物我相忘的大觉之道。

对杜甫的评价，高潮时已达"李杜诗篇万口传"，若是再听外域的声音，二人的名次排列更应是"杜李"，道理在于一个是人民的诗人，一个是喜欢喝酒和写月亮的诗人。不过，人民性和艺术性的轻重主次，也未必是褒杜抑李的全部理由，杜甫的七言律诗较之李白，其成就要高出许多。

读这首全长二十二行的五言诗，从"塔势如天涌，孤高耸天宫"，到"五陵北原上，万古青蒙蒙"，岑参用十八行的篇幅描写塔身的巍峨，塔外的苍莽，塔下的雄阔，其实只有惊人之景，而无惊人之句，无非是将前人与同辈诗中的高、大、远语作反复的堆砌。假如他没有峰回路转的最后四行，今天的旅游者买一张飞机票，降落在西安古城，把一架变焦的照相机挂在脖子上，镜头对着他曾来过的那座大雁塔，塔上塔下，塔里塔外，长焦短距，近景特写，喊哩咔嚓照上一阵，得出的效果和他诗中的描写也是差不多的。幸好有最后的四行收尾，简直可以说是挽救，挽救了这首险被淹没的诗，"净理了可悟，胜因夙所宗，誓将挂冠去，觉

20

塔勢如湧出孤高聳天宮登臨出世界磴道盤虛空

甲午歲冬日蕭鑫森畫

诗新说

李白们是怎样作诗的

【韵译】

好一座佛塔拔地高耸，四野无邻相伴，独自插入天宫。登塔的感觉仿佛走出了人间之境，盘旋于曲折的梯道上，又好像飘忽在浩纱的空中。它巍峨的塔身在神州无可并论，它高峻的塔形简直是鬼斧神工。四方塔角虚隐着天上日月，七级塔层相连着万里长空。垂首可望见高飞的群鸟从眼前掠过，俯身能听到呼啸的风声向耳边吹送。山连着山宛若江水波涛汹涌，浪赶着浪酷似人群行色匆匆。塔侧的青青翠槐像两排侍卫夹立在道边，塔内的宫阁馆台姿态是何等的精致玲珑。满天的秋色乘着西风而来，关中的大地一片苍茫迷蒙。在那城北的原野上有着埋葬了五代汉帝的坟陵，它

道资无穷。"站在这座佛塔前面，他终于觉悟过来，决定辞官归隐，回家去过那种无欲无求的清静的日子，清净的日子。

这次采风的结果，五个人写了五首诗，但发生了两件奇怪的事。一是四个人的诗题都是《与诸公同登慈恩寺浮图》，唯有岑参一个人改"诸公"为"高适薛据"；二是不知为何，又唯有主办方薛据的一首诗不见了。从吟唱的顺序来看，边塞诗协主席高适首唱："香界泯群有，浮图岂诸相。登临骇孤高，披拂欣大壮。"首先说明地点，是来这座佛塔；储光羲和之："金祠起真宇，直上青云垂。地静我亦闲，登之秋清时。"接着说明时间，是在这年秋天；杜甫压卷："高标跨苍穹，烈风无时休。自非旷士怀，登兹翻百忧。"战乱之时，这位人民诗人，知道自己不是旷士，走到哪里都在担忧，登塔亦然，真叫人没有办法。

我又在思考着一个有意思的问题，在这年秋天，在这座塔前，岑参当着四位诗人的面，说他已经下定决心不当官了，要回家去修行，但是说完以后，这事就不了了之，他并没有变

成和尚或居士。最终他的没再当官，并不是他不愿当，而是上面不让他当了，罢官后连老家也回不去，客死在成都一个小旅馆里。中国古代，动不动就喊着要弃官的诗人不少，包括李白，"天子呼来不上船"，那是天子没呼的时候，后来还不用天子亲自来呼，天子脚下的小臣一呼他就上船了。"安能摧眉折腰事权贵，使我不得开心颜"，说是这么说，他不也在宫中事了三年最大的权贵么？赐金放还，又和岑参一样，不是主动申请退休，而是得罪了人，再不走会吃大亏。

说到天上，掉到地下，扳着指头数来数去，古往今来还就只有彭泽县令陶潜，才是一个说话算话，真正挂冠而去的清高诗人。

们永远地躺在那里上面只有野草茵茵。我终于悟出佛家之理的圣洁和清净，人世间最好的善因素来为人追寻。于是我下定决心辞官归隐，进入大觉的佛道乐享无欲的空门。

诗说新语

李白们是怎样作诗的

要登就登最高的山

——说杜甫《望岳》

杜甫（712—770），字子美，汉族，本襄阳人，后徙河南巩县。自号少陵野老，唐代伟大的现实主义诗人，与李白合称"李杜"。为了与另两位诗人李商隐与杜牧即"小李杜"区别，杜甫与李白又合称"大李杜"，杜甫也常被称为"老杜"。

杜甫在国人心中定格的形象，多半是举着一根枣木拐杖追进竹林，与一群孩子争夺从房顶上刮下来的茅草，满头花白的头发迎风飞舞，差点儿也被孩子们当作茅草搂走，去林子里点火烧了。这形象自然源于《茅屋为秋风所破歌》，联想起坐在月亮下面喝酒的李白，人们免不了要发出一声长叹，诗仙和诗圣，就是不一样的。

称李白是诗仙、酒仙，其实还不够全面，还应该称他一个游仙，三项仙帽，不可分割地摞在他那颗整天胡思乱想的头上。换在今天，他的名片上面至少得印三行小字，一行是诗歌家协会的主席，一行是诗酒联谊会的理事长，一行是旅游家协会的常务理事。为什么他这样热爱旅游，还不能当上旅协的主席呢？这是因为，前面两个职务只要会喝酒做诗就行，后面这一个却还需要经费,他则无官无权,会计不听他的,哪怕他能游到天上,游进月亮里面,也不能成为单位的主要负责人。杜甫的爱好相比之下就比较单调了,只是做诗,喝酒平平,年轻时也喜欢游,后来迫于生计就游得少了。偶尔一次,旅友们或望洋兴叹,或望天抒怀,只有他将一双忧国忧民的眼睛,朝着受灾的庄稼地里望去。酒后吟起诗来,李白是月亮,高适是雄关,岑参是胡马,而他又是谴责糟害百姓粮食的蝗虫之类。总而言之,破坏他人游兴,再而三地不着调。

自古以来,少有爱好文学的青年不同时也爱好游山玩水,杜甫亦然。即便以后成了现实主义诗人,但其诗歌本来就是浪漫的产物,何况山水又都长在现实中,所以,一辈子不写山水的诗人几乎没有。更何况游山玩水这四个字,用在杜甫身上可以改去两个,变为跋山涉水,因为在他的诗歌世界里,对于任何一地的游玩和观赏的比重,实在要小于家仇国难的联想。同一幅风景,在王维眼里是山水画,在李白眼里是寻仙图,而在我们的杜甫眼里,却是"国

【原诗】

望 岳[1]

杜 甫

岱宗夫如何[2],
齐鲁青未了[3]。
造化钟神秀[4],
阴阳割昏晓[5]。
荡胸生曾云[6],
决眦入归鸟[7]。
会当凌绝顶[8],
一览众山小[9]。

李白们是怎样作诗的

【注释】

①望岳：遥望泰山。岳：高峻的大山。

②岱宗：泰山亦名岱山或岱岳，五岳之首，在今山东省泰安市城北。诸山所宗，故又称"岱宗"。夫：语气词。夫：读"fú"。句首发语词。

③齐、鲁：古代齐鲁两国以泰山为界，齐国在泰山北，鲁国在泰山南。原是春秋战国时代的两个国名，在今山东境内，后用齐鲁代指山东地区。青未了：指郁郁苍苍的山色无边无际。

④造化：大自然。钟：聚集。神秀：天地之灵气，神奇秀美。

⑤阴阳：阴指山的北面，阳指山的南面。这里指泰山的南北。割：分。昏晓：黄昏和早晨。

破山河在，城春草木深。感时花溅泪，恨别鸟惊心"。

杜甫游过的山肯定没有李白多，但李白与其说是游山，不如说是游仙，有一些山还是他在梦中所游，比方说在山上见到一大帮子站队的仙人，把他吓得魂飞魄散的天姥山，就是一个梦游的病例。杜甫是个老实巴交的诗人，脚踏实地，眼见实景，心想实事，口出实言，游一座是一座，并不以多充数，游的也都是巍巍五岳之尊。譬如东岳泰山，西岳华山，南岳衡山，每游一山必会写下对得起此山的好诗佳句，其中游泰山仅作《望岳》一首，就赛过了李白六首之多。李白在这六首旅游诗中，利用人间壮丽的河山，猛说天上神仙的好处，反复六次出现玉女、羽人、青童、众神、鹤仙、仙人，杜甫则句句都是人话，虚无缥缈的东西一个字都不要，挽着裤脚登凌绝顶，一览众山立马就小了。

很多年以后，"大跃进"的时候，中国又出了几个伟大的诗人，出于一种政治的需要，他们在头上缠一条白羊肚子手巾，化装成老百姓的样子写了一本民歌体的诗集，名字叫做《红

會當凌絕頂一覽衆山小 鑫森畫

⑥荡胸：心胸摇荡。曾：同"层"，重叠。

⑦决眦(zì)：眦：眼角。眼角（几乎）要裂开。

⑧会当：终当，定要。凌：登上。

⑨小：形容词的意动用法，意思为"以……为小，认为……小"。

旗歌谣》。集子中有一首是："戴花要戴大红花，骑马要骑千里马，唱歌要唱跃进歌"，我忘了第四句是不是"说话要说吹牛话"，时间太久，那时年龄小，伙食又差，记不住是当然。现在回想起来，如果把我不幸忘了的这一句补成"登山就登泰山吧"，这首诗就完整了，以泰山入诗，以状其高大之极，以泰山兜底，以状其稳重之至。

古人说的重如泰山，是指在重量方面无物可比，古人说的稳如泰山，也指在沉稳方面无人可撼，旧时的章回小说中，关于善射的大将在阵前的描写，常常会出现"左手如托泰山，右手如抱婴儿"这样的句子，接下来"嗖"的一箭射去，对面的敌军主帅大叫一声，仰脸就倒在了马下。古人还把岳父大人称作泰山，把重要人物也比作泰山，某人如因鲁莽，冒犯了某位英雄，听说以后赶紧倒身下拜，大叫好汉息怒，小人有眼不识泰山云云。

有唐诗研究家者流，怀疑杜甫其实并没登过泰山，或者至少没有登上泰山最高的峰顶，这首《望岳》的全部或者至少局部，是他的想当然之作。如说别人，我们可以当作是个误会，把古今很多如梦游天姥山的李白一样浪漫才子的做法,匀一些在他的身上。以《茅屋为秋风所破歌》中的杜甫为想象的凭证,认为他身单体薄,生活条件又不好,苦巴巴的,大老远从河南赶到山东,往返一趟盘缠都未必拿得出来,应泰山旅游区的朋友邀请信笔敷衍一篇,也不是完全没有这个可能。然而这事涉及人的作风,无论是生活的,还是艺术的,对于杜甫,都应该算是一个大的污蔑。

我怀疑有人的这个怀疑,曾经传进过杜甫的耳朵,于是他在晚年,写了一首《又上后园山脚》,可以看作是答怀疑者问。诗中写道:"昔我游山东,忆戏东岳阳。穷秋立日观,矫首望八荒。朱崖着毫发,碧海吹衣裳。"在诗中他为自己作证,山东他是游过的,泰山他也是爬过的,独立寒秋,极目远眺,红色的岩石拂着少年的青丝,绿色的海风吹着书生的蓝衫,多少年过去了,这件事他还记得的。那是他第一次科考失败之后,爬上泰山写的。为什么要上泰山,为什么要这么写,有志青年一想就明白了。

【韵译】

泰山你怎么这样伟大,立于齐鲁两境,苍翠而又挺拔。上天爱你,独给你全部的神奇与秀美,你的身躯分隔着黑夜和白天,暮云和朝霞。层层云岚从山中腾起,它激荡着我的胸口,把我的眼睛都睁得累了,直看到远方的鸟群飞回山崖。我一定要登上最高最险的峰顶,那时我才能感到,天下所有的大山都被我踩在了脚下。

诗说新语

李白们是怎样作诗的

月亮代表酒的心

——说李白《月下独酌》

李白（701—762），字太白，号青莲居士，唐朝浪漫主义诗人，被后人誉为"诗仙"。祖籍陇西成纪（待考），出生于西域碎叶城，四岁再随父迁至剑南道绵州。存世诗文千余篇，有《李太白集》传世。762年病逝，享年六十一岁。其墓在今安徽当涂，四川江油、湖北安陆有纪念馆。

外国的人说中国的李白，是喜欢喝酒和写月亮的诗人，这话能吓中国的唐诗专家一跳。然而静下心来一想，倒也是的，这叫旁观者清。李白本人若是听到，想必他不仅会和那位哑嗓歌手唱的那样，无所谓我无所谓，反而还会视那位异邦的发现者为知己，请过来也喝一杯。他是一个浪漫的诗人，并不想通过写诗去捞取一些现实的好处，这一点，和我们现当代的许多诗人是不同的。也许正是这个原因，人都死了一千二百多年，大家还在衷心地热爱着他，而把一些还活着的诗人冷在一边。

《月下独酌》是一首典型的喜欢喝酒和写月亮的诗，诗的题目就这么写着，诗的开头又这么写着。李白是个直人，喜欢单刀直入，不喜欢曲径通幽，写酒就写酒，端起杯来就喝，写月亮就写月亮，举起头来就望。在内容上，这首诗与他人的不同之处，也与自己的不同之处，就是一个"独"字，如写共饮，同饮，大家都把它干了吧，那就没什么意思了。同时，这么一来诗中的主人公之一月亮，也就可有可没有了。

中国人请人喝酒，大抵是先在怀里揣好了一件事情，断不会为喝而喝，请客的东家，多半要根据被请者的身份，或为本家的生意，或为自己的前程，或为把某户人家的女儿娶过来，对方是能够说得上话的亲戚朋友和邻居。酒过三巡，菜过五味，放下手中的杯筷，存在喉咙里的话就可以慢慢地说出口来。最有效的措施，是趁势在酒桌上面订下合同，或口头，或书面，后者哪怕把白纸上的黑字写得东倒西歪，印章也盖反了，做完这事连自己都不记得，但这酒气熏人的凭证，到时候却是要起作用的。因此，那种喝酒，实在不能叫做喝酒，而应该叫做以喝酒的名义解决问题。便是家人团圆，亲友相聚，喝酒也是一种表示欢乐的形式，酒只是起一个营造气氛的作用。

只有一个人喝酒，那才叫喝酒，就像李白

【原诗】

月下独酌[①]

李　白

花间一壶酒，
独酌无相亲[②]。
举杯邀明月，
对影成三人。
月既不解饮[③]，
影徒随我身[④]。
暂伴月将影[⑤]，
行乐须及春[⑥]。
我歌月徘徊，
我舞影零乱。
醒时同交欢[⑦]，
醉后各分散。
永结无情游[⑧]，
相期邈云汉[⑨]。

李白们是怎样作诗的

【注释】

①酌(zhuó)：斟酒喝。

②无相亲：没有亲近的知心朋友。

③解：懂得。饮：喝酒。

④徒：空，白白地。

⑤将：和。

⑥须：应该。及春：趁着大好春光。

⑦交欢：一同作乐。

⑧无情：忘情，指超乎世俗感情之上的忘我境界。

⑨相期：相约。邈(miǎo)：远。云汉：天河。这两句说自己与明月和身影永远结成忘情的知友，相约将来在遥远的天上相会。

这样，既没有岑夫子，也没有丹丘生，饮中八仙的另外七人一个也不在，这天晚上酒瘾发了，便只好月下独酌。读李白文集，发现他极少有和妻儿一起喝酒的时候，原因可能有这样几点，一是在家少，二是兴致小，三是酒不好，四是家庭主妇的菜不怎么会炒。当然，再怎么说酒还是要喝的，回来接风，出门送行，姑且不说内人，平阳和伯禽得站起来敬上几杯，一家子肯定还说了不少的话，不过都是些柴米油盐和学费之类，听着烦心，反而破坏了诗兴。或者也想过写，只是要么喝了酒急着上路，要么路上走累了要去睡觉，后世的研究家们就只好认为他没有喝。

多人喝酒，没有留下诗文，一人喝酒，却写出了千古不朽之作，出现这种情况，越发证明喝酒要有知己，亲戚家门都在其次，若是不懂他一颗惆怅的心，身边唠唠叨叨的亲人还不如天上不会说话的月亮。《月下独酌》之所以重要，因为它是打开人的内心秘密的一把钥匙。其实我们设想，如他真想找人伴酒，何尝不能找到，旅行有旅友，住店有店主，说好不让对方掏钱,白吃白喝还是陪一个唐朝的大诗人,打着灯笼也难找到的好事。问题出在李白,他宁可和月亮喝,和月亮下面自己的影子喝,也不要只会举杯的机器人儿。

你看他在那天晚上,是那样雅致,那样从容不迫文质彬彬,那样温良恭俭让,先把一壶烧酒温好,放入花丛之中,酝酿了一阵子情绪,慢慢举起杯来,把月亮当作话剧舞台上的那一盏射灯,朗诵了一篇哈姆雷特式的忧伤的独白,这才"滋儿"的一声喝了下去。接着唱了一会儿歌,又跳了一会儿舞,对月亮说声来日银河再相会吧,然后就回去写这首诗了。

唐诗研究家们至今没有研究出来,李白那天晚上唱的是什么歌,跳的是什么舞,那是一个什么季节的夜晚,他又把那壶酒放在什么花中。根据我的初步研究,他那晚唱的歌一定和月亮有关,像后来邓丽君唱的"月亮代表我的心"之类。所谓跳舞可能就是舞剑,李白"十五学剑术",舞剑是童子功,酒后加上醉步,应该是比唱歌更专业的。那是一个春天的良宵,具体是在阴历四月的中上旬,因为此月此时,

【韵译】

将一壶美酒放在这花丛中,四寂无人,自斟自饮。仰望天上的明月,请它也饮一杯,月光下地上就有了三个人影。月儿你怎会懂得饮者的乐趣,影子你也是徒然相随我的孤身。那好吧,我就暂且让你陪着,及时行乐趁着这美妙的春宵良辰。听我歌吟,月儿在头顶徘徊不去,看我舞蹈,影子在脚下摇曳轻盈。清醒的时候我们共享着尽情的欢乐,但若是醉了大家就免不了各自离分。我愿同你结个忘情的朋友永远同行,相约在缥缈的银河之滨。

李白们是怎样作诗的

乍暖还寒的日子已经过去，天上的月亮又是比较圆的，地上的花也是比较好的。那么究竟是什么花呢？我想大抵是牡丹，或者芍药。

原因是这样的，最有野趣的迎春花也最有诗意，可惜不该早开败了，盛开之时，气候还冷，而且它一般都长在乱坟岗子上，一个诗人，夜晚独自提着一壶酒去坐在那里，胆子再大也会有些顾虑。月季和玫瑰，李白肯定也都喜欢，又可惜身上有刺，远远观赏可以，钻在下面喝酒，举杯而且舞剑，扎着人了可就不好。这个时节比较温柔的好花，可能要数牡丹和芍药了，只是牡丹花期太短，不能拖到四月下旬。再晚到了夏季，虽然仍然有花可赏，比方说遍地金黄的油菜花，但那属于农作物，杜甫会更喜欢。而且一到夏日的黄昏，户外就有了蚊子，诗人一手举杯一手持箸，再没有第三只手来挥动蒲扇。

独酌是一种人生的境界，月下独酌更是一种浪漫诗人的至境，俗人想学是学不会的，是谓知其独酌而不知其所以独酌。我有一个老乡名叫李微黑，常以我不擅喝酒为素材而花大力气耻笑之，将我至今没有写出传世之作归罪于

花間一壺酒 獨酌無相親

甲午冬 爾鑫森作

李白们是怎样作诗的

喝酒。这位微黑老乡是个京剧爱好者，也爱一人喝酒，却既不在花前，也不在月下，而把自己反锁在一间门窗紧闭的小斗室里。往往先是独酌，终于耐不住了寂寞，遂以假嗓用韵白道一声"奴家敬相公一杯"，又自答一声"多谢娘子"，替娘子把一杯喝了，再把相公一杯喝了，又用京白道一声"孩儿敬爹爹一杯"，又自答一声"多谢孩儿"，替孩儿把一杯喝了，再把爹爹一杯喝了。

这"三人"就这么喝着，以为这就是李白的"对影成三人"。某日清早八点，同事不见他来上班，敲门不应，破门而入，见桌上摆了三只酒杯，地上睡着一个醉鬼。

惹人怜爱的孟夫子

——说孟浩然《过故人庄》

孟浩然(689—740),唐代诗人。本名不详(一说名浩),字浩然,襄阳(今湖北襄阳)人,世称"孟襄阳"。终生未仕,后隐居鹿门山,著诗二百余首。与另一位山水田园诗人王维合称为"王孟"。

读《过故人庄》,容易让人想到陶渊明,继而又想,这个孟夫子若是早生在晋代,一定会去五柳居看菊花,那个陶渊明若是晚生在唐朝,也一定会来鹿门山吃焖鸡。连这样的两个人物都不能互粉,中国就不会有同气相投的清高的隐居诗人了。但同样是清高,同样是隐,之间却又有着区别,一个是归隐,一个是惯隐,一个是后来清高,一个是素来清高。陶渊明曾经当过官,是因为老要为五斗米折腰才一生气不当了,孟浩然一天官都没当,因此也没有折一次腰。如按这个说来,孟浩然似乎更加应该成为清高的隐居诗人的代表,然而陶渊明的名气仍然比他大,这是什么道理呢?说到底在我们中国,任何行业,任何分类,晋级排名时也要参考人物的履历表上沾没有沾过一个"官"

李白们是怎样作诗的

【原诗】

过故人庄①

孟浩然

故人具鸡黍②，
邀我至田家。
绿树村边合，
青山郭外斜。
开轩面场圃③，
把酒话桑麻。
待到重阳日，
还来就菊花④。

字。包括隐士，甚至包括土匪和强盗，你看梁山泊那一百零八个人排座次，很多后来才参加革命，也没有立下什么汗马功劳的原朝廷官员，都排到了三十六个天罡星里。

对于孟浩然的不做官，李白觉得很对自己胃口，就极力地进行吹捧："吾爱孟夫子，风流天下闻，红颜弃轩冕，白首卧松云。"诗中"弃""冕"二字，给人以主动扔下官帽的误解。杜甫的态度相对要现实一些，连老百姓都同情，何况好朋友乎，遂将李白之"爱"改为杜甫之"怜"："吾怜孟浩然，褊褐即长夜。赋诗何必多，往往凌鲍谢。"诗才在鲍照和谢灵运之上，却只穿着一件粗布褂子度过漫长的艰难岁月，世事是多么的不公呵。而事实上，孟浩然既没有李白说的那么骄傲自满，也不像杜甫说的这么可怜寒酸，他只是过着一种普通人过的普通日子而已。

杜诗中的这个"怜"字，当然更多的还是可爱、怜爱，比李白纯属夸张的羡慕和景仰，多了一层生活的关怀。其实我们单看《过故人庄》这一首诗，能看出孟浩然从物质生活到精神生活，都还是不错的，有鸡吃，有黄米饭吃，有酒喝，

開軒面場圃把酒話桑麻
甲午歲聶鑫森畫

李白们是怎样作诗的

【注释】

①过：拜访。

②具：准备。

③场圃：农家的小院。

④就：赴。这里指欣赏的意思。

有菊花赏，尤其重要的是，还有故人相邀，有桑麻可话，杜甫对他的担忧，也许太杞人了一点。

正野两史，都有不少孟浩然何以不仕的传说，说有一次王维邀他去玩儿，正好唐玄宗也去了，把他吓得一头钻到床底下面，王维怕犯欺君之罪，不得不供出自己诗友。爱好文学的玄宗皇帝一听床底下面有个诗人，立刻命他出来相见，并且朗诵一篇自己的代表作，孟浩然就从床下爬出来念道："北阙休上书，南山归敝庐。不才明主弃，多病故人疏⋯⋯"不料玄宗听到第三句时生了气："卿不求仕，而朕未尝弃卿，奈何诬我！"你自己不来求官，又不是我抛弃了你，你为什么栽我的赃？书上说唐玄宗将他放归襄阳，这话大家听来一定耳熟，因为这个风流天子也曾这样处理过李白事件，不过对李白是"赐金放还"，对孟浩然则一分钱都没给，谁让你污蔑栽赃我来着？

这件事我总怀疑是王维做的手脚，不然哪有那么巧，孟浩然刚来唐玄宗就来了，皇上驾到怎么也没人提前打个招呼。王维这样做的动机，我猜他是故意要把孟浩然引荐给玄宗，那首诗是提前准备好的，事情差点儿就做成了，不该选题没有选对，惹皇上生一肚子气，真是功亏一篑。我还怀疑是有人在贬作孟浩然，王维便是在办公室里支了一张用于午睡的临时榻具，那玩意儿想必又矮又窄，一个穿着袍子又上了年纪的诗人要在很短的时间里钻进去，谈何容易，小偷还差不多。

又说在开元二十二年，韩大人韩朝宗，就是李白曾经在《与韩荆州书》中称其"生不愿封万户侯，但愿一识韩荆州"的那位爱才之士，当着孟浩然老家的襄州刺史，好心约他同去长安，扩大影响，为下一步的当官制造舆论。但这老夫子竟失了约，用今天的话说，他把飞机给误了，事后对人说他是故意这么干的，韩刺史知道了气得不行，从此再不带他到长安去了。张九龄当荆州长史，也曾招他做过幕僚，没过几天他又跑了，这次有点像陶渊明。

最后他老死农庄，说起来是王昌龄给害的，此时他的后背上长了个疮，草药先生快治好了，好朋友一来又是喝酒，又是吃发物，毒疮发作，一命呜呼。

现在我们再来说他这首人人叫好的诗，到底好在什么地方。它好就好在，让人一眼看不出它

【韵译】

老朋友炖好了鸡焖好了小米饭，请我去到他的农家小院。四面绿色的树木围着村庄，一座青翠的山峦斜对在小村前面。推开窗子迎面就是菜地和晒谷场，我们一边喝酒一边聊着怎么种地养蚕。并且还约好九月重阳再聚，那天一道赏菊一道聊天。

李白们是怎样作诗的

的好，既不引经据典，也不铺排张扬，开口就说家常话，像是今天一个有点子文化的农民，在朋友家里做完了客，回家写的博客日记，写完就去洗脚睡了。一没想获奖，二没想传世，不小心它却恰恰传了下来。你看他这第一句，是张口就出来的，随着这一张口，一股子鲜鸡汤和黄米饭的混合香气扑鼻而来，眼睛好的还能隐约看见一缕炊烟，从故人家厨房的瓦缝里斜斜地飘起，细长而弯曲地溶进蓝色天空。那鸡，肯定是散养的柴鸡，那黍，也肯定不是转基因的。接着往前走，绿树出来了，村庄出来了，青山出来了，主人也出来了，打扮得灵灵醒醒的拱拳相迎，牵着他的手进屋入席，喝酒说话，把下一步的计划都订好了。

这样纯粹、清白、平淡的诗，杜甫和白居易写不出来，他们会升华主题，异口同声地从故人的鸡和黍，谈到农夫的年成和赋税；李白也写不出来，李白只写酒，从来不写下酒的菜，他是一个仙人，给凡人的印象是不吃鸡肉和小米，举杯邀明月的手里也是没有端过碗的。

小杜的风流史、自供状和忏悔录

——说杜牧《遣怀》

后世把李商隐和杜牧合称为小李杜,是相对于大李杜,即他们的前辈李白和杜甫,就像俄国人把列夫·托尔斯泰和阿·托尔斯泰,称为老托尔斯泰和小托尔斯泰一样。法国的大仲巴和小仲马,若是没有父与子的这层关系,也该当是同类性质。但是区别两对李杜的大小,除了时代和辈分的因素,也有名气的关系,不然大杜的祖父杜审言,也可以叫老大杜了。其实老杜和小杜还真是一个杜族,二人同为晋代学者和名将杜预的后裔,杜甫出乎杜预次子杜耽一支,牡牧则源于杜预少子杜尹一脉。我们还可以试作这样的设想,假如李商隐和杜牧的名气比李白和杜甫更大,后世可能会把他们四人称为中唐李杜和晚唐李杜,或者开元李杜和

杜牧(803—852),字牧之,号樊川居士,汉族,京兆万年(今陕西西安)人,唐代诗人。人称"小杜",以别于杜甫。与李商隐并称"小李杜"。因晚年居长安南樊川别墅,故后世称"杜樊川",著有《樊川文集》。

李白们是怎样作诗的

【原诗】

　　遣　怀①

　　　　杜　牧

落魄江湖载酒行②,
楚腰纤细掌中轻③。
十年一觉扬州梦④,
赢得青楼薄幸名⑤。

大和李杜,而不以大小老少来论之。

　　李商隐除了和杜牧合称李杜,还和李白、李贺合称三李,还和词人温庭筠合称温李,文学搭档可谓不少,如报名参加目前流行的歌手大赛,能与好几个人进行跨时代的组合。他们之间,各自的演唱风格又有什么异同,我们后面再说,这里先说杜牧和杜甫。二杜的诗歌似乎没有多少承传的关系,单从小杜也爱写酒上看,他不像大杜,倒是有一点像大李,"借问酒家何处有?牧童遥指杏花村","千里莺啼绿映红,水村山郭酒旗风","烟笼寒水月笼沙,夜泊秦淮近酒家","几度思归还把酒,拂云堆上祝明妃","雨暗残灯棋散后,酒醒孤枕雁来初",很多都是关于酒的名句,要再加上一些关于月亮的,后世或许有人会错称他为小李。

　　试说这首《遣怀》,第一句便是喝酒,第二句又是这酒怎么个喝法,喝酒的同时还在干什么。"落魄江湖载酒行,楚腰纤细掌中轻",与刚刚说到的李白两首写酒的诗,《将进酒》和《月下独酌》相比,我们可以发现两者的区别。李白是自歌自舞,杜牧是听歌观舞,舞者是一位既像楚宫的细腰女子,又像汉代的飞燕娘娘那般纤巧而轻盈的扬州美人;李白的同饮者要么是岑夫子和元丹丘,要么是月亮和自己的影子,杜牧却有可能是那个唱罢跳罢的三陪女郎。只身游荡在外面精彩的世界上,饮酒赋诗,寻欢作乐,已成为杜牧青年时代的一种自由美好的生活方式。

但是,如果没有第三句,杜牧的这首诗写得再好也完蛋了,杜牧这个人再有才华也完蛋了。因此可以这么说,这句"十年一觉扬州梦",挽救了这首诗,也挽救了这个人,它是这首诗的转折,也是这个人的转折。在某个天气晴朗的早晨,小杜先生一觉醒来,回忆自己睡在扬州这条花里胡哨的船上,做了一个花里胡哨的梦,忽然想到人生最美好的十年就这么梦过去了,如今什么都没落到。真是的,落到了什么呢?"赢得青楼薄幸名",只落到红楼绿馆花街柳巷一些跟他胡扯鬼混的三陪女们,用一只只红酥手指着他的脊梁骨骂:你你你,你这个负心汉!薄情郎!没良心的坏东西!

与"十年一觉扬州梦"极其相似的句子,

【注释】

①遣怀:抒发感触甚深的情怀。

②落魄:漂泊,潦倒。

③楚腰:《汉书·马廖传》:"吴王好剑客,百姓多疮瘢;楚王好细腰,宫中多饿人。"掌中轻:《飞燕外传》:"赵飞燕体轻,能为掌上舞。"

④一觉:一旦醒悟。扬州梦:《杜牧别传》载:"牧在扬州,每夕为狭邪游,所至成欢,无不会意,如是者数年。"赢得:落得。

⑤青楼:豪华精美的楼房。此处指妓院。薄幸:《辞海》注:"犹言薄倖情,负心。"

李白们是怎样作诗的

【韵译】

日日江湖放荡，夜夜饮酒轻狂，沉迷于细腰的女子，旋舞在手掌之上。回想在扬州的十年，就像是做梦一样，时光都花在花街柳巷，到头来只落了个骂名叫薄情郎。

还有一个"春风十里扬州路"，也写的是他念念不忘的扬州风月，诗名《赠别》，赠给一个十三岁多一点儿的女孩，"娉娉袅袅十三余，豆蔻梢头二月初"。放在今天，这个女孩才读初一，法律上称之为幼女，多大一点就和小杜诗人拍拖上了，而且是他女朋友中最好的一个，"卷上珠帘总不如"，大约这也是他十年扬州梦中一个最小的片断。不过他总算是醒过来了，醒过来就好，从此走进了新时代。俗话说浪子回头金不换，而他回头还能换成金，只当体验了一次漫长的生活，把风流浪荡的经历换成诗，诗又换成名气，名气再换成既得利益，不妨也是一种有价值的人生。

小杜杜牧和大杜杜甫以及大李李白相比，还有一个优势，他是亦诗亦赋，甚至有人认为他的赋比诗写得更好。据说杜牧首次亮相，是礼部侍郎崔郾奉命去东都洛阳主持科考，柳宗元的老友太学博士吴武陵身骑毛驴，手握卷赋，来让崔郾把此赋的作者录为状元。崔郾说状元早已经内定了，安能擅改，问他这个想开后门的是个什么人哪？吴博士说这人可了不得，你

楚腰纤细掌中轻
甲午冬爵鑫森

读了他的这篇《阿房宫赋》就知道了,"灭六国者六国也,非秦也。族秦者秦也,非天下也",如果状元实在没他份儿的话,那你就给他弄个进士第五吧!于是,后来,杜牧就得了个进士第五。这期间有人曾在崔主考官面前进行破坏,说这人虽然会写赋,但这人也会搞妓女,崔郾一言九鼎道,我既答应了吴博士,这事我就管不着啦!

杜牧高中进士,自然又要赋诗一首:"东都放榜未花开,三十三人走马回。秦地少年多酿酒,却将春色入关来。"背后正有人说他好色,他的眼睛又看见酒了。

不过他的搭档李商隐,认为他最好的作品不是《阿房宫赋》,也不是"十年一觉扬州梦",更不是"清明时节雨纷纷",而是写他同姓杜美人的诗,"杜牧司勋字牧之,清秋一首《杜秋诗》"。杜秋娘一曲号召男人及时行乐的《金缕衣》,甚中男人之意,后被蘅塘退士选为《唐诗三百首》的压卷之作。诗中因"花开堪折直须摘",让爱花的节度使李锜折为小妾,李起兵谋反被诛,秋娘入宫为奴;又因"劝君惜取少年时"，被年少的宪宗皇帝封为秋妃，以后还做了皇子的傅母。人到中年的杜牧在金陵见到已然晚景的杜秋娘，无限感伤，遂作《杜秋娘诗》一首，惋叹美人迟暮的悲凉。

《新唐书》载，晚年的杜牧知道大限将至的时候，给自己写了一篇墓志铭，由于心情不好，写得不怎么样，与初出道时的《阿房宫赋》不可同日而语。写完就关上门，把自己的诗文烧了大半，剩下的不到百分之三十，这行为差点儿要赶上果戈理和卡夫卡了，以及林妹妹。在中国的文人中，似乎听说有过悔其少作的现象，杜牧是否临终又想起早年的"十年一觉扬州梦"，觉得自己这三十年的诗歌生涯也像是睡了一觉，做了一个梦，梦中的故事有的可以保留，有的却不可以，于是在比较之下删去了一部分，而在留下的一部分里，就包括他的这首集风流史、自供状和忏悔录为一体的《遣怀》。

如果可以这样理解的话，那么在这一点上，在他生命的最后时刻，他可能是真正地从睡梦中醒过来了。

李白们是怎样作诗的

诗仙的天国梦

——说李白《梦游天姥吟留别》

李白（701—762），字太白，号青莲居士，唐朝浪漫主义诗人，被后人誉为"诗仙"。祖籍陇西成纪（待考），出生于西域碎叶城，四岁再随父迁至剑南道绵州。存世诗文千余篇，有《李太白集》传世。762年病逝，享年六十一岁。其墓在今安徽当涂，四川江油、湖北安陆有纪念馆。

李白和其他喜欢爬山运动的诗人不同，他在山上几乎每次都会看见仙人，其中见的仙人最多、最持久、最详细、最生动、差点儿把他吓得魂飞魄散的一次，是在浙江绍兴的天姥山。那一次的经过大概是这样，有一个海归朋友，对他谈起仙山瀛洲，说是一般人很难找到那个地方，但是吴越之地的土著又告诉他，胡说，别听那海归的，只要登上天姥山我保你能够看见。于是那天夜里，李白做了个梦，在梦里他一不坐车，二不走路，三也没长翅膀，竟然"呼哧"一下就从镜月湖的上空飞了过去，直接降落在天姥山上，而且他还找到了前辈诗人谢灵运曾经过夜的地方。

正好他脚上穿的就是谢诗人发明的旅游鞋。谢灵运如果不当诗人，还可以当发明家，

诗仙的天国梦

当年发明的那种鞋子，上山的时候后跟高，前掌矮，下山的时候前掌高，后跟矮，我们在神话小说读到的仙人坐骑，翻山越岭如履平地一般，可能就是这么一个意思。李白特意穿上这个玩意儿，登在云梯之上，这个云梯比台湾那个101大楼的电梯还高，它高入青云之间，但需要客人自己一级一级地往上爬，李白就这样一边爬着，一边观赏着两边的美丽景色，也不怕一走神从空中掉了下来。他所看到的和听到的一切，就不用我逐一述说了，诗中他有详细的描写，特别是仙人出来的那个场面，因为身临其境，源于做梦的生活，那是写得相当精彩的。

李白为什么巴心巴肝地老要上天，老想去做神仙，这个问题，当年送他绰号谪仙人的贺知章先生回答过，说他本来就是天上的仙人，他叫太白，那就是太白金星吧，因为喝酒或者别的什么缘故，被贬谪下了人间，有点像《西游记》里说的那个天蓬元帅。但这只是酒席上的戏说，大家快活而已，当时的李白自己也不相信，否则他就不会说想到天上去，而会说想回天上去，像回故居、回老家、回娘屋那样，

【原诗】

梦游天姥吟留别[1]

李 白

海客谈瀛洲[2]，
烟涛微茫信难求[3]；
越人语天姥[4]，
云霞明灭或可睹[5]。
天姥连天向天横[6]，
势拔五岳掩赤城[7]。
天台一万八千丈，
对此欲倒东南倾[8]。
我欲因之梦吴越[9]，
一夜飞渡镜湖月[10]。
湖月照我影，
送我至剡溪[11]。
谢公宿处今尚在[12]，
渌水荡漾清猿啼[13]。
脚着谢公屐[14]，
身登青云梯[15]。
半壁见海日[16]，
空中闻天鸡[17]。
千岩万转路不定，
迷花倚石忽已暝[18]。
熊咆龙吟殷岩泉[19]，
栗深林兮惊层巅[20]。
云青青兮欲雨[21]，

诗说新语 李白们是怎样作诗的

水澹澹兮生烟。
列缺霹雳[22]，
丘峦崩摧。
洞天石扉，
訇然中开[23]。
青冥浩荡不见底[24]，
日月照耀金银台[25]。
霓为衣兮风为马，
云之君兮纷纷而来下[26]。
虎鼓瑟兮鸾回车[27]，
仙之人兮列如麻。
忽魂悸以魄动，
恍惊起而长嗟[28]。
惟觉时之枕席[29]，
失向来之烟霞[30]。
世间行乐亦如此，
古来万事东流水[31]。
别君去兮何时还？
且放白鹿青崖间，
须行即骑访名山[32]。
安能摧眉折腰事权贵[33]，
使我不得开心颜！

也不会说想做神仙，而会说想回到过去做神仙的日子。

他想上天为仙的动机，我认为和秦皇汉武是不一样的，秦始皇派徐福带三千童男童女去寻仙岛，是想万岁万岁万万岁，李白则不是，我怎么知道他不是呢，因为我听他喝酒的时候唱歌说，"但愿长醉不复醒"，长醉不醒和死有什么区别，不就是一个唐朝的植物人吗？活万万岁也是作为僵尸标本供后人参观，对自己没有任何实际的意义。

李白想做神仙，目的也应该像他在这首长诗中说的那句掏心窝子话，想欢心，想开颜，想不"摧眉折腰事权贵"，就这么一点简单的理想，在我们人间，在一个有思想、有个性、有骨气的知识分子身上，都是很难实现的。而作为皇帝，却每一秒钟都能做到，金银珠宝，锦衣玉食，特别是在绝色美女方面，比男神仙要方便得多，摧眉折腰是朝中百官和天下万民对他，而非他对朝中百官和天下万民。在这一点上，地上的人皇远远超过天上的玉皇，如果不是害怕驾崩，何苦还要当神仙呢？

天姥連天向天橫勢拔五岳掩赤城

鑫森畫

李白们是怎样作诗的

【注释】

①天姥山：在今绍兴新昌县东五十里，东接天台山。传说曾有登此山者听到天姥（老妇）歌谣之声，故名。

②海客：浪迹海上之人。瀛洲：传说中的东海仙山。

③烟涛：波涛渺茫，远看像烟雾笼罩的样子。微茫：景象模糊不清。信：实在。难求：难以寻访。

④越人：指绍兴一带的人。

⑤云霞明灭：云霞忽明忽暗。

⑥向天横：遮住天空。横，遮断。

⑦势拔五岳掩赤城：山势超过五岳，遮掩住了赤城。拔：超出。赤城：山名，在今浙江天台县北，为天台山的南门。天台(tāi)：山名，在今浙江天台

　　李白就为了那一点简单的理想，这天夜里终于上天去了。果不其然，他在天上看见的那帮子神仙们，谁也不拍谁的马屁，谁也不给谁行贿，谁也不向谁买官卖官，谁也不知道高薪、存款、现金、回扣、账户和支付宝是怎么回事，四大金刚八大天王二十八宿五百阿罗汉，都是根据各自的特长分管一摊儿。他想的是如果他能上天为仙，凭他"日试万言，倚马可待"的绝世才华，完全可以用自己的稿费买酒，"天子呼来"他是真的"不上船"，他才不给那个胖嘟嘟的杨玉环写歌词呢。

　　在中国的神话小说和民间文学中，从来都是天上比地上好，神仙比凡人好，证据是凡人中最有智谋的男人，总会被夸耀为简直神了，凡人中长得最好的女子，也总会被比方成貌若天仙。这些男女可都是万里挑一，从人间的矮子里选拔出来的将军，而那被比的神人和天仙，却是神仙中最普通的一员，闭着眼睛拉一个出来都是这样。这么一说，天上和地上的差别一下子就出来了，不然为何那么多人都想上天做仙，而很少有神仙愿意下地做人。不过，偶尔

也会出现个把两个特殊情况,好比说七仙女里的那个老四,那是个糊涂虫儿,被卖身葬父的董永给感动了,五分钟的热血,最后不还得回天上去么?还有那个织女,她其实是受胁迫的,下河洗澡的时候衣服被阴谋家老牛给抱走了,光着玉体不能上岸,天上可能也有对仙女贞操方面的严格规定,所以,万般无奈之下她只好嫁给牛郎。

这首全长四十五行的诗,每一行都写得好,人们却只记得最后两行,差不多有点子文化的中国人都能背诵。前面四十三行写得精彩而又热闹,猿叫、熊咆、龙吟、虎鼓、鸾车、天鸡、白鹿、云之君、仙人,让读者和诗人一道惊心动魄,其中有的能在野生动物园中见到和听到,有的实在没有办法,就不能和生活对号了。还有风马、霓衣、渌水、云梯、海日、岩泉、层巅、深林、洞天、石扉、丘峦、烟雨、霹雳、青冥、日月、金银台,人们紧紧跟着这位"脚着谢公屐"的义务导游,免费看了个够,美美地享受着神游太虚幻境的快感和刺激。但是大家却更喜欢梦醒以后从天上掉下来的李白,或者一直也没

县北。

⑧一万八千丈:形容天台山很高,对此欲倒东南倾:对着(天姥)这座山,(天台山)就好像要拜倒在它的东面一样。

⑨因之:因,依据。之,代指前段越人的话。

⑩镜湖:在绍兴,唐朝最有名的城市湖泊。

⑪剡(shàn)溪:水名,在今浙江绍兴嵊州市南,曹娥江上游。

⑫谢公:指南朝绍兴诗人谢灵运。

⑬渌:清澈。清:这里是凄清的意思。

⑭谢公屐:指谢灵运游山时穿的一种特制木鞋,鞋底下安着活动的锯齿,上山时抽去前齿,下山时抽去后齿。

⑮青云梯:指直

李白们是怎样作诗的

上云霄的山路。

⑯半壁见海日：上到半山腰就见到从海上升起的太阳。

⑰天鸡：传说。东南有桃都山，山上有树，枝延三千里，栖有天鸡，每当太阳初升，天鸡就叫起来。

⑱迷花倚石忽已暝：迷恋着花，依靠着石，不觉得天色已经晚了。暝，天黑。

⑲熊咆龙吟殷岩泉：熊咆龙吟，震荡着山山水水。"殷源泉"即"源泉殷"。殷，这里作动词用，震响。

⑳栗深林兮惊层巅：使深林战栗，使层巅震惊。

㉑青青：黑沉沉的。

㉒列缺：闪电。

㉓洞天石扉，訇（hōng）然中开：仙府的石门，訇的一声从

登上天去的他，举着酒杯，挺着腰杆，坚决不向权贵低头的骄傲的样子。

李白一生有两个梦，一个是做官，二个是做仙，能做官就做官，做不了官就做仙，"人生在世不如意，明日散发弄扁舟"，就是后面的这个意思。其实他这性格，如在一个社会制度健全的国度里有可能会成为一个好官，但在一个人事关系复杂的国度里就不合适了，人事关系有多么复杂，他就有多么不合适。所以在认识永王李璘之前，他对做官的欲望已经淡于了做仙，散发弄舟的理想由白天的诗，变成了夜晚的梦，于是这天夜里他就穿着谢灵运发明的鞋子登上天姥山了。

后人一直没弄明白一个因果关系，是他听贺知章叫他谪仙人以后才真的想做仙人呢，还是贺知章第一眼就发现他像仙人？贺知章之所以叫他仙人的原因，人们一般认为是他一能喝酒，二能做诗，但我觉得这种认为是错误的，因为喝酒和做诗并不是神仙和人的区别，神仙喜欢喝酒，人也喜欢喝酒，而且人在酒后还喜欢做诗，神仙似乎并没这个雅好，有谁知道

玉皇大帝和王母娘娘做过什么诗吗？没有对不对？好像只有风流倜傥的吕洞宾做过那么几首，也实在是不怎么样，这是其一。其二，杜甫在《饮中八仙歌》里写的八个人都能喝酒，都能做诗，这八个人里第一个就是贺知章，"知章骑马似乘船，眼花落井水底眠"，骑在马上东摇西晃咕咚一下滚到水井里去了。那么既然八个人都是仙人，而且八仙之六的李白这个仙人还是他自称的，"天子呼来不上船，自称臣是酒中仙"，却又为何独他一人多了个"谪"字，叫做谪仙人呢？

可能就是这一个字把李白给提醒了，哦，你们这七个仙人都是杜老弟打的比方，而我这个仙人却是贺老哥独具慧眼，原来我本就是天上的仙人，是周围一群仙人只会喝酒不会做诗，对我产生了羡慕嫉妒恨，方才怂恿玉皇大帝将我贬下人间。这不跟唐玄宗赐金放还是一个性质吗？不行，我还得回天上去！

再说同样又能喝酒又能做诗，被杜甫称为八仙之首的贺知章，为何单要把李白称为谪仙人，仅仅因酒与诗站不住脚了之后，人们的眼

中间打开。洞天：神仙所居的洞府。石扉：即石门。訇然：声音很大。

㉔青冥：青天。

㉕金银台：金银筑成的宫阙，指神仙居住的地方。

㉖云之君：云里的神仙。

㉗鸾回车：鸾鸟驾着车。鸾：传说中凤凰一类的鸟。回，回旋。

㉘恍：恍然。

㉙觉时：醒时。

㉚失向来之烟霞：刚才梦中所见的烟雾云霞都不见了。向来，原来。烟霞，指前面所写的仙境。

㉛东流水：（像）东流水一样（一去不复返）。

㉜且放白鹿青崖间，须行即骑访名山：暂且把白鹿放在青青的山崖间，等到要走

李白们是怎样作诗的

的时候就骑上它去访问名山。

③摧眉折腰：摧眉，即低眉。低头弯腰，即卑躬屈膝。陶渊明曾叹"我岂能为五斗米向乡里小儿折腰！"

光又转向了他的外表。然而看《李翰林集序》中他形容自己的长相是"眸子炯然，哆如饿虎"，《与韩荆州书》中他介绍自己的身高是"长不满五尺"，他的体貌并不能让见多识广的贺知章产生惊若天人一类的想象。或许原因出自他至今在学界也没有一个定论的籍贯上，当时的情况大抵是这样的，喝得云天雾地骑马似乘船的贺知章，在两眼昏花掉进水井之前问他，李老弟呀，你到底是哪儿的人啊？李白自然也喝得差不多了，一会儿说家在安陆，一会儿说曾住绵州，一会儿说祖籍陇西，一会说生于碎叶，贺知章终于被他给说晕了，用手指着他笑道，你这个来历不明的人莫不是从天上掉下来的不成？第二天一早，谪仙人的美名就传遍了长安。

以上戏说，君不足信，我们最好参考当涂县令李阳冰在《草堂集序》中对这位天才族侄的介绍，因为李县令不仅是他的族叔，还是他流放夜郎途中被赦归来晚年赖以生存的人，相对应该靠谱一点："陇西成纪人，凉武昭王高九世孙。蝉联珪组，世为显著。中叶非罪，谪居条支，易姓与名……（其父）神龙之始，逃

诗仙的天国梦

归于蜀……"

现在我要从他谜一样的出生说到他谜一样的修道，然后再说到他谜一样的死去。

"神龙之始，逃归于蜀"的李白父亲名叫李客，又是一个谜一样的名字，让人怀疑此名乃是获罪迁客的代称，至于罪从何起又如何得以逃归，同样还是一个不解之谜。李白随父自幼生长的巴蜀之域，正是东汉张道陵天师创立五斗米道的地方，距此圣地仅四十里，他在《上安州裴长史书》中自言的"五岁通六甲"，这六甲正是五斗米道的术数，《登峨眉山》中描述的"蜀中多仙山，峨眉邈难匹"，也正是青城、峨眉两大道教名山，结尾二句"倘逢骑羊子，携手凌白日"，是说他若是遇见骑羊的葛由，就随其一道飞上天去。《列仙传》载："葛由者，羌人也。周成王时，好刻木羊卖之。一旦骑羊而入西蜀，蜀中王侯贵人追之上绥山。山在峨眉山西南，高无极也。随之者不复还，皆得仙道。"李白心里是这么想的，羌人葛道士能骑羊羊，半个胡人的我也要骑羊羊，他能上天去玩儿，我也要上天去玩儿，篡用一句陈胜的

【韵译】

浪迹海上的朋友说起瀛洲那座东海的仙山，波光浩茫，雾气迷蒙，虚无缥缈中寻起来很难。吴越之地的人却说只有登上天姥山顶，在忽明忽暗的云霞中就能隐约看见。天姥山高耸入云，横断蓝天，挡住天台的南门赤城，超出五岳的最高山巅。一万八千丈的天台山也远没有它高，相比起来只能拜倒在它的东南面。根据吴越人的讲述我做了个梦，一天夜里我飞过闻名天下的镜湖水面，湖光倒映的月色照着我空中的影子，将我送到江水的上游，剡溪的岸边。忽然我想起曾经来过的谢灵运，当年他过夜的地方还在那儿，今夜却只能听见凄清的流水，啼叫的孤猿。我的双脚穿着谢

公发明的旅游鞋，攀登在天梯之上，行走在青云之间。刚走到半山腰我看见海上升起一轮红日，蓦然又从空中传来一声天鸡的叫唤。山路飘忽不定，山崖百回千转，迷恋着眼前的异花，背靠着路边的奇石，一转眼间天色已暗。山中流泉发出的声响，仿佛熊的咆哮龙的啸叫，使树林深处发出战栗，高山顶上引起惊颤。天空黑气沉沉，好像要下雨了，水上波光荡荡，似乎生起云烟。闪电过后雷声轰鸣，山体崩裂峰谷塌陷。电光映照的天府现出一道石门，訇的一声从中打开两扇。洞中昏黑幽暗，看不清究竟有多深，高高悬挂的日月双星照耀得金银台光辉灿烂。彩虹是漂亮的仙衣，清风是骏美的神马，云中的仙子飘飘

话说，神人仙子，宁有种乎？何况贺知章说了，我本来就是从天上贬谪下来的仙人。

葛道士骑羊而去，世上难道就没有道士了吗？有的，二十岁的李白隐居岷山，积极主动地向更多的道士靠拢，听司马承祯道士点赞他"有仙骨道气，可与神游八极之表"，他更觉得自己的骨头不同凡夫；元丹丘道士教他炼丹，他与其结为"异姓天伦"；吴筠道士和他游中相识，后以道士身份待诏翰林，就使劲在唐玄宗面前鼓捣把他也调来。而他身在人间，心却仍在天上，初登泰山，写诗六首，杜甫以一首之微状尽东岳之高大壮伟，"会当凌绝顶，一览众山小"，他以六首之繁不写山上的一切，写的却全是天上的奇景异物，玉女青童，仙禽神兽，由此而产生的心得是"安得不死药，高飞向蓬瀛"。这些他所反复梦想的东西，终有一夜在他的这首《梦游天姥吟留别》中集了大成："霓为衣兮风为马，云之君兮纷纷而来下。虎鼓瑟兮鸾回车，仙之人兮列如麻。"

梦中如此，梦醒亦然，"骑虎不敢下，攀龙忽堕天"（《留别广陵诸公》），"余将振衣去，

羽化出嚣烦"(《过彭蠡湖》),"永随长风去,天外恣飘扬"(《古风》之四十一),"遨游青天中,其乐不可言"(《飞龙引》),"每思欲遐登蓬莱,极目四海,手弄白日"(《暮春江夏送张祖监丞之东都序》),"颇闻列仙人,于此学飞术。一朝向蓬海,千载空石室"(《望黄鹤楼》),"倾家事金鼎,年貌可长新。所愿得此道,终然保清真"(《避地司空原言怀》)。

以至于与李白有通家之好的观察使范传正,在新的当涂县令为他新迁之坟的墓碑上扼腕长叹:"公好神仙,非慕其轻举,将以不可求之事求之,欲耗壮心遣余年也"(《唐左拾遗翰林学士李公新墓碑并序》)。

李白之死,我比较同意是死于因酒伤身的肝硬化,但自唐朝以至今日的超级白粉们不这么认为,大家宁愿以被崇拜者李白的浪漫主义精神,用他生前喜欢的月亮,梦里飞越的湖水,曾经希望的长醉这三种元素编织成一个凄美的神话,说他醉酒之后跳进湖里去捉水上的月影,就这样地离开了让他烦忧的人间。宋人梅尧臣听了此言,竟在《采石月赠郭功甫》一诗中信

荡荡,一个个从天上降到人间。猛虎击鼓弹奏仙乐,凤凰驾着仙车旋转,神仙们密密麻麻列队而站。这非凡的阵势让人心惊胆寒,恍惚中我一下坐起,不由得发出讶然长叹。只感觉自己身在床榻,除了枕席别无他物,仙境中的霞光烟色,随着梦醒倏忽消散。联想到人世享有的快乐也正是这样,自古以来天下万事都像东逝的流水一去不返。我与你这一别离,还不知什么时候才能相见。请把自由的白鹿放逐在青天白岩间吧,临行再骑上它去游历那些名山大川。人怎么能够低头弯腰,服侍那些权势之辈,让我不能开心,整天都郁寡欢!

李白们是怎样作诗的

谣传谣："醉中爱月江底悬，以手弄月身翻然"。

另有一说则属壮美，他嫌葛道士升天骑羊太小，自己要骑就骑最大个儿的，什么最大？海上巨鲸！明人冯梦龙觉得这个更加得劲儿，便在《警世通言》之《李谪仙醉草吓蛮书》一篇中让他吓走番蛮以后继续写道："……忽然江中风浪大作，有鲸鱼数丈奋鬣而起……只见李学士坐于鲸背，音乐前导，腾空而去。"这个故事后来又被我们《辞源》的编辑看见，遂对"骑鲸客"一词进行解释："骑鲸背以游海上。喻仙家、豪客。唐李白自署曰'海上骑鲸客'。"

李白可没有这么署过，李白只曾在某个文件上署过一次"海上钓鳌客李白"，鳌鱼的个头比鲸鱼更大，君记否昔日每逢地震，民间皆惊呼鳌鱼翻身么？并且李白还不是骑在它的背上，而是用竿子钓它的全身，你想那得要多大的腕力！

风流诗人对战后的想象

——说杜牧《赤壁》

若是早知,赤壁一战将为后世诗人留下无尽的创作素材,原本也是诗人的曹操还不如一边指挥八十三万人马渡江,一边自己写它几首,发表在战地小报上。或者本人专心带兵,让小儿子曹植写诗,二儿子曹丕写赋,先声夺人,为以后杜牧的《赤壁》,以及再以后苏东坡的《赤壁赋》,制造一点超越的难度。可惜的是,打仗的时候他没想到这一点,等想到时,这一仗又打败了,逃到华容道上险些丢了性命,回家哪还有心思来写这个。即便老了写回忆录,这个回忆录又怎么写呢?一回忆就头疼。有一次西川的张松对他提起这段往事,气得他差点儿把那个过目能诵的矮个子给杀了。

苏东坡不是当事人,所以能够放开手脚,不仅连写了两篇赋,而且还写了一首词,《念奴

> 杜牧(803—852),字牧之,号樊川居士,汉族,京兆万年(今陕西西安)人,唐代诗人。人称"小杜",以别于杜甫。与李商隐并称"小李杜"。因晚年居长安南樊川别墅,故后世称"杜樊川",著有《樊川文集》。

李白们是怎样作诗的

【原诗】

赤 壁

杜 牧

折戟沉沙铁未销[①],
自将磨洗认前朝。
东风不与周郎便[②],
铜雀春深锁二乔[③]。

娇·赤壁怀古》,"大江东去,浪淘尽,千古风流人物",气魄大得不得了,在全国赤壁文化的诗歌大奖赛中,是冲着一等奖去的。不过他也和曹操一样可惜,写战争题材,却把战场给弄错了,周公瑾大败曹军的赤壁,是湖北蒲圻的赤壁,苏东坡词中描写的赤壁,是湖北黄州的赤壁。他这么一阴差阳错,追捧他的苏粉竟然丧失原则,将错就错,把本来一个赤壁,活生生打造出文武两个赤壁,蒲圻的一个叫武赤壁,又叫周郎赤壁,黄州的一个叫文赤壁,又叫东坡赤壁。

李白、杜甫、陆游、辛弃疾等人也都写过赤壁,除了苏大学士的《赤壁怀古》之外,得票多的还有杜牧的同题诗。杜牧的胜出不在乱石穿空的画面,惊涛拍岸的音响,而在另辟蹊径,别开生面,他以一个后世游人的身份,在江边的沙滩上捡起一截断戟,磨去锈迹以后,发现是三国时代的武器,于是产生联想,提出一个别人都不容易想到的问题。这个问题是,假若在这场孙刘联盟的战争中,仗剑披发的蜀国军师孔明没有借来东风,雄姿英发的吴国都督周瑜不能火烧战船，失败的不是曹军而是孙刘联军，曹操会不会把乔国丈家这一对美丽的姊妹花，一同掳到他的宫中受用？

杜牧提出的这个问题，还真是个问题，因为孙吴联军的这次胜利并非必然，这一点从三国鼎立的最终结局可以看出。也就是说，曹军完全有可能不败，或者不至于败到如此惨烈的程度，是曹操一次又一次人为的错误，方才烧毁了自己的南下大计，而那股传说中的东风，只是引起那场火灾的引火柴边一块打火的镰子而已。我们不妨从头来看，蒋干盗书，他相信了周瑜的鬼话；蔡瑁张允错杀，他失去了水军的统帅；庞统献连环计，他上了这个凤雏先生的贼当；阚泽献诈降书，他再次相信黄盖的老屁股真的被周瑜打烂了。在这一次又一次中，他只要作出任何一个正确的判断，把住任何一个重要的环节，那股强劲的东风便是昼夜狂吹，顶多吹断战船上的几根桅杆，广东人说话，湿湿碎哪。因此，我们将这位小杜诗人《阿房宫赋》中的一句名言"族秦者秦也，非天下也"，引申为"灭曹者曹也，非东风也"，是非常恰当的。

【注释】

①折戟沉沙：断了的戟没入沙中；戟：一种武器。

②东风：东吴以火攻打败西面曹操的军队，必须借助东风。周郎：周瑜，吴军统帅。

③二乔：吴国美女姊妹，大乔嫁给国君孙策，小乔嫁给都督周瑜。

李白们是怎样作诗的

【韵译】

　　昔日的残枪断戟，如今还埋在沙里，磨去身上的锈迹，可认出前朝的武器。假若是当年的东风，不成全周瑜的火攻之计，乔家的这一对姊妹花儿，就会被掳进曹家的官邸。

　　再说美女二乔，老大嫁给小霸王孙策，是东吴现任国家最高领导人孙权的皇嫂，由于这个身份，孙策死后一直守着活寡。老二嫁给大都督周瑜，是吴国最高军事统帅的夫人，连这二位大政治家和大军事家的亲眷都被曹操活捉了去，关在铜雀台的春宫之中，证明赤壁一战，东吴不是败了，而是灭了，曹操把他们的老窝子都给端了。否则，周瑜便是还有一口气在，怎么说也得在江边抵抗一阵子，掩护国君、皇嫂兼他的姨姐，还有他的元帅夫人，大家一起安全转移，到江东某个根据地去暂避祸乱，等待东山再起卷土重来的时机。曹操的好色，我们从他在宛城吃的大亏已经看到，为了跟降将张绣守寡的婶娘睡上一觉，连长子曹昂都不要了，爱将典韦也不要了，如将倾国倾城的二乔捉去，安能放得过哉？

　　如果这场战争的结果，真像杜牧说的这样，东汉末年的历史都得重著，《三国演义》也得另起炉灶。曹军赤壁一战灭了孙权，三足断而为二，以刘备五个大将一个军师的弱小实力，无盟可联之下，再坚持几个小战斗也就完了蛋，

折戟沉沙鐵未銷
自將磨洗認前朝
甲午冬 聶鑫森作

曹操在其生前，尚有希望看到国家的统一。这么一来，罗贯中就有可能把这部书写成《两国演义》，或者由于少了许多精彩的故事，放弃不写亦未可知。也因这么一来，受害者又岂止二乔，仅从文学和艺术上讲，一部好看的小说没有了，几出好听的折子戏，诸如《蒋干盗书》、《苦肉计》、《阚泽下书》、《连环计》、《借东风》、《火烧赤壁》、《华容道》等等，都没有了。周瑜若是命中注定要被人气死，气死他的人也不会是孔明，却是曹操，曹操又不会去参加周瑜的追悼会，《三气周瑜》和《孔明吊孝》这一类的剧目，也将不复存在。就连以苏东坡为首的历代才子的诗词歌赋，以及杜牧的这首诗本身，统统都无再写的必要。

关于铜雀台，《三国演义》记载，建安十五年，曹操打败袁绍父子，北征乌桓，建都于邺城，在漳河之畔筑高台三座，赐名铜雀，命其子曹植作赋以贺。曹植赋成，曹操读之甚喜，封他为平原侯。赋中有一句"连二桥于东西兮，若长空之虾蝶"，被大阴谋家诸葛亮恶意篡改为"揽二乔于东西兮，乐朝夕之与共"，故意背诵给周瑜听，以此激怒这位吴军统帅。原诗中的二桥，原指铜雀台连接金虎台和玉龙台的两座桥梁，经诸葛亮这么一改，曹操要的就不是桥，而是人，是大都督的夫人和姨姐，气性本来就大的周瑜一听，焉能不气上加气，愤上加怒哉？于是死守长江天堑，除了忠君报国的一颗公心，又多了一份保妻卫姐的私情。其实《铜雀台赋》作于建安十五年，赤壁之战却是建安十三年的事，赋在先战在后，前后相差两年。再说这一篇赋，既是曹植写的，他一个做儿子的怎么会高呼口号，让他亲爹在他亲娘之外，东搂一个西抱一个，同时又添加两个漂亮的二奶？这都是小说家罗贯中的移花接木，精心编制，直到把周郎气死为止。

  杜牧在写这首《赤壁》前后，还写了一首《齐安郡晚秋》，诗中再次出现赤壁，"可怜赤壁争雄渡，唯有蓑翁坐钓鱼"。是调侃成千上万的革命先烈曾经抛头颅洒热血的地方，后人竟毫无悲壮肃穆之感，却缺乏政治思想觉悟地坐在那儿以钓鱼为乐，英雄们真是白牺牲了。此诗的格调不高，灰暗消极，角度和想象也比不上

《赤壁》。再加上前者是铜雀台里两个绝色的美人，后者是沙滩上一个披蓑衣的老汉，相比之下，读者的喜好是显而易见的，所以，这一首就不如那一首有名了。

无情未必边塞诗

——说王昌龄《芙蓉楼送辛渐》

王昌龄与高适、岑参、王之涣齐名,史称唐朝四大边塞诗人。但他除写边塞诗,也写情怨诗,还写送别诗,每有新作,多为梨园妓楼谱唱。唐人薛用弱《集异记》载,有一次,二王与高适在一酒亭小饮,四大边塞诗人唯岑参缺席,时有伶官十数人也登楼会宴,三个诗人互相打赌说,我们都别出声,听他们唱谁的诗,谁就在墙上画一个圈,谁的圈多,谁就是赢家。过一会儿就听一伶唱道:"寒雨连江夜入吴,平明送客楚山孤。洛阳亲友如相问,一片冰心在玉壶。"王昌龄在墙上画一个圈,又过一会儿又听一伶唱道:"开箧泪沾臆,见君前日书,夜台何寂寞,独是子云居。"高适在墙上画一个圈,又过一会儿又听一伶唱道:"奉帚平明金殿开,且将团扇共徘徊。玉颜不及寒鸦色,

王昌龄(698—756),字少伯,河东晋阳(今山西太原)人。盛唐著名边塞诗人,后人誉为"七绝圣手"。早年贫贱,困于农耕,年近不惑,始中进士。初任秘书省校书郎,又中博学宏辞,授汜水尉,因事贬岭南。开元末返长安,改授江宁丞。被谤谪龙标尉。安史乱起,为刺史闾丘晓所杀。

李白们是怎样作诗的

【原诗】

芙蓉楼送辛渐[①]

王昌龄

寒雨连江夜入吴[②],
平明送客楚山孤[③]。
洛阳亲友如相问[④],
一片冰心在玉壶[⑤]。

犹带昭阳日影来。"王昌龄又在墙上画一个圈。这次打赌,若以得票计算,应该算是王昌龄胜出,后来他被称为七绝圣手,不知是否与他的七绝屡屡入歌有关。

前些年听人讽刺余秋雨,说有公安干警在酒店抓住一伙妓女,搜其携带,发现人人身怀三宝,一是避孕套,二是口红,三是余氏的《文化苦旅》。闻者皆笑,我却在想,这不是好事么,在我们这个有着几千年灿烂文化的中华民族,有这么一本关于文化的苦旅,妓女爱之,证明妓女崇尚文化,至少在这一点上比一些不读书的公务员要好,当年的王昌龄若是从歌妓的手提包里发现了《王昌龄集》,他更得向王之涣和高适炫耀了,看看,这一下相当于好几十个圈圈不是?但从当今不读书的国人讽刺余秋雨一案中,可以看出一些以有文化为民族自豪感的中国人对文化的尊重已经不如一个妓女了。

而事实上,一本好书,一首好诗,不但妓女要读,抓捕妓女的公安干警也要读。同样是这个公安干警抓捕妓女的故事,如果出现这么一个细节就有意思了,公安干警从妓女的随身包里搜出一本《唐诗三百首》,信手一翻,正好是王昌龄的《芙蓉楼送辛渐》,就对妓女一笑念道:"洛阳亲友如相问,……哦,您的洛阳亲友要是问起你在北京做什么工作,我能告诉他们你在做这个吗?"

我敢打赌,这么一问,比关她十天,罚她三千块钱,没收她的暂住证,都要管用,说不定她去洗手间的金盆里洗一个手,出来的时候就是一个暗下决心从此要走正道争取将来当一名女官员,让洛阳亲友刮目相看的女青年了。如果是这样,就说明了文化的力量,诗的力量,七绝圣手王昌龄的力量,强于一些其他的说教和惩罚。

王昌龄自然没有这么想过,这首诗他不是写给伶人和妓女的,而是写给辛渐的。乐人要拿去谱曲,歌伎要拿去演唱,那是他们的事,作者管不着,唐朝还没有颁布著作权保护法是一个方面,另一个更重要的方面是作者为什么要管呢?被人喜欢是好事情,为他作了广告,扩大他的影响,反倒是他得道一声谢谢。至于这首诗的起因,是他在江宁做官,人称王江宁

【注释】

①芙蓉楼:原名西北楼,在润州(今江苏省镇江市)西北。《元和郡县志》记载:"晋王恭为刺史,改创西南楼名万岁楼,西北楼名芙蓉楼。"辛渐:诗人的一位朋友。

②寒雨:秋冬时节的冷雨。连江:雨水与江面连成一片。吴:古代国名,这里泛指江苏南部浙江北部一带。江苏镇江一带为三国时吴国所属。

③平明:天亮的时候。客:指作者的好友辛渐。楚山:楚地的山。这里的楚也指镇江市一带,古吴、楚先后统治过这里,吴、楚可以通称。孤:独自,孤单一人。

④洛阳:现位于河南省西部、黄河南岸

⑤冰心,比喻纯

李白们是怎样作诗的

洁的心。玉壶，比喻清廉的德行，唐人诗文中常用。如姚崇《冰壶诫》："内怀冰清，外涵玉润，此君子冰壶之德也。"

的时候，他的一位名叫辛渐的朋友要去楚山，他就在一座名叫芙蓉楼的大酒店为辛渐送行。芙蓉楼应该是唐朝的润州，现在的江苏镇江一座五星级大酒店，因为志书记载，此州有西南、西北两座大楼，东晋王恭当刺史时把二楼重新装修了一下，改称西南楼为万岁楼，西北楼为芙蓉楼。王昌龄在全州数一数二的大酒店里宴请辛渐，足可见这个辛渐不是普通的朋友，也不是普通的身份。

首句"寒雨"二字，让人判断这大约是一个春初或者秋末的雨天，北方冬季少雨，想必南方也是这样。昨天夜里，几分寒凉的雨水弥漫在浩瀚的江面，朋友辛渐船泊吴地，住过一晚，天亮又要到楚山去。王昌龄既是接风，也是饯行，想着此去山高水长，朋友孤苦无伴，不觉感叹路途的艰辛，相逢的短暂。接下来自己的心也随之远去，想象着这位独行者到了楚山，见到他的洛阳故人，问起他来，他让辛渐告诉他们，他还是那个样子，一颗心还是那样纯净高洁，丝毫也没有和这个肮脏的世界同流合污。最后这句"一片冰心在玉壶"，七个字竟

洛陽親友如相問 一片冰心在玉壺

甲午歲 韓鑫淼 畫

李白们是怎样作诗的

【韵译】

　　漫天的冷雨连接着水面，夜色中船泊吴地的江边。天亮的时候送别好友，他独自一人去往楚山。告诉他若是见到我洛阳的亲朋，寒暄中问起我的事来，就说我一片冰清玉洁的心里，依然坚守着昔日的信念。

被后世视为人生的最高境界，念叨了将近两个七百年，至今不朽。

　　王昌龄的代表作应是边塞诗，边塞诗的代表作应是《出塞》其一："秦时明月汉时关，万里长征人未还。但使龙城飞将在，不教胡马度阴山。"以及《从军行》其四："青海长云暗雪山，孤城遥望玉门关。黄沙百战穿金甲，不破楼兰终不还。"祖国的边塞将士威震天地，气壮山河，后者与他诗坛好友王之涣的《凉州词》异曲同工，疑是有人命题唱和，那孤城，那玉门，望之凄凉，念之心碎。

　　这样一位铁骨铮铮而又冰清玉洁的边塞诗人，最终还不如永赴边塞不还。先是被贬龙标为尉，有李白赋《闻王昌龄左迁龙标遥有此寄》："杨花落尽子规啼，闻道龙标过五溪。我寄愁心与明月，随风直到夜郎西。"之后又至惨死。欧阳修和宋祁编《新唐书·文艺传》载，王昌龄官贬龙标，时逢安史之乱，告假回家看望亲人，被濠州刺史闾丘晓所杀。但是其人第二年就遭了报应，叛军围困睢阳，河南节度使张镐传檄闾丘晓刺史引兵出救，闾丘晓畏死不前，张节度使派人把他捉来，这个杀了王昌龄的狗官伏地大叫，家有亲人，请求饶命。传中写道："镐曰，王昌龄之亲，欲与谁养。遂令杖杀。"张节度使说，就你有亲人，别人没有亲人？王昌龄家的亲人交给谁养？打！给我狠狠地打！命人一顿乱棒将他打死了。

我同意张节度使的做法，杀人者就得偿命，天经地义，无可厚非。不能光开会通报批评一下，假装撤去官职，过一段时间等风声平息，换个地方又让他妈的当起了狗官。

李白们是怎样作诗的

仙人的忧愁和一诗二题之谜

——说李白《宣州谢朓楼饯别校书叔云》

李白（701—762），字太白，号青莲居士，唐朝浪漫主义诗人，被后人誉为"诗仙"。祖籍陇西成纪（待考），出生于西域碎叶城，四岁再随父迁至剑南道绵州。存世诗文千余篇，有《李太白集》传世。762年病逝，享年六十一岁。其墓在今安徽当涂，四川江油、湖北安陆有纪念馆。

有统计学家，试将李白诗中出现最多的字统计了一下，结果找出了这四个：酒、月、忧、愁。这四个字正好分成两对，这两对又正好相互对立，后一对是忧愁，前一对是消忧解愁，所以这位诗仙兼酒仙的一生，就是在这四个字的尖锐对立中度过的。

在李白喜欢的诗人当中，南朝占了两人，这两人并称二谢，大谢叫谢灵运，小谢叫谢朓。谢朓任宣州太守的时候，曾经在宣州的陵阳山顶建造了一座楼，名谢公楼，唐人觉得这个楼名起得不对，以职务之便，扬自己之名，怎么能把领导的姓氏放进去呢？大楼是工匠盖的，资金是人民出的，土地是国家管的，只有职务是你的，但你的职务不也是政府给的吗？若是不给你这个职务，想盖房子你就回家自己盖猪圈去！于是，谢公楼就被改成了叠嶂楼，叠嶂的意思是，楼对面的山峦一层又一层的，并不是反对个人崇拜的这个人叫张叠嶂、李叠嶂。

现在，李白就坐在他所喜欢的这位诗人组织建造的这座楼上，一边对月饮酒，一边诉说忧愁，这首登楼饯别的名诗就是这么写出来的。关于此诗，有一个问题被研究家们研究出来了，那就是他诗中的这个叔叔，不是他的亲叔叔，而有可能是他的族叔，甚至关系更远的长辈，因为李白出名以后，他的家谱中直系十八代都查无其名。

然而，还有三个半问题没有研究出来，第一，为什么他诗中的这个叔叔有两个名字，一个叫李云，一个叫李华；第二，这个名叫李云和李华的叔叔为什么同时有两个职务，一个叫校书郎，一个叫监察御史；第三，这首宴请李云或李华叔叔的诗为什么有两个题目，一个叫《宣州谢朓楼饯别校书叔云》，一个叫《陪侍御叔华登楼歌》；最后的半个问题，为什么谢公楼已经改名叠嶂楼了，他还要在本诗的最初题目中引用前名，而且一不做二不休，索性把谢

【原诗】

宣州谢朓楼饯别校书叔云[1]

李　白

弃我去者，
昨日之日不可留，
乱我心者，
今日之日多烦忧。
长风万里送秋雁[2]，
对此可以酣高楼[3]。
蓬莱文章建安骨[4]，
中间小谢又清发[5]。
俱怀逸兴壮思飞[6]，
欲上青天揽明月。
抽刀断水水更流，
举杯消愁愁更愁[7]。
人生在世不称意[8]，
明朝散发弄扁舟[9]。

李白们是怎样作诗的

【注释】

①此诗《文苑英华》题作《陪侍御叔华登楼歌》，则所别者为李云（官秘书省校书郎），李华（文学家）。李白另有五言诗《饯校书叔云》，作于某春季，且无登楼事，与此诗无涉。宣州：今安徽宣城一带。谢朓（tiǎo）楼：又名北楼、谢公楼，在陵阳山上，谢朓任宣城太守时所建，并改名为叠嶂楼。饯别：以酒食送行。校（jiào）书：官名，即秘书省校书郎，掌管朝廷的图书整理工作。叔云：李白的叔叔李云。

②长风：远风，大风。

③此：指上句的长风秋雁的景色。酣（hān）高楼：畅饮于高楼。

公写成谢朓呢？

我的研究是这样的，这叔侄二人登上这座大楼喝酒的时候，这个族叔名叫李云，职务是朝廷秘书省的一名校书郎。秘书省下面有一个著作局，责任是负责起草和编校国家的各种公文，职务分著作郎、著作佐郎、校书郎、正字，套用现在的行政级别，著作郎是司局级以上，著作佐郎是处级以上，校书郎是正科级以上，正字是科级以下。

这个著作局原本是属于中书省的，后来中书省只管编修国史，就被划归秘书省了。校书郎李云的级别很低，只相当于目前一个县文联的主席，诗注称他为著名的散文家，其根据是他写过一篇赋，还有一篇碑文是颜真卿的书写，李阳冰的篆额。唐朝的艺文志上并没有他的名录和诗文，估计授衔者是听李白在这首诗中夸他"蓬莱文章建安骨"，据此而想当然。

李白有当面夸人的毛病，何况李云马上要走，又是自己设宴招待的客人，而且还是叔叔，夸一句怎么啦？然后喝完酒，送走李云，写好这首诗，题目就初步拟定《宣州谢朓楼饯别校

長風萬里送秋雁對此可以酣高樓

鑫森 畫

④蓬莱：此指东汉时藏书之东观。蓬莱文章：借指李云的文章。建安骨：汉末建安年间，"三曹"和"七子"等作家之诗风骨道劲，后人称之为"建安风骨"。

⑤小谢：指谢朓，字玄晖，南朝杰出诗人。后人将他和谢灵运并称为大谢、小谢。这里用以自喻。清发（fā）：指清新秀发的诗风。发：秀发，诗文俊逸。

⑥俱怀：两人都怀有。逸兴（xìng）：飘逸豪放的兴致，多指山水游兴，超远的意兴。壮思：雄心壮志，豪壮的意思。

⑦消：另一版本为销，均为消除、去除意。

⑧称（chèn）意：称心如意。

⑨明朝（zhāo）：

书叔云》。另一名字《陪侍御叔华登楼歌》，我想那是分别以后，情况发生了一点变化，下面也是我的揣测。

李白的这位族叔有两个身份证，当校书郎时叫李云，天宝十一年升为监察御史，改叫李华。唐朝的监察御史又叫侍御，是服侍皇上读书的文职官员，比校书郎的职位要高，李白知道以后，就高不就低，便为旧诗取了新的诗题，用了他新的官职和新的名字。碰巧天宝十二年诗歌杂志的主编，出于疏忽，把这一诗二题的两个版本都编了进去。

要不然还有另一个可能，这次登楼饯别，要离别的是两个族叔，一个李云，职为校书郎，一个李华，官拜监察御史，而诗中除了一句"蓬莱文章建安骨"是夸对方文章写得好外，余者皆为李白的自咏自叹，那个文章写得好的对方，又没点明是某一位，可以理解为两人都写得好。因而，将这首没有实指，纯属感怀言志的登楼饯别诗，先后送给两位族叔也行。

李白的族叔看来不少，在他因参加李璘兵变被放逐夜郎，中途遇赦而返失业流浪人生最灰暗的日子里,李云和李华这两个喝过他酒的族叔一个也没有了,倒是另一个名叫李阳冰的当涂县令族叔收留了他,让他终于结束了一生的颠沛之旅,成全了他一个醉中捞月而去天国的浪漫神话。

最后的半个问题,即他为什么明知故犯,硬抵硬抗,非要把已经改名为叠嶂楼的楼写成谢朓楼不可。那是因为,李白的叛逆性使然,他好不容易才佩服上一个诗人,而这个诗人就是小谢,他请人到这个楼上喝酒就是冲着小谢来的,他就是要说这个楼是小谢的楼,以此纪念小谢逝世多少周年,他这样写又不犯唐法,你把他怎么着吧?

同在这一年的秋天,除了这首七言诗,他还写了一首五言诗,继续怀想小谢,再次把小谢的名字写入诗题:《秋登宣城谢朓北楼》。因为小谢是开一代风气的山水诗人,他竟一反豪气冲天的狂放,也学写起了清新秀丽的山水诗:"江城如画里,山晓望晴空。两水夹明镜,双桥落彩虹。人烟寒橘柚,秋色老梧桐。谁念北楼上,临风怀谢公?"

明天。散发(fà):不束冠,意谓不做官。这里是形容狂放不羁。古人束发戴冠,散发表示闲适自在。弄扁(piān)舟:乘小舟归隐江湖。扁舟:小舟,小船。

李白们是怎样作诗的

【韵译】

　　重逢的昨天已离开了我,它要离我无法让它不离,相别的今天又来扰我,使我的心情无比忧郁。长风送君万里,伴陪秋天的大雁远飞,临行前登上高高的酒楼,在这里最后一次尽情地欢聚。您的学问如蓬莱的藏书,文章更有建安七子的风骨,我的诗风则像南朝的谢朓,清新灵动而又潇洒秀丽。我们都怀有飘逸优雅的诗兴,飞扬豪壮的思绪,恨不能登上青天,摘下那一轮月亮捧在手里。我想抽出佩刀斩断江水,但那江水流得更快,我想举起酒杯消解忧愁,但这旧愁不走又来了新虑。人活在这个世上十有八九都不如意呵,倒不如明天弃冠散发,驾着一条小船随波而去。

　　一诗二题的那一首诗,开头一句"弃我去者"和"不可留",恰好成了此诗的反语,历经千年之后,它仍然没有离去而留存到了今天,被人咏为经典和绝唱。而结尾两句,有些岑参《与高适薛据同登慈恩寺浮图》结尾的意味,"誓将挂冠去,觉道资无穷",而他毕竟是个游仙,比政府官员岑参潇洒多了,只见他一手举杯,一手抽刀,接着又弃冠散发,乘舟而去,那衣袂飘飘的身影,永远地活在了后人的心中。

被无聊才子文字游戏的诗

——说王之涣《凉州词》

以《凉州词》命名的唐朝同题诗歌大赛中，有两位诗人的作品同登榜首，一首是王翰的《凉州词》，一首是王之涣的《凉州词》。与前者的悲壮、豪迈相比，后者更多的是苍凉、凄寒，词中劝说羌笛不要怨，作者自己倒从字缝里透出怨来，无意间让人听出铁骨铮铮的边塞诗人，原来也有一段幽怨的柔肠。

传说这首名字叫词的诗，后来真就被人改成了词，这人是清朝的大才子纪晓岚，因为给乾隆皇帝书写扇面，手头上一大意，漏写了一个"间"字，仗着聪明有才，索性重新断句，将"黄河远上白云间，一片孤城万仞山。羌笛何须怨杨柳，春风不度玉门关"，念出一种全新的版本："黄河远上，白云一片，孤城万仞山。羌笛何须怨，杨柳春风，不度玉门关。"这个

王之涣(688—742)，是盛唐时期的著名诗人，字季凌，汉族，绛州（今山西新绛县）人。豪放不羁，常击剑悲歌，其诗多被当时乐工制曲歌唱。名动一时，常与高适、王昌龄等相唱和，以善于描写边塞风光著称。其代表作有《登鹳雀楼》、《凉州词》等。

诗说新语

李白们是怎样作诗的

【原诗】

凉州词[1]

王之涣

黄河远上白云间[2],
一片孤城万仞山[3]。
羌笛何须怨杨柳[4],
春风不度玉门关[5]。

传说是以喜剧结尾,既宣扬了有幸的才子,又歌颂了难得的明君。只顾作诗的乾隆皇帝读的诗没有纪晓岚多,于是被他忽悠过去,才华横溢而又机智勇敢的纪晓岚,为以后风靡神州的电视连续剧,又多提供了一个精彩的包袱。

这段佳话的作者,想必是经过若干昼夜的苦思冥想,发现去掉一字可以弄出另种效果,就把这宗好事安给一个选定的人物。中国文人有着几千年以做文字游戏侍候君王的优良传统,兼奴才与捧哏于一身,以上应属此类文学的代表作品之一。它所炫耀的机智和才华,离边塞诗人本来的悲叹已相去甚远,虽然黄河仍是那条黄河,白云还是那片白云,孤城万山羌笛杨柳春风玉门,等等一切都仍是王之涣本来用过的诗歌材料,但是它在文艺为谁服务的问题上,已经由出塞的将士和边塞的生民,转为玩弄文人也为文人玩弄的皇帝了。

有人模仿重新断句的《凉州词》,把杜牧的《清明》也进行了改编,效果没这个好,也就没有传而广之。这是雅的,民间还有一些俗的此类故事,譬如说有一个穷的亲戚,去看一个富的亲戚,本来应该喝完一杯茶就走,不该这时天上下起雨来,穷亲戚又穷得无伞可带,眼看着有继续留下吃饭以至住宿的可能,富亲戚就在纸上写了一句话放在桌面,假称有事隐入后院,以为过些时候回来,这位识文断字的穷亲戚已知趣而走,因为纸上写着:"下雨天留客天留我不留",意思是老天爷留你我都不留你。孰料等他回来穷亲戚非但没走,反倒自己烧水洗起了脚,再看纸上,那句忘了打上逗点的话被这个纪晓岚式的穷亲戚断句为:"下雨天,留客天,留我不?留!"后面还是个感叹号。这个故事告诉我们一个做穷人的道理,一是要有才,二是不要脸,否则就会没人管饭,没人留宿。

王之涣的《凉州词》共有两首,另一首是"单于北望拂云堆,杀马登坛祭几回。汉家天子今神武,不肯和亲归去来。"诗中神武的大汉天子,自然不是将昭君娘娘送去和番的汉元帝,不然他又得和写"汉恩自浅胡自深,人生乐在相知心"的王安石做同题诗,并且还要进行一场辩论了,王安石对昭君出塞这一历史事件的总结,乃是汉帝无情,胡人有恩,王之涣却分明站在

【注释】

①凉州词:原名《出塞》。为当时流行的一首曲子《凉州》配的唱词。凉州,属唐陇右道,治所在姑臧县(今甘肃省武威市凉州区)。

②远上:远远向西望去。黄河远上:远望黄河的源头。"河"一作"沙","远"一作"直"。

③孤城:指孤零零的戍边的城堡。仞:古代的长度单位,一仞相当于七尺或八尺(1尺≈33.3333厘米)。

④羌笛:古羌族主要分布在甘、青、川一带。羌笛是羌族乐器,属横吹式管乐。何须:何必。杨柳:《折杨柳》曲。古诗文中常以杨柳喻送别情事。

⑤春风:某种温暖关怀或某种人间春

诗说新语 李白们是怎样作诗的

意。度：吹到，吹过。玉门关：汉武帝置，因西域输入玉石取道于此而得名。故址在今甘肃敦煌西北小方盘城，是古代通往西域的要道。六朝时关址东移至今安西双塔堡附近。

反方的立场。与《凉州词》齐名或比之更有名的诗，是他那首被反复选入小学生课本的《登鹳雀楼》："白日依山尽，黄河入海流。欲穷千里目，更上一层楼。"它谆谆地教导着孩子们，要有远大的理想和抱负，若要望远，必须登高。

之所以王之涣的诗可以被别人重新组合，而别人的诗不可以，那是因为他的字词有凝练、鲜明、干脆的特性，如是李商隐般的含蓄和缠绵，纪晓岚在扇子上写漏了字也只好重写一把。但他虽然诗风刚劲，在当代却仍广为传唱，《集异记》里讲述的三大边塞诗人登楼饮酒，听歌画圈的故事，最后的胜出者并不是提出比赛的王昌龄。

关于这个过程，唐人薛用弱是这么写的，当伶人们唱了王昌龄一首，又唱了高适一首，接着又唱了王昌龄一首之后，这时候王之涣再也坚持不住了，说她们唱的都是下里巴人，而非阳春白雪，并且用手指着一名最好的伶人与二位打赌，下一首若还不唱他的，他就从此退出诗坛，若唱他的，他们得趴在床下拜他为师。果不其然，这名伶人一开小口，悠悠唱道："黄

88

黃河遠上白雲間
一片孤城萬仞山

聶鑫森作

李白们是怎样作诗的

【韵译】

远远地看那奔腾的黄河，就像是在白云中翻滚，在一片万丈高山之中，夹着一座孤零零的古城。何必用羌笛吹奏送别的杨柳曲，埋怨这里没有春天的美景，是因为那无力的春风吹不到这偏僻的边关玉门。

河远上……"

我怀疑最后的这名伶人比第三名聪明，对于名人的作品，也像我们今天的文坛，防止打架最好不安排在一个版面，如因某种原因不得不放在一起的话，那就分门别类各排第一，让大家的面子都过得去。要么就是，王之涣一看形势对他不利，趁着去上洗手间的工夫给了伶人小费，回来才打的这个赌。其实根据伶人的文化素质和生活情趣，自觉演唱王昌龄的"寒雨连江夜入吴，平明送客楚山孤"，高适的"开箧泪沾臆，见君前日书"的几率，应该比王之涣刀砍斧劈一般坚硬直峭的"一片孤城万仞山"要高，现在的歌坛也是这样。

王之涣的命运，比王昌龄好不了多少，虽不至于遭人杀害，却也穷病早死。早先年少游侠，未走科举，而以门子调补冀州衡水主簿。妻死子幼，父母双亡，衡水县令李涤爱其才华，怜其身世，将十八岁只有他一半年龄的女儿嫁给他为续弦。后来遭人诬陷，愤而辞职，在家里度过了十五年的惨淡光景。因为日子太苦，又谋了一个文安县的县尉之职，上任不久却就死了。几年以后,小他十七岁的可怜寡妻李氏也随他而去,王之涣是有前妻之人,这对贫贱不移的夫妇竟不能够葬于一墓。

李白们是怎样作诗的

忧国诗人的销魂之夜

——说杜甫《赠卫八处士》

杜甫（712—770），字子美，汉族，本襄阳人，后徙河南巩县。自号少陵野老，唐代伟大的现实主义诗人，与李白合称"李杜"。为了与另两位诗人李商隐与杜牧即"小李杜"区别，杜甫与李白又合称"大李杜"，杜甫也常被称为"老杜"。

同是诗人与朋友喝酒，同是诗人在酒后写诗，读者若有英明的眼珠，可以看出是大诗人还是小诗人，真诗人还是假诗人，以诗达意的诗人还是借诗讨好的诗人。俗话说的酒后吐真言，那是修炼不够的急性子，等不及做诗就把一肚子的话用散文说了，若同饮者是懂诗的朋友，稍安毋躁将其弄成韵文，那必是见情见性的好诗一首，虽然其中或有疑为反动的言论。古时不止一位酒后喜欢写诗的先生，一晕之下，将自己写进牢里，甚至写掉宝贵的脑袋，便是不该把真言吐了出来，如果没有酒的怂恿，一辈子死死憋在心里，老婆也未必能够看出。

在这类诗人群里，往往大诗人、真诗人、以诗达意的诗人居多。而小诗人、假诗人、借诗讨好的诗人，则有着超级冷静的本领，把大

忧国诗人的销魂之夜

于诗才的为人处世的才能，反其意用在酒后说假话上。他们红着脸儿喊上几句权贵爱听的押韵口号，拐着弯儿地让对方看到，于是被认为是赤子之心，前途遂比前者要光明得多，在一些官方投资的诗歌节上，也往往比前者还要坐得靠前，甚而至于前到主席台上。

真性情的大诗人与朋友喝酒之后，写出的诗也各有不同，从前面说过的几首来看，李白是捶胸顿足，狂呼大叫，动不动就即席发表激情澎湃的长篇演讲，但那都是不可实现的乌托邦；孟浩然一边吃鸡，一边喝黄米粥，一边商量着重阳节的那一天再怎么安排，这等小事却是能够做得到的；而我们的诗圣杜甫，他略发了几句李白式的感慨，"人生不相见，动如参与商"，又大谈了一席孟浩然式的家常，"昔别君未婚，儿女忽成行"，接着就又回到他忧国忧民的老习惯上来了，"明日隔山岳，世事两茫茫"。三位诗人，三种情性，三样诗风，谁也不能安在另外一人的身上，万一安错了也能认出来。

这首诗的内容相当丰富，如果实在不能扩写成一部电视连续剧的话，改编一部电影是完

【原诗】

赠卫八处士[1]

杜　甫

人生不相见，
动如参与商[2]。
今夕复何夕，
共此灯烛光。
少壮能几时，
鬓发各已苍[3]。
访旧半为鬼[4]，
惊呼热中肠[5]。
焉知二十载，
重上君子堂。
昔别君未婚，
儿女忽成行[6]。
怡然敬父执[7]，
问我来何方。
问答乃未已[8]，
驱儿罗酒浆[9]。
夜雨剪春韭[10]，
新炊间黄粱。
主称会面难[11]，
一举累十觞[12]。
十觞亦不醉，
感子故意长[13]。
明日隔山岳[14]，
世事两茫茫[15]。

93

【注释】

①卫八处士，名字和生平事迹已不可考。处士，指隐居不仕的人；八，是处士的排行。

②参(shēn)商，二星名。商星居于东方卯位（上午五点到七点），参星居于西方酉位（下午五点到七点），一出一没，永不相见。动如，是说动不动就像。

③苍，灰白色。

④访旧句，意谓彼此打听故旧亲友，竟已死亡一半。访旧，一作"访问"。

⑤对"惊呼热中肠"有两种理解，一为见到故友的惊呼；二为意外的死亡使人惊呼。

⑥成行(háng)，儿女众多。

⑦"父执"词出《礼记·曲礼》："见父之

全没问题的。剧中的主要角色，是杜甫和一个姓卫名叫卫老八的，这人在唐书上无从查起，更未录入《唐才子传》，可能是位不愿当官的自由知识分子，家中兄弟倒是不少，他被列为第八个。影片采用倒叙的手法，从一个下着小雨的春天的夜晚，杜甫来到卫八处士的居家开始，轻叩柴扉，童子开门，问是何人，实言告知，卫八处士闻声就迎了出来。两人互相打量对方都已斑白的鬓发，回想上次在这里一别，迄今已有二十年，那时眼前的卫八还没结婚，现在儿子女儿已经站成一排了，各自感叹一番，然后几个儿女把杜伯伯簇拥进了屋里。灯烛之下，宾主二人开始叙旧，回顾往事，影片由彩色转为黑白，蒙太奇的手法，当年的伙伴有一半都已死了。诗中没有写到他们是怎么死的，编剧可将诗圣名篇三吏三别里的悲惨与凄凉，有机地装一些子进去。

从这一餐简单而又隆重的接风宴中，可以吃出卫八处士的身份，家庭的条件和环境，他几乎成了一位农夫，和孟浩然的那位"具鸡黍"的"故人"同属一类。招待二十年不见的老友，

今夕复何夕 共此灯烛光

鑫森作

执。"意即父亲的执友。执是接的借字,接友,即常相接近之友。

⑧乃未已,还未等说完。

⑨驱儿,让儿子。罗,罗列,指摆上酒菜。

⑩"夜雨"句:郭林宗曾冒雨剪韭招待好友范逵。"间":读去声,掺和的意思。黄粱,即黄米。新炊是刚煮的新鲜饭。

⑪主,主人,即卫八。称就是说。

⑫累,接连。

⑬故意长,老朋友的情谊深长。

⑭山岳,指西岳华山。这句是说明天便要分手。

⑮世事,包括社会和个人。两茫茫,是说以后命运如何,彼此都不相知了。

再拮据也是要喝酒的,让儿女们把酒摆上,只是鸡鸭鱼肉没有那么现成,或者也炒了几盘肉,不过杜甫虽说是个现实主义,也不好意思像孟浩然那样如实写进诗里。而仅挑出两样有诗意的作为例子,好比说,冒着夜雨到园子里去割的新韭菜啦,专门掺了黄米的新鲜饭啦,因是春天,那米应该是去年秋天的新谷打的米。

杜甫的酒量自然不比斗酒诗百篇的李白,但是这一顿,他竟喝了十杯酒,想必卫八处士也不下十杯,宾主二人感叹着见面一次太不容易,酒逢知己,重见故人,很愿意一醉方休,结果却一个也没有醉,还让客人说出一句"感子故意长"的客气话来。这个下着小雨的春天的夜晚,微醺的杜甫走了没有,什么时候走的,若是留下,是在烛光下面彻夜长谈,还是睡在一间比他以后盖的茅庐要好的客屋,诗中都没有写。电影到这里就进入了尾声,留下"两茫茫"的画外之音,直至剧终才慢慢消散。

《赠卫八处士》是杜甫的另类诗,它不像《新安吏》、《石壕吏》、《潼关吏》、《新婚别》、《垂老别》、《无家别》那般悲惨,不像《月夜》、《狂夫》、《茅屋为秋风所破歌》那般凄凉,也不像《春夜喜雨》、《闻官军收河南河北》、《饮中八仙歌》这么纯粹的欢乐和兴奋。如果没有最后两句忧郁的杜诗标志,它倒有些像是孟浩然的诗材和诗风。这个时候,他也更像他自号的少陵野老,闲处世外,超然时事,用难得轻松一次的韵句,和地主一道聊起了家常。

杜甫这次去卫八处士家,是被贬官来到华州之后,想起少年时代一个乡下的朋友,从洛阳探望旧居回来路上顺便看上一眼。在此之前,安史之乱中他被安禄山的叛军所俘,从长安的集中营逃到灵武,冒着敌人的战火去见新帝肃宗,一定是出于信任和感激,肃宗封了他一个左拾遗的官职。这是专给皇上捡拾疏忽遗漏的七品谏官,应该说比他过去保管兵器的职务要高。但接下来,他却不该为因事而免去相位的房琯上疏求情,大约是救人心切,言辞过激,肃宗一怒之下令人把他抓了起来,新上任的宰相张镐又极力为他求情,方才得以释放,改贬到华州任司功参军,大概是在一个地级市的衙门里分管意识形态工作。

【韵译】

人生在世好友相见有时也难,好比此起彼落的参星和商星,你在那边我在这边。今天晚上是个什么好日子呢,我们又见面了,共同坐在一盏灯烛下面。叹息着年轻时的光景实在太短,转眼之际大家已经白发斑斑。互相打听过去的熟人,听说半数都已逝去,嘴里不由得发出慨叹。谁能想到整整二十年过去,而今我又走进这个熟悉的庭院。记得当年我们分别的时候你还没有成亲,现在你却儿女成群合家美满。孩子们都这样敬重父亲的好友,问我从哪里来路上可还平安。我高兴地回答着话还没有说完,你就让孩子们端上酒菜摆好杯盘。你像前人的佳话一样夜里冒雨割了韭菜,

李白们是怎样作诗的

锅里煮好的是掺夹着黄米的新鲜米饭。主人感慨着见一次面太不容易,又是酒逢知己,这次要把十杯酒都喝完。十杯都喝完了我们也没有醉,谢谢我的朋友,你的真情可以感动苍天。过了这一夜我们又要分手,从此以后还得离水隔山,世上的事呀真是难料,还不知明天的风雨会如何变幻。

连这么忠厚老实的人也有犯错误的时候,这世事也真是太两茫茫了。他在华州是先后两度,长安收复他曾回去又做了一阵子左拾遗,但他终究不得肃宗待见,二次再贬华州。不过在华州的这些日子里,对于诗人的杜甫太重要了,他亲眼看见了人民的苦难,国土的疮痍,由此写下了被称为诗史的三吏三别:"满目悲生事,因人作远游。"哀痛之余,也留下了《赠卫八处士》这样的温馨怀旧之诗,聊以抚慰自己心中的创痕。

在这个春天里下着小雨的乡村的夜晚,这位热爱祖国,热爱人民,热爱朋友,诗人中的朋友、官宦中的朋友以及乡村里的朋友的好人,因着这一次的朋友相逢已暂时地撇开了一切,喝着老酒,吃着新韭,说着旧话,吐着真情,幸福地回到了很久以前的时候。

公然仿制的千古名作

——说李白《登金陵凤凰台》

如果不是李白，这首诗必被指为抄袭，如果不是李白，崔颢以及崔颢的诗未必会被人记得如此深刻，中国的事情就是这样，唐朝亦然。说李白的《登金陵凤凰台》抄袭了崔颢的《黄鹤楼》，并不是没有道理的话，且不说词字，至少在句式上，模仿、剽窃和抄袭这些不同的概念，细查起来又很朦胧，若把崔颢换了今天正愁不能出名的文人，用国家的著作权法去提起诉讼，无论赢不赢钱，名却是能赢一点的，这就行了。但问题是在当时，李白这一方公然承认，甚至主动宣传，故意给人以模仿崔颢的印象，而崔颢那一方又极其的高兴，以被大诗人模仿为荣，这个官司就打不起来了。

崔颢的《黄鹤楼》是这样写的："昔人已乘黄鹤去，此地空余黄鹤楼。黄鹤一去不复返，

李白（701—762），字太白，号青莲居士，唐朝浪漫主义诗人，被后人誉为"诗仙"。祖籍陇西成纪（待考），出生于西域碎叶城，四岁再随父迁至剑南道绵州。存世诗文千余篇，有《李太白集》传世。762年病逝，享年六十一岁。其墓在今安徽当涂，四川江油、湖北安陆有纪念馆。

李白们是怎样作诗的

【原诗】

登金陵凤凰台

李　白

凤凰台上凤凰游，
凤去台空江自流。
吴宫花草埋幽径①，
晋代衣冠成古丘②。
三山半落青天外③，
二水中分白鹭洲④。
总为浮云能蔽日⑤，
长安不见使人愁⑥。

白云千载空悠悠。晴川历历汉阳树，芳草萋萋鹦鹉洲。日暮乡关何处是，烟波江上使人愁。"南宋计有功编撰《唐诗纪事》，此诗下注"世传太白云：'眼前有景道不得，崔颢题诗在上头。'遂作《凤凰台》诗以较胜负"，于是就有了李白的《登金陵凤凰台》："凤凰台上凤凰游，凤去台空江自流。吴宫花草埋幽径，晋代衣冠成古丘。三山半落青天外，二水中分白鹭洲。总为浮云能蔽日，长安不见使人愁。"

同是借景抒情，感物伤怀，咏发人生的悲叹，因有"吴宫花草"和"晋代衣冠"入诗，《凤凰台》就多了一层历史的纵深之感；收尾又有"浮云蔽日，不见长安"这样的句子，还可见到时代的光影。另外在格律上，《黄鹤楼》三、四句并非对仗，不能成为首联，应属古体，《凤凰台》则是字字工整的七律。但前者毕竟已为先声之作，尤其是李白为了加大吹捧的力度，舍己为人，不惜自贬，遂被蘅塘退士编入《唐诗三百首》的七言篇首。

这事还没完，李白又继续仿制了《鹦鹉洲》一首："鹦鹉来过吴江水，江上洲传鹦鹉名。

鹦鹉西飞陇山去,芳洲之树何青青。烟开兰叶香风暖,岸夹桃花锦浪生。迁客此时徒极目,长洲孤月向谁明?"直取《黄鹤楼》中所写鹦鹉,所写芳草,并且也由七律变回旧体,三、四两句也不对仗,四句结尾也用叠字,更让人一看便知是与崔颢"以较胜负"。

元人辛文房《唐才子传》中,复有类似《纪事》的记载,说李白因见崔诗,即"无作而去,为哲匠敛手云"。以上或是来自野史,未必真实,首次披露这事的计氏本人就有"恐不然"的注文。后来他诗赠友人,心里仍放不下这件事,又写了"我且为君槌碎黄鹤楼,君亦为吾倒却鹦鹉州",写完将笔一搁,那里就成了以后的"搁笔亭"。当时还有个名叫丁十八的杠客和他抬杠,问他何时把黄鹤楼捶碎了?楼不还是好好的么?李白说,这一个是黄鹤仙人请玉帝重修的,那一个早没有啦!

"一忝青云客,三登黄鹤楼",李白自己说他总共来了三次,诗也写了三首。不过写的不是黄鹤楼,这一首是写他自己,另两首却是写孟夫子和史郎中。《黄鹤楼送孟浩然之广陵》:"故人

【注释】

①吴宫:三国时孙吴曾于金陵建都筑宫。

②晋代:指东晋,南渡后也建都于金陵。衣冠:指的是东晋文学家郭璞的衣冠冢。现今仍在南京玄武湖公园内。一说指当时豪门世族。衣冠,士大夫的穿戴,借指士大夫、官绅。成古丘:晋明帝当年为郭璞修建的衣冠冢豪华一时,然而到了唐朝诗人来看的时候,已经成为一个丘壑了。

③三山:山名,今三山街为其旧址。半落青天外:形容极远,看不大清楚。

④一水:一作"二水"。指秦淮河流经南京后,西入长江,被横截其间的白鹭洲分为二支。白鹭洲:白鹭洲:古代长江中

的沙洲，洲上多集白鹭，故名。

⑤浮云蔽日：喻奸邪之障蔽贤良。比喻谗臣当道。浮云：陆贾《新语·慎微篇》："邪臣之蔽贤，犹浮云之障日月也。"

⑥长安：这里用京城指代朝廷和皇帝。

西辞黄鹤楼，烟花三月下扬州。孤帆远影碧空尽，唯见长江天际流。"《与史郎中钦听黄鹤楼上吹笛》："一为迁客去长沙，西望长安不见家。黄鹤楼中吹玉笛，江城五月落梅花。"他所喜欢的两位老朋友，一个在三月辞别此楼，乘舟去往扬州，走的是水路；一个在五月离开江城，骑马或是步行去往长沙，走的是旱路。眼看江上帆影，耳听楼中笛音，他的心思一片浩茫。

三登三写，还没把姓崔的比下去，自知在黄鹤楼的题材上是比不过了，于是换个地方，到金陵去打凤凰台的主意，终于打了一个平手。这自然是计有功、辛文房以及丁十八们对李白不肯服气的说法，若以我想，李白最初说出那句"眼前有景道不得，崔颢题诗在上头"，要么是偷懒，要么是喝醉了，要么就是对名气上小于自己的崔诗人的扶掖，后一种则有极大的可能。此风由唐朝延及今日，著名诗人为不著名或不太著名诗人的诗集作序，往往也谦称作者比自己写得好，这种不花成本的人情是很值得一做的。以李白之才，世上还有何样的景色他道不得？别说崔颢题了诗，

三山半落青天外
二水中分白鷺洲

鑫森畫

李白们是怎样作诗的

【韵译】

　　这个名叫凤凰的台上，曾经真有凤凰来过，如今凤凰飞走台上空空，唯有台前江水悠悠。西汉吴宫的鲜花和香草，早就埋在幽僻的路下；东晋大夫的袍带和冠冕，已经化为堆积的荒土。遥远模糊的三山，半截露出苍茫的天外；来自秦淮的一水，流向白鹭栖聚的洲头。天空的浮云和雾霾，总是遮蔽着太阳的光辉，看不见帝都长安，实在让人心里感到担忧。

便是杜甫和孟浩然题了诗又怎么？后来他不连着写了好几首吗？

　　严羽的《沧浪诗话》夸"唐人七言律诗，当以崔颢《黄鹤楼》为第一"，这话说得有一点过，至少此诗可称七言，却不是严格的七律，如说是第一流则无可争辩。这就有一个问题值得探讨了，即崔颢能够写出第一流的诗，又为何不能忝列第一流的诗人。一说是因他暴露了社会的黑暗面，攻击了国家领导人，"女弟新承宠，诸兄近拜侯"，就是影射玄宗皇帝和杨氏兄妹，"人生今日得骄贵，谁道卢姬身细微"，"莫言炙手手可热，须臾火尽灰亦灭"，又警示那些权贵朝生暮死的悲惨下场，所以开元年间中的进士，只当了个太仆寺丞的小官，熬到天宝中期也才做到司勋员外郎。

　　然而此说不能服众，做不了大官，不等于做不了大诗人，"红颜弃轩冕"的孟夫子连太仆寺丞也没有做，至于生前的勇敢激进，反而能够成为身后美名的筹码，那么此中缘故就得另找了。

　　另一说是他"多写闺情，流于浮艳"，被人所看不起，例如北海太守李邕闻其才名，虚舍邀之，崔颢就来向太守大人献诗，刚念出第一首《王家少妇》的第一句"十五嫁王昌"，李邕便大喝一声"小儿无礼"，不再接见他了。但这一条的说服力仍不是很强，杜牧不仅写闺情，而且还写妓情，不是与李商隐并称小李杜，与诗圣杜甫几乎要齐名么？继续寻找原因，终于找到了最是要命的一条，"行履稍劣，好蒱，嗜酒，娶妻择美者，稍不惬即弃之，凡易三四"。赌博，酗酒，好色，男人的臭毛病他都有，三项全能，找老婆还要找好看的，一不喜欢就离婚，总共换了三四个。也就是说，崔颢未能获得德艺双馨的荣誉称号，有诗无行，《黄鹤楼》写得再好也不中。

而我们的李白，别看他蔑视权贵，目无天子，嚣张狂妄以至其极，但他只好酒，不好色，虽说也娶了四个老婆，却都不是他不想要人家，而是人家不想要他，或者索性以遗体向他告别。而且个个长得都不漂亮，比诸葛亮家的阿丑强不了多少。再加上李白的确是有诗才，明知道他抄了崔颢的《黄鹤楼》，投票选举，还是让他名列榜首。

李白们是怎样作诗的

大唐时代的文人相亲

——说杜甫《梦李白·其一》

杜甫（712—770），字子美，汉族，本襄阳人，后徙河南巩县。自号少陵野老，唐代伟大的现实主义诗人，与李白合称"李杜"。为了与另两位诗人李商隐与杜牧即"小李杜"区别，杜甫与李白又合称"大李杜"，杜甫也常被称为"老杜"。

民国以降，中国多是文人相轻，从口号的论争，到主义的战斗，再到人格的攻击，诸种现象，成全了杂文这种现代文学形式的诞生。共和国之后，中国多是文人相侵，杂文犹嫌不能置人于死地，又出现了大字报、检举信、批判书等新的文体，白热化时已经不是互相侵犯，而是互相残害，非常时期的政治为中国当代文人一次一次地提供着殊死的战场。但在古代，比方说是唐朝，中国则多是文人相亲，如四杰，如四边塞，如六逸，如八仙，如刘柳，如李杜，其文学的表现手法主要是诗。

安史之乱，已经做了道士的李白，恰逢镇守江淮的永王李璘出师东巡，在出仕还是归隐的问题上，他像哈姆雷特王子一样犹豫了一会儿，很快就决定投靠永王，一口气写下十一首

《永王东巡歌》,"永王正月东出师,天子遥分龙虎旗","但用东山谢安石,为君谈笑静胡沙","南风一扫胡尘静,西入长安到日边"。

不料事与愿违,李璘的起义军离长安还大老远的,就被自己皇帝哥哥的部队给打败了,站错队的李白在浔阳,即现今的江西九江下狱。此时,像当年韩荆州一样爱才的博陵郡王崔涣来到江南,李白写诗求救,妻子宗氏也哭着喊冤,驻军此地的御史中丞宋若思把他从牢里救出来,让他又做了自己的幕僚。但是正在这个时候,朝廷的通知也下来了,把支持造反派的李白流放夜郎,就是传说中那个以自大而闻名的夜郎国,现今贵州桐梓一个偏僻的部落。

这是轻的。永王谋反,即位新君肃宗李亨瞒着刚刚退休的太上皇,密令皇甫铣杀之,后李璘果然兵败被俘,却又逃走,皇甫铣欲脱罪责,谎称杀死。李璘妻儿被遣蜀中,同党薛镠等人皆被剿杀,李白身为李璘幕僚兼以诗助谋者,罪也当诛,是他当年曾经救过的兵部尚书加同平章事郭子仪,在肃宗面前力保方免一死,改判最轻的流放。

【原诗】

梦李白·其一

杜甫

死别已吞声,
生别常恻恻[1]。
江南瘴疠地,
逐客无消息[2]。
故人入我梦,
明我长相忆[3]。
恐非平生魂,
路远不可测[4]。
魂来枫林青,
魂返关塞黑[5]。
君今在罗网,
何以有羽翼[6]?
落月满屋梁,
犹疑照颜色[7]。
水深波浪阔,
无使蛟龙得[8]。

李白们是怎样作诗的

【注释】

①吞声：极端悲恸，哭不出声来。恻恻：悲痛。开头两句互文。

②瘴疠：疾疫。古代称江南为瘴疠之地。逐客：被放逐的人。

③故人：老朋友，此指李白。

④罗网：捕鸟的工具，这里指法网。羽翼：翅膀。这两句说：既已身陷法网，系狱流放，怎么会这样来往自由呢？

⑤恐非平生魂：疑心李白死于狱中或道路。这两句说：我梦到的该不是你的魂魄吧？山高路远，谁知道你是否还活着？

⑥枫林：李白放逐的西南之地多枫林。关塞：杜甫流寓的秦州之地多关塞。李白的魂来魂往都是在夜间，所以说"青""黑"。

这件事，无论怎么说都是李白错了，李白的错又先于李璘的错，而最先错的还是错用了安禄山的李三郎。不过，对于父亲政策上的错误及其带来的灾难，作为儿子的李璘应该和父兄一起奋起挽救，而不应该趁机也叛，另立中央。姑且不从亲情上说玄宗对这个小儿子的出生多么得意，喜称天降麟儿而取名为璘，不说他的太子哥哥李亨对谁都不放心，亲自一手把这个小弟弟养大成人，便是出于至高无上的国家和人民的利益，他也必须服从军令，精诚团结，将安禄山赶出大唐江山，还华夏百姓一个太平的日子。

然后，如果觉得明皇老爹和贵妃小妈的确玩儿得有点过火，李亨哥哥即位当一把手还不如自己，可以通过全民公投，把他们请到顾问委员会去，自己挽起袖子来把国家治理得更好。不行再让位，"乘风破浪，直挂云帆"的李白除了写诗若真还有执政才能的话，让李白来试一届也未尝不可。

李白的错误有两点，其一，没有站在国家的立场，而纯乎为了一己之私。日试万言，心

死別已吞聲,生別常惻惻。甲午年 聶鑫森 畫

⑦颜色：指容貌。

⑧这句指李白的处境险恶，恐遭不测。祝愿和告诫李白要多加小心。

雄万夫，一生却不得其志，好不容易入朝为官，也只领得供奉翰林的虚衔，侍候皇帝读书作文，参政议政的事没他的份儿，无非是一个白领的弼马温。酒后刚发一点牢骚，就被身边的克格勃打小报告，很快财务派人送盘缠来请他走人，以至于一度进庙里当了道士。如今能在真皇子李璘麾下为僚，他日事成，前途比假皇叔刘备帐前的孔明还要光明，于是立马就去换衣服。

其二，没有头脑，毫无心计，不会纵观天下，审时度势，说到底还是个诗人的材料，别说当国家领导人，当居委会主任不出三天就会下野。当时江南名士如萧颖士、孔巢父、刘宴等，也曾接到永王的邀请函，他们都不去参加茶话会，永王兵败，李白被发配到夜郎国去挨蚊子咬，那三只狡猾的老狐狸还能在江南继续听歌观舞，喝酒吃鸡。

本文主要是说诗人的诗，说做梦的诗人和被梦见的诗人，说诗人蕴含在这首叙梦诗中感天动地的真情，暂不说诗里诗外的诗人立场和是非。事实上在这场战争中，这两个大诗人身处的是两个敌对的阵营，科场失利未中进士的

大唐时代的文人相亲

杜甫,在长安度过困窘的十年,终于谋了一个看管兵器的小官,却在安史之乱中被叛军抓住,有幸逃跑出来,到灵武去见新帝肃宗,又被任命为左拾遗。若是按照两个阶级、两条路线、两条道路的斗争学说,他们应是不同阶级、路线和道路的敌人。

不仅杜甫,他们共同的朋友边塞诗人高适也应与李白为敌。李璘谋反迹象已露,朝廷派高适为淮南节度使,来瑱为淮西节度使,韦陟为江东节度使,三面牵制被李白振臂高呼"天子遥分龙虎旗"的李璘。但是,忠厚老实、关爱诗友、只重感情、没有阶级斗争观念的杜甫,依然把年长十一岁的诗坛老大李白当作自己最亲密的朋友和兄长。自从两人在洛阳相遇,几年后又在兖州重逢,"醉眠秋共被,携手日同行",从此杜甫就把李白种在了心里,为他的命运而深深地忧虑着,以至于夜里做梦看见他悲惨的形容,醒来怀疑他已经死了,前来入梦的是他不散的阴魂。

其实在他眼泪汪汪地写着这首诗时,梦中见到的李白,现实中只走到被流放夜郎的半路

【韵译】

告别死去的亲人,我悲恸得哭不出声音;离开活着的朋友,我也常常会感到伤心。想起江南,在那瘟疫流行的地方,被放逐的人已很久没有听到音讯。我的老朋友啊夜来到我的梦里,知道我长久地思念着他,今晚才前来与我相逢。我担心他已不在人世,眼前是他死后的魂魄,因为路太远了,人不会这么快就来临。这个魂魄来的时候,我还能看见林中绿色的枫树,而他走的时候,山关要塞已黑得什么也看不清。如今你被陷罪名,身遭囚禁,在那个陌生的地方,哪里有你的朋友和亲人?平生你最喜欢的月光,此时铺满了我的屋顶,我却又在怀疑,它已照不到你往日的面容。这个世界太可

李白们是怎样作诗的

怕了，就像一片水深浪险的死海，你可千万要小心，不要葬身那凶残的蛟龙。

上，大约是在重庆巫山一带，因关中遭遇大旱，新帝肃宗体恤民情，笼络人心，宣布举国大赦，死刑犯人改为流放，流放犯人改为免流。这样，刚刚还在哀叹"夜郎万里道，西上令人老"的、已快六十岁的、幸亏走得慢的命大的李白，又从巫山调头而回，路过三峡，还写了一首《早发白帝城》："朝辞白帝彩云间，千里江陵一日还。两岸猿声啼不住，轻舟已过万重山。"这个仰天大笑的狂人，他又狂了起来，不是流放我吗？老子一天就回来了，你们这些猴子叫个什么，万重大山也挡不住我重返自由之身！

当然这是我的戏说，李白此时并没有嘲笑猴子的心情，他归心似箭，恨不得比千里一日更快，此时就返回长安，来到新的皇帝身边。

烽火连三月的战乱年代，又没有手机和网络，真把个重情重义又什么都被蒙在鼓里的杜甫给害惨了，但由此而衍生的一个关乎友情的千秋佳梦，足可以壮了大唐至今中国梦史的行色。做梦的人肝肠寸断，读梦的人魄动心惊，被梦的人何其有幸！噩梦醒来，杜甫由生死未卜的李白想到已死千年的屈原，一句"魂来枫林青"，出自《楚辞·招魂》："湛湛江水兮上有枫，目极千里兮伤春心，魂兮归来哀江南！"此言是屈原弟子宋玉为老师招魂而作。"蛟龙"一词则从屈原的鬼魂口中说出，梁代吴均的《续齐谐纪》记道，东汉初年有人在长沙见到屈原，听他诉说"吾尝见祭甚盛，然为蛟龙所苦"，杜甫害怕李白也像屈原一样遇到蛟龙，吓出一身冷汗，嘱咐老哥，千万不要被蛟龙吃了啊！

清人浦起龙的《读杜心解》解曰："纯是迁谪之慨。为我耶？为彼耶？同声一哭！"同代徐增在《而庵说唐诗》中也说："子美作是诗，肠回九曲，丝丝见血，朋友至情，千载而下，使人心动。"他们都是懂得此诗，懂得感情，懂得子美的人。

李白们是怎样作诗的

送君南山归隐图及其他

——说王维《送别》

王维（701—761，一说699—761），字摩诘，汉族，河东蒲州（今山西运城）人，祖籍山西祁县，唐朝诗人，有"诗佛"之称，与孟浩然合称"王孟"。开元九年（721年）中进士，任太乐丞。王维是盛唐诗人的代表，今存诗四百余首，重要诗作有《相思》《山居秋暝》等。

苏东坡说"味摩诘之诗，诗中有画；观摩诘之画，画中有诗"的这个摩诘，就是能诗会画又懂音乐而且还通佛理的王维。王维字摩诘，号摩诘居士，与田园诗人孟浩然合称王孟。这首《送别》，不是他最有名气的诗，也不是他最有画面的诗，但却是最有个性的诗，它有人物，有情节，有对话，同时也提供了一幅山水人物画的内容。一座山，一条路，一匹马，一家酒店，两个人，一人在马上，一人在马下，马下的人手挽马缰，马上的人身子微倾，二人侧目望山，山边飘着几朵悠然的白云。

我怀疑受陶渊明影响很深的王维，为了表达归卧的理想，在此诗中把他幻化为两个人，以他自己的肉身送别自己的灵魂，一送一行，一问一答，就好比现代相声里的捧哏和逗哏，利用送者小小心心地提问:"下马饮君酒,问君何所之?"探得行者含含糊糊地回答:"君言不得意,归卧南山陲。"然后心领神会的送者就不再问了:"但去莫复问,白云无尽时。"如果是这样,则又可以推为单口相声的鼻祖。

说他一人化二,自答自问,其根据在于若是送别生活中的真实人物,为作纪念,他是可以点名道姓的,在他其余的送别诗中,《送梓州李使君》、《送李太守赴上洛》、《送张五归山》、《送元二使安西》、《送沈子福之江东》、《送丘为落第归江东》等,都把人物写入诗题,不仅有被送者去往何方,最后一人连科考失利这个丢面子的事都公布了出来。而他此诗只写送别,既不写送谁之别,也不能写王维送摩诘居士之别,这就不免让人心怀狐疑。

再往下想,真要当成相声来说,这首诗里还有很多的包袱可抖,仅君之所答的"不得意"三字,就可以说出三十种人生的烦恼,如官场,情场,名利场,每一种都是促其归卧的一记响鞭。再如饮完这次送别酒后,行者是重新骑着马儿归卧,还是把马儿留给送者,自己步行到

【原诗】

送　别

王　维

下马饮君酒[①],
问君何所之[②]?
君言不得意,
归卧南山陲[③],
但去莫复问[④],
白云无尽时[⑤]。

李白们是怎样作诗的

【注释】

①饮君酒：劝君饮酒。饮，使……喝。

②何所之：去哪里。之，往。

③归卧：隐居。南山：终南山，即秦岭，在今陕西省西安市西南。陲：边缘。

④但：只。

⑤无尽时：多，层出不穷。

南山陲去。捧哏问到此处，逗哏若无妙语相对，摇手说出一个"莫复问"，问题就算是解决了。当然，这些思想已接近于戏说的范畴，王维送别此人，以至写下此诗的时候，他的心情和表情，都应该是极严肃的。

但是当我读到王维的另一首同题诗《送别》，又推翻了以上关于灵与肉的怀疑，"山中相送罢，日暮掩柴扉。春草年年绿，王孙归不归。"觉得他不像是自己送自己，而仍然是送一个真实的朋友，两首诗如有区别，区别乃在于前一首是"送时"，后一首是"送罢"，前一首是送隐君，后一首是送王孙，不知"一岁一枯荣"的春草"又绿江南岸"时，此人还回不回来。这首《送别》题目相同，写法不同，送者相同，别者不同，情意相同，境界不同，因此，作为一位亦仕亦隐、半仕半隐、其身为仕其心向隐的诗人，两首诗的研究价值就不同了。

王维的生活也一直处于两者之间，他不像孟浩然一样隐居田园，也不像李白一样四方遨游，还不像张九龄一样专心做官，他是一边做官一边隐居，隐一隐居做一做官，做官期间在长安东南的蓝田山麓置下一处别业，住在里面与朋友饮酒做诗。那里原是初唐诗人宋之问的庄园，宋之问因与武则天的男宠张易之过从甚密，中宗时被贬为泷州参军，获同一罪名的还有杜甫的祖父杜审言。后又与杜审言等同为修文馆学士，却再次以受贿罪贬越州长史，睿宗时流放钦州，玄宗时赐死，这座京城最大的别墅就沦落到了王维的手中。

在唐朝乃至各朝的诗人中，诗文书画俱全并且都取得如此成就者委实不多，而王维除这之外还通音律，《唐国史补》记载，有人得奏乐图一幅，不知其名，王维称之为《霓裳羽衣曲》的第三叠第一拍，请乐师演奏，果然不差。虽然沈括的《梦溪笔谈》考证《霓裳羽衣曲》第三叠是散曲，并无第几拍之说，有白居易"中序擘騞初入拍"为证，但王维的音乐才华却是见之于正史的。

他这一生三起三落，吃过亏也遭过罪，有一次还差点儿死了。十五岁就会做诗，二十岁就中了进士，任太乐丞，因伶人舞黄狮子受到连累，贬为济州司仓参军。张九龄执政，升为

【韵译】

请下马吧请把这杯酒喝了再走，不知你这一去将在哪里停留？你说是红尘熙攘真没意思，还不如隐居深山落个自由。好吧我知道了，我就不再问你，想必你去的是一个世外之境，那儿蓝天幽幽，白云悠悠。

右拾遗，第二年又做了监察御史，接着奉命出塞，任凉州河西节度幕判官。安史之乱爆发，他和杜甫一样被叛军所俘，但他没像杜甫一样逃跑，而是当了叛军的伪职。叛乱平息，本来应以三等罪下狱，只因他在被俘时写了一首思念天子的《凝碧池》，又因他时任刑部侍郎的弟弟王缙平叛有功，请求削去自己官职为哥哥赎罪，方才得到朝廷的宽大，降为太子中允，后来又兼中书舍人，最后死在尚书右丞任上。

王维之死非常传奇，这个聪明过人的人，死也死得比人聪明。史书上这样记载："一日，忽索笔作书数纸，别弟缙及平生亲故，舍笔而卒。"竟恍如写诗作画，落下最后一笔，把笔一放就死了，一丁点儿的痛苦也没有。

他的诗像不施粉黛的少女，清新活泼，天然明丽。最有名的是《相思》："红豆生南国，春来发几枝？愿君多采撷，此物最相思"；最有情的是《九月九日忆山东兄弟》："独在异乡为异客，每逢佳节倍思亲。遥知兄弟登高处，遍插茱萸少一人"；最有画的是《山居秋暝》："空山新雨后，天气晚来秋。明月松间照，清泉石

君言不得意
歸臥南山陲
甲午年
聶鑫森作

李白们是怎样作诗的

上流。竹喧归浣女,莲动下渔舟。随意春芳歇,王孙自可留。"

这就又回到苏东坡的"味摩诘之诗"上来了,请看,天、山、月、松、泉、石、竹、溪、女、莲、荷、舟,还有一位诗中未曾出现,却暗藏在莲下渔船上的撑篙的蓑笠翁。一片色泽明艳的景象迎面而来,可以是一幅横卷的秋暝图,也可以是四只竖挂的山水条屏,画出了入世的王维醉心向往的出世之梦。

发生在自家的三吏三别

——说杜甫《月夜》

纵观大唐诗人，在处理男女关系的问题上，杜甫是最好的。后人封他诗圣，可能也有这方面的原因。若只比谁写得多，李白最多，斗酒诗百篇；比写得长，白居易最长，长如《长恨歌》；比写得好，李、白二人都好，排行榜上三名并列；比忧天下，陈子昂有"念天地之悠悠，独怆然而涕下"；比忠君，骆宾王有"还应雪汉耻，持此报明君"；比爱国，王昌龄有"但使龙城飞将在，不教胡马度阴山"；比悯农，李绅有"谁知盘中餐，粒粒皆辛苦"；比孝顺，孟郊有"谁言寸草心，报得三春晖"。那么还比什么？比综合水平，几项全能，道德品质，生活作风，这么一比，几乎唯有杜甫是最规矩的。调查组去他那个为秋风所破的茅屋一看，根本住不下二奶之类，又没有公款去洗脚搓背开房间，有他

杜甫（712—770），字子美，汉族，本襄阳人，后徙河南巩县。自号少陵野老，唐代伟大的现实主义诗人，与李白合称"李杜"。为了与另两位诗人李商隐与杜牧即"小李杜"区别，杜甫与李白又合称"大李杜"，杜甫也常被称为"老杜"。

【原诗】

月 夜

杜 甫

今夜鄜州月[①],
闺中只独看[②]。
遥怜小儿女[③],
未解忆长安[④]。
香雾云鬟湿,
清辉玉臂寒[⑤]。
何时倚虚幌[⑥],
双照泪痕干[⑦]。

也不会去。

再看其他的诗人同志,写天地山川,风花雪月,翠楼红粉,优伶名妓,那叫有劲儿,而写自己家的黄脸婆,估计只有他一个人。以他同宗诗人小杜杜牧为例,扬州十年写了多少相好的女孩儿,甚至还去写八竿子打不着的同姓老美人杜秋娘,也不提坚守在后方的自家贤妻一个字。因此把诗圣让给杜甫来当,谁都不争,谁都不能争,谁争都争不走。诗圣不是诗王,不是诗帝,自古帝王爱美人不下江山社稷,往往在合欢床上睡成一排。圣人则不,如文圣人孔夫子,武圣人关老爷,一生绝无绯闻,老百姓就以圣人视之,几千年来把头磕破。

我们的诗歌圣人杜甫也是如此,在"烽火连三月"的战乱之年,营养不良的身子穿着一件多日不洗的长袍,仓皇奔走的路上被士兵捉住,关在长安的一间小黑屋里。他隔窗遥望,望见天上的月亮,想着此时身在异地却又同在月下的苦难的妻子。这是天宝十五年八月的一个夜晚。同年春天,安禄山和史思明的叛军由洛阳攻下潼关;五月杜甫带着家眷,从奉先转

今夜鄜州月
閨中只獨看

聶鑫森
作於甲
午冬月

李白们是怎样作诗的

【注释】

①鄜(fū)州：今陕西省富县。

②闺中：内室。看，读平声。

③怜：想。

④未解：尚不懂得。

⑤香雾云鬟(huán)湿，清辉玉臂寒：写想象中妻独自久立，望月怀人的形象。香雾：香气从涂有膏沐的云鬟中散发出来，所以说"香雾"。望月已久，雾深露重，故云鬟沾湿，玉臂生寒。云鬟，古代妇女的环形发饰。

⑥虚幌：透明的窗帷。幌，帷幔。

⑦双照：与上面的"独看"对应，表示对未来团聚的期望。

移到潼关以北的白水，投奔他的舅舅；六月长安沦陷，玄宗逃往蜀地，杜甫又携家眷从白水转移到鄜州的羌村；七月太子李亨在灵武即位，称为肃宗，杜甫得到消息，想去灵武拜见新帝，半途做了叛军的俘虏，押回长安；八月秋高，这天晚上风没怒号，月亮还出来了，他在长安望月思家，写下了这首动人的五律。

诗中没写那是不是八月十五中秋之夜，估计是的，因为那夜的一轮圆月代表全家的团聚，这个夜晚最是惹人思家，尤其身在异乡还是一位多愁善感的诗人。这时叛乱还没平息，李白还没发配，那两首白天思念、夜里梦见朋友的诗，还要过些日子才写，现在他要写一首日日夜夜都在思念、不用做梦也能看见妻子的诗了。

在那遥远的夜空，一轮金黄的圆月，难中旅居的村舍，独倚柴窗的妻子，再不能如往年那样和我一起仰望月亮，可怜我们几个年幼的儿女，还不懂得长安城里发生了什么，此时都已经睡着了吧？只有你一人望眼欲穿，在月亮下面苦苦思念着离家的丈夫。夜已深沉，露水般的雾气打湿了你乌云般的鬟发，清水似的月光浸透了你白玉似的手臂,你没有觉得一丝凉意吗?千里之外我的身上已感到了彻骨的寒冷!唉,什么时候还能像过去一样,夫妻双双倚着窗口的纱帘,仰望天上的圆月,享受团聚的良宵,让那月亮的清辉,照干我们彼此脸上欢喜的泪痕!

最能代表杜诗的是三吏三别,但是杜甫本人并没想过,在这首五言诗里他一人独演了三吏三别。他这个比芝麻还小的小吏,在这个战争年头竟然做了逃难之吏,被捕之吏,关押之吏;他和他结发多年的老妻,也成了老婚之别,无家之别,将老之别。

这首五律,做丈夫的读了思妻,做妻子读了垂泪,夫妻共读则会紧紧地拥抱在一起,海誓山盟从此永不分离。明人黄生读罢长叹:"五律至此,无忝诗圣矣!"清人浦起龙的《读杜心解》解道:"心已神驰到彼,诗从对面飞来,悲婉微至,精丽绝伦,又妙在无一字不从月色照出也。"刘克庄在《后村诗话》中说:"故人陈伯霆读《北征》诗,戏语余云:子美善谑,如'粉黛忽解包'、'狼藉画眉阔',虽妻女亦不恕。余云:公知其一耳。如《月夜》诗云:'香

【韵译】

今天夜晚鄜州的月儿应该很亮,你一定独自站在窗前守望。可怜我们年幼的儿女,不知道长安已是什么模样。浓重的雾气打湿了你的鬓发,凄寒的月光冻凉了你的肩膀。什么时候还能倚着窗前的轻纱,让月亮擦干我们流泪的脸庞。

雾云鬟湿，清辉玉臂寒。'则闺中之发肤，云浓玉洁可见。又云：'何时倚虚幌，双照泪痕干。'其笃于伉俪如此。"

刘后村说的是，有一个名叫陈伯霆的老朋友，读了杜甫的《北征》，看他随军北征胡人归来，走进一别数年的茅屋，发现妻子穿着补了又补的衣衫，娇嫩的儿子脸色苍白，见了他背过身去哭泣，一双脏脚上连袜子都没有穿，两个小女儿的褂子补过之后只到膝盖。但是，打开他带回来的绸子衣服和化妆品，消瘦的妻子一打扮，脸上立刻焕发了昔日的光彩，傻丫头也学她娘的样子梳头抹脸，把眉毛画得又粗又长。陈朋友开玩笑道，子美真会挖苦人呵，连他的妻子女儿都不放过。刘氏却说，你只知其一，不知其二，请再读他的《月夜》，看他想象着妻子头发被雾气打湿，胳膊被月光浸凉，感叹着何时再相倚窗口，让月亮把泪痕照干，你就知道，他们夫妻是多么的恩爱了！

这是一位诚实的诗评家，诚实的诗评家首先应该是诗人的知己，然后才是诗的解人。有一些则不是，他们或人云亦云，或专反人云，故作惊人之语，总是与人作对，将诗人创作的作品，套入自己的理论，评得天花乱坠，连作者本人都听得一愣一愣的。

李白们是怎样作诗的

一条走不通的路

—— 说李白《行路难·其一》

李白(701—762),字太白,号青莲居士,唐朝浪漫主义诗人,被后人誉为"诗仙"。祖籍陇西成纪(待考),出生于西域碎叶城,四岁再随父迁至剑南道绵州。存世诗文千余篇,有《李太白集》传世。762年病逝,享年六十一岁。其墓在今安徽当涂,四川江油、湖北安陆有纪念馆。

呈现在李白面前的这条路,不是地理之路,而是心理之路,人生和命运之路。尴尬而短暂的供奉翰林生涯到此结束,他被玄宗发放路费回归乡里,长安的朋友用珍贵的美酒佳肴为他饯行,坐在宾客席上,他发表了另一次演讲。这次他不是高喊快乐,而是叫苦连天。在《将进酒》中,他狂呼乱叫着"岑夫子,丹丘生,将进酒,杯莫停",但在这首《行路难》里,他自己却主动停杯,放下筷子,那么好的酒肉都难以下咽,以至于拔出剑来,也并非高歌劲舞以助酒兴,是想断水,甚至连断人的念头都有,"停杯投箸不能食,拔剑四顾心茫然"。

《行路难》他一口气写了三首,这首只是其一,反复悲叹,可见行路之难。问君能有几多难,从"欲渡黄河冰塞川,将登太行雪满山"

中可以看出，这样恶劣的天气自然是渡不过河去，也登不上山去。他由黄河想到渭水，由自己想到姜太公，他想既然如此，还不如他也像那个有心计的老头儿那样，假装清闲的样子坐在渭水边去钓鱼，让求贤若渴的周文王请去做参谋长。继而又想到伊尹，因为做梦坐船经过太阳和月亮，也被以日月自居的商汤王请去当了总理。可他遇到的这个唐玄宗，怎么就这样的有眼无珠，这样的不识货呢？人生的路啊，真是太难了，太难了！纷纭交织，错综复杂，一步走不好就远离了目标，所谓的光明大道，究竟你在哪里呵？

这第一首诗之所以被人认为比后面两首重要，原因不在于投箸和拔剑，不在于河上结冰和山上积雪，不在于学人钓鱼和做梦，而在于最后的两句。你想想吧，他这么倒霉，这么委屈，这么困难，可他还坚信能够实现自己伟大的理想，"长风破浪会有时，直挂云帆济沧海"，这么一想，这首诗被选入小、中、大学课文，作为中国青少年的理想教育和人生指南，也就不是没有道理了。

【原诗】

行路难（其一）

李　白

金樽清酒斗十千[①]，
玉盘珍馐直万钱[②]。
停杯投箸不能食[③]，
拔剑四顾心茫然。
欲渡黄河冰塞川，
将登太行雪满山。
闲来垂钓碧溪上[④]，
忽复乘舟梦日边。
行路难！行路难！
多歧路，今安在[⑤]？
长风破浪会有时[⑥]，
直挂云帆济沧海[⑦]。

诗说新语 李白们是怎样作诗的

【注释】

①樽(zūn)：古代盛酒的器具，以金为饰。清酒：清醇的美酒。斗十千：一斗值十千钱（即万钱），形容酒美价高。

②珍馐：珍贵的菜肴。直：通"值"，价值。

③箸(zhù)：筷子。

④闲来垂钓碧溪上，忽复乘舟梦日边：姜太公吕尚曾在渭水的磻溪上钓鱼，得遇周文王，助周灭商；伊尹曾梦见自己乘船从日月旁边经过，后被商汤聘请，助商灭夏。

⑤多歧路，今安在：岔道这么多，如今身在何处？安：哪里。

⑥长风破浪：比喻实现政治理想。《宋书·宗悫传》载：宗悫少年时，叔父宗炳问他的志向，他说："愿乘长风破万里浪。"

但在后面的两首诗里，他除了抱怨就是牢骚，频频用典，第一首只用了两个，后两首则用了十多个，列举出长长一串历史名人，由门客到将军，由隐士到宰相，对他们要么感慨、羡慕，要么惋惜、哀叹。同样是行路难，他却再没有向前看的勇气和信心，不乘风破浪也不挂帆航海，却变成了"归去来"，回老家，"且乐生前一杯酒"，每天饮酒作乐不干正事。想想看，这对青少年有什么教育意义来着？如果选此二首，只会把第一首刚刚起到的正面作用也给颠覆了，所以还不如不选。

中国的很多文学选本，教材课本，经典读物，统统直奔一个单纯的主题，不考虑作品的完整性、复杂性、多面性。其实李白当时的心情，以至一生的思想都充满了矛盾，瞬息万变，根据他眼前闪现的希望和心中感到的绝望，一会儿这样一会儿那样，并不是他在某句诗里说的那样坚决和果断。因此，三首同题《行路难》，或《行路难》一组三首，是可以一起读一读的。

南北诗人鲍照对他诗歌的影响，在这组几乎同名的诗中可见，在其他的诗中也可略见。

如鲍照的《拟行路难》其三："人生几时得为乐"，其四："举杯断绝歌路难"，"吞声踯躅不敢言"，其五："对案不能食，拔剑击柱长叹息"，就成了李白《将进酒》中的"人生得意须尽欢"，《宣州谢朓楼饯别校书叔云》中的"抽刀断水水更流，举杯消愁愁更愁"，《行路难》中的"停杯投箸不能食，拔剑四顾心茫然。"

我们又可以把李白感到如此艰难的路，明确解释为他的求官之路。自古未能入仕的读书人不在其位，不谋其政，想谋也无谋机，位卑言微者没人听他说话，所谓国家兴亡，匹夫有责，那一般是指国家要亡了，就号召匹夫们举着锄头和菜刀上阵杀敌，国家兴的时候，只让匹夫交税，不许说别的屁话。因此，唯有身负重任者才可施展宏大的抱负。然而当时朝廷选拔人才的机制不够完善，所有怀抱利器的志士仁人仅有两条狭窄的道路可走，一条是科举考试，一条是在朝的官员和名士推荐。

以唐朝的三大诗人为例，在科举考试上恰好是三种命运的代表，白居易聪明，最会答题，一下就考中了，喜气洋洋地登上岑参们曾经登

⑦云帆：高高的船帆。船在海里航行，因天水相连，船帆好像出没在云雾之中。

李白们是怎样作诗的

【韵译】

　　金杯中斟上贵重的美酒，玉盏里盛满珍稀的美馔。但是我放下手里的杯筷，什么也吃不下去，拔出剑来环顾四周，我的心中茫然一片。我想渡过黄河，坚冰已经堵塞了河面，我想登上太行，大雪已经将高山堆满。想起当年的姜太公来，他在渭水垂钓遇见了文王，又想起伊尹做梦坐船经过太阳，后来真的被商汤召见。人生的路啊想不到有这么艰难，这么艰难，到处都布满了岔道，通往理想的大路究竟在哪边。但是我却坚信，劈波斩浪的东风终会到来，那时我将扬帆启航，直达那遥远的海岸。

过的慈恩寺，写下"慈恩塔下题名处，十七人中最少年"的得意之句；杜甫老实，反映底层人民生活的文章不合皇上之意，于是两次落第，但他没有李白式的悲愤和牢骚，却爬到泰山顶上去抒发他日之志："会当凌绝顶，一览众山小"；安能摧眉折腰的李白采取的办法是明知考不上，索性不去考，让人直接向皇帝老儿推荐。

　　天生我材的李白为什么知道自己考不上呢？因为唐朝的政策文件规定，有两种人不能参加高考，颇像是共和国二十世纪五六十年代的唯出身论，其一种是商人之子，一种是罪人之后。而我们的李白青年，他的前辈既是做生意的，他的前辈的前辈又是犯了罪从陇西迁到碎叶变成做生意的。作为因罪而商的家庭子女，把李白拦在考场外的有两道门槛，而非一道。所以他干脆不去丢这个面子，以后和朋友喝酒的时候提起这事，不说没考上，却说我才不去考那什么进士退士呢。

　　只有选择请人推荐之路，他才有幸来到皇帝的身边，但是大幸之不幸的是，在这里只干了三年玄宗就把他辞退，于是就有了这三首《行

長風破浪會有時直掛雲帆濟滄海

路难》。不过我们冷静一想，唐玄宗在安禄山的问题上，在杨玉环的问题上，在杨国忠和高力士的问题上的确犯了大错，在李白的问题上似乎连小错也没有。从李白这三首诗中列举的人物来看，姜尚、韩信、伍子胥等人都是著名的军事家，伊尹、贾谊、乐毅等人都是有为的政治家，屈原虽然是一个诗人，却也能外交强齐，内谏怀王，如果只会念"荃不察余之衷情兮"，楚国会给他三闾大夫当么？

而诗仙李白的才能，从《与韩荆州书》到入朝写《清平调》，其主要还在写诗，唐朝的体制又与今日不甚相同，没有官办的文联、作协、诗歌协会、道教协会、酒文化研究中心以及旅游局等诸多机构,让他做一个供奉翰林，本就是梨园之祖唐明皇偏爱文艺，而对拔尖文艺人才的破格优待。不愿写的可以不写，合同没到期也可以提前走，百花齐放的大唐盛世，不像秦皇汉武那样迫害读书人，不像明祖清宗那样设文字之狱，反过去怨恨人家就有点不合适了。

我们再说李白，生性狂傲，不为物囿，同为唐朝最大的诗人，与曾任河西县尉和右卫率府胄曹参军的杜甫不属一类。杜甫能在县委办公室主任和看管武器的八品小官岗位上恪尽职守，兢兢业业，李白则绝不会，他是仙人，谨防在上班时间喝醉了酒，跑进武器库去做出一些我们凡人不敢做的事来。

倒是他除了饮酒，做诗，炼丹，据说还懂一门外语，陈寅恪先生考证，李白是前苏联人，家住与俄罗斯接壤的吉尔吉斯斯坦共和国，传说渤海国大使送信给唐玄宗，满朝无人识得，唯李白能念出来，并醉写吓蛮书，以令该国岁岁进贡。此事见冯梦龙《警世通言》，虽为文学作品，却也未必不是源于生活。因此如在今天，如果他瞧得上的话，他似乎可以去做驻西域大使馆的文化参赞。

但也未必，外交官更有纪律束身。而本性注定，命中活该，李白更适合走的是行吟诗人之路，自由撰稿人之路，靠笔润吃饭的专业作家之路，最不应该到波诡云谲、尔虞我诈、水深火热的政界掺和。他懂诗，懂酒，其实并不懂他自己，不懂中国的官场和社会。

诗说新语 李白们是怎样作诗的

古来唯有谪仙词

——说李白《望庐山瀑布》

李白（701—762），字太白，号青莲居士，唐朝浪漫主义诗人，被后人誉为"诗仙"。祖籍陇西成纪（待考），出生于西域碎叶城，四岁再随父迁至剑南道绵州。存世诗文千余篇，有《李太白集》传世。762年病逝，享年六十一岁。其墓在今安徽当涂，四川江油、湖北安陆有纪念馆。

李白的《望庐山瀑布》本是二首，第一首二十二句，第二首四句，第二首是第一首的五分之一还弱，然而万口相传的乃是后者。这说明诗不在长，句不在多，长而多了恰恰是记不住的，还是以绝为好。据研究家们研究，这两首诗并非同时之作，一是体例区别，前者五古，后者七绝；二是句子重复，前者有"挂流三百丈"，后者有"飞流直下三千尺"，前者有"初惊河汉落"，后者有"疑是银河落九天"。如是一日所写，断不会刚刚写过的句子转眼就忘了，于是再写一遍，好在把三百丈改成了三千尺，似乎显得更长，但一换算长度单位，不还和刚才一样长吗？

后来就有了进出长安说，即第一首写于进入长安之前，第二首写于贬出长安之后，而且正值安史之乱，李白避居庐山的这个重要时期。此说若是成立，两首同一题材的诗就前后相差了三十年，作者的诗艺、阅历、感悟，都已今非昔比，第一首早期作品几乎属于应酬的少作，后者七绝自然胜于前者五古。

在作此诗之际，他是否已经接到永王李璘的邀请，准备去做这位皇子和叛臣的幕僚，诗中一时还看不出来，我们只发现他的心情是激动的，九天银河的飞沫已溅退了他长醉不醒的愿望，类似第一首中"且谐宿所好，永愿辞人间"这样消极的句子，的确是没有了。但他即便壮志将酬，眼前又隐隐出现了登天的云梯，也不能把飞流直下，写成飞流直上，把银河落成瀑布，写成瀑布淌成银河，这不符合自然的规律，也违反了夸张的原则。

如果有人考证出来，李白写此诗时已与李璘签订合同，那就可以理解为他一生矛盾的心情又由退隐转向济世，决定走下庐山，重返人间，追随永王，好好地干它一番了。

也有人认为这首诗中的某些句子，还不如他早期的作品，如葛立方在《韵语阳秋》中便说：

【原诗】

望庐山瀑布[1]

李 白

日照香炉生紫烟[2]，
遥看瀑布挂前川[3]。
飞流直下三千尺[4]，
疑是银河落九天[5]。

李白们是怎样作诗的

【注释】

①庐山：又名匡山，位于今江西省九江市北部的鄱阳湖盆地，在庐山区境内，耸立于鄱阳湖、长江之滨。

②香炉：指香炉峰，庐山北部名峰。紫烟：指日光透过云雾，远望如紫色的烟云。

③遥看：从远处看。挂：悬挂。前川：一作"长川"。川：河流，这里指瀑布。

④直：笔直。三千尺：形容山高。

⑤疑：怀疑。银河：古人指银河系构成的带状星群，又称天河。古人认为天有九重，九天是天的最高层，九重天，即天空最高处。

"以余观之，银河一派，犹涉比类，未若白前篇云：'海风吹不断，江月照还空'。凿空道出，为可喜也。"韦居安的《梅磵诗话》对这两句诗还有更高的评价："语简意足，优于绝句，真古今绝唱也"，认为"非历览此景，不足以见此诗之妙"。这二位评论家基本达成共识，而且葛氏认为，把瀑布比作银河的诗句太多，天下诗人可落此套，李白则不可以。

李白登黄鹤楼，本想写诗，一看崔颢写了，就不敢再写。中唐诗人徐凝登庐山，自然也想写诗，但他明知道李白写了，他还敢写，题目还敢叫《庐山瀑布》："虚空落泉千仞直，雷奔入江不暂息。千古长如白练飞，一条界破青山色。"应该说这首诗写得也不错，李白写得出色，他不仅出色并且出声，"雷奔"二字轰然生动，可谓有声有色。就说是不比李白第二首好，也不会比李白第一首差，如按葛氏的说法，他还没落银河的老套。

不料却被后来的苏轼看到，嘲笑这是个傻大胆，竟然敢写谪仙写过的银河，遂作《戏徐凝瀑布诗》一首戏道："帝遣银河一派垂，古

遙看瀑布掛前川

鼎鑫森作

来唯有谪仙词。飞流溅沫知多少,不与徐凝洗恶诗。"说是就连从这道瀑布上溅下的水沫,也不屑于把姓徐的这首破诗洗掉,你说它糟糕到了什么程度。坊间传说,苏大学士的尖刻连他的妹妹也不放过,遑论前朝徐凝。说苏东坡有一个长得丑的妹妹,叫苏小妹,是个大锛儿头,他就作诗挖苦妹妹说:"未出门庭三五步,额头已到画堂前",在一个大院子里,门庭和画堂距离很远,有的中间还隔一个天井,哪能有伸出那长的额头,所以徐凝知道了也别生气,至少自己额头长得比他妹妹好看吧?

我查了一下苏家的家谱,苏东坡没有妹妹,倒有一个姐姐叫苏小妹,但没成年就死了,说明这件事是别人瞎编的。这事后来被冯梦龙写进了《醒世恒言》,是让世人醒悟,别仗着有点子才华见人就挖苦。事实的确如此,这次他的尖刻给人印象不佳,在我看来,这首戏徐的诗比徐本人的诗并没有强到哪里,要洗也应该一并洗了。

胆大的徐凝敢写李白写过的庐山瀑布,也敢写杜牧写过的扬州,与杜牧"十年一觉扬州梦"里那个"楚腰纤细掌中轻"的舞伎、"春风十里扬州路"里那个"娉娉袅袅十三余"的少女更美的,是一个名叫萧娘的女子,在他的《忆扬州》里这样写着:"萧娘脸薄难胜泪,桃叶眉长易觉愁",这本已美得让人心疼,下二句则还有比萧娘更美的,那就是"天下三分明月夜,二分无赖是扬州"。仅从这一首扬州诗看,他丝毫也没有输给杜牧。

据说白居易任杭州刺史时,去开元寺赏牡丹,正好一眼就看中了徐凝一首题牡丹的诗,派人把他请去喝酒,双双大醉而归。但这牡丹诗人只会作诗,而不懂得一个好汉三个帮的道理,到了长安只肯拜见韩愈一人,懒得到别的泰斗家去,别的泰斗也懒得理他,因此而未能成名。临行他给韩老师写诗一首告别,"欲别朱门泪先尽,白头游子自身归",眼泪都流干了,头发都熬白了,什么都没混到就回去了。

回到李白的两首《望庐山瀑布》,后世有人赞成葛立方和韦居安的意见,追认前一首的"海风吹不断,江月照还空"确实是好句子,却分析是因为二十二句的五古篇幅的优势,容得下

【韵译】

太阳照在香炉峰上,光芒染紫了峰顶的云烟,瀑布生在庐山崖前,远远望去像一条大河倒悬。奔流的河水从百丈高的崖头腾空而下,真让人怀疑是天上的银河落在了地上的人间。

李白们是怎样作诗的

李白在瀑布之外，还能细细描写周围的海、风、江、月这些丰富的景物，换在四句的七绝里就不行了。但是再看被苏东坡瞧不起的徐凝的同题诗，竟能从同样的二十八个字中匀出"雷奔"二字，写出李白没有的声音，还写出李白没有的流向，又匀出"破青山色"四字，写出银色飞流两边李白没有的翠山绿岭，这不能不说他已出新，如请王维以画配诗，仅看画面，应比李白那首更好看些。

宋人魏庆之的《诗人玉屑》独辟蹊径，他从音韵学上进行研究，说"七言诗第五字要响。……所谓响者，致力处也"，以李白的这首七绝为例，第一句"日照香炉生紫烟"的"生"用得好，如用"冒"就难听了；第二句"遥看瀑布挂前川"的"挂"用得好，如用"吊"就难看了；第四句"疑是银河落九天"的"落"用得好，如用"垂"就难得把那种飞珠溅玉的美妙表达出来了。至于第三句"飞流直下三千尺"的"三"，诗人用得很多，李白也经常用，"白发三千丈"、"会须一饮三百杯"、"绕床三匝呼一掷"，用于此处略无新意。但若换成"五"，看似长了两千尺,倒反不如短两千尺的铿锵有力;若换成"九",又犯了下一句"九天"的重复。实在要改,他的心中或许闪过"飞流直下十万丈"的一念。

这是臆想。李白是诗仙,他不会像诗圣杜甫一样想那么多。

李白们是怎样作诗的

从中国的"四大"说起

——说王之涣《登鹳雀楼》

王之涣(688—742),是盛唐时期的著名诗人,字季凌,汉族,绛州(今山西新绛县)人。豪放不羁,常击剑悲歌,其诗多被当时乐工制曲歌唱。名动一时,常与高适、王昌龄等相唱和,以善于描写边塞风光著称。其代表作有《登鹳雀楼》、《凉州词》等。

说起中国的"四大",足可以说上四大时辰,以"四大"命名者为凑这个数目字,有时竟忍心把原可并列的选手一键删去。譬如美人,其实并非只有西施、貂蝉、王嫱、杨玉环这四个老字号,记忆中从来没有何人,于何时何地,举办过何种跨时代的美人大赛。如果进行全民公投,名声欠佳的妲己、褒姒可能会因品德问题而被淘汰,但与贵妃娘娘合称环肥燕瘦,还能在乐师手掌上跳舞的赵飞燕,也是能够登上美女排行榜的。

除了四大美女,还有蔡文姬领衔的四大才女,柳如是领军的四大妓女,嫫母领队的四大丑女,不过后面的几个"四大"尚有争议,不同的版本有不同的人物入选。只说四大美女的对应方,接着又推出了四大美男,这四人分别是潘安、宋玉、兰陵王和卫玠。潘安荣获美男的冠军，似乎是被公认的，旧小说里某媒婆为某女子做媒，最得力的广告词是夸某男子潘安般貌，宋玉般才，邓通般钱，若是碰上性急的女子，还不等第二条优点出口，一听潘安就赶快羞答答地点头；季军兰陵王，是北齐的一员名将，带兵打仗必须戴上狰狞的面具，否则手下的男性军人会丧失战斗力；而第四名卫玠，《世说新语》中说："卫从豫章至下都，人久闻其名，观者如堵墙。先有羸疾，体不堪劳，遂成病而死。时人谓'看杀卫玠'。"意思是人们早听说了这个名字，他一出门就围成一堵墙来参观他，偏偏他的身体又不好，硬是被人给看病了，病了还有人排队来看，直到把这酷毙的男人真的看毙。

名列第二美男的宋玉，成为亚军的根据似乎有点不足，旧小说中常说才比宋玉，没说貌比宋玉。此人是屈原的学生，文章写得美，并不等于人长得美。与相貌扯得上边儿的是他有一篇著名的《登徒子好色赋》，他在那篇强词夺理的赋里进行诡辩，说登徒子劝楚王别让他

【原诗】

登鹳雀楼[1]

王之涣

白日依山尽[2]，
黄河入海流。
欲穷千里目[3]，
更上一层楼[4]。

诗说新语 李白们是怎样作诗的

【注释】

①鹳雀楼：古名鹳鹳楼，因时有鹳鹳栖其上而得名，其故址在永济市境内古蒲州城外西南的黄河岸边。《蒲州府志》记载："（鹳雀楼）旧在郡城西南黄河中高阜处，时有鹳雀栖其上，遂名。"

②白日：太阳。依：依傍。尽：消失。

③欲：想要。穷：尽，使达到极点。千里目：眼界宽阔。

④更：再。

到后宫去溜达，原因是他能说会写又长得美，所以好色，去了将有绯闻发生，于是他就反击登徒子才是个大色鬼呢，自己老婆丑成那样还爱得像宝贝一样，和她生了五个儿女，若是见了后宫里貌若天仙的娘娘妃子，那还得了！

接下来还有四大名著、四大名剧、四大名旦、四大名什么名什么，以至于浩浩荡荡地说到我们的四大名楼。四大名楼指的是长江边的黄鹤楼，洞庭湖边的岳阳楼，赣水边的滕王阁，黄河边的鹳雀楼。其中鹳雀楼的知者略少，其原因一是先毁于宋代的大水，再毁于元朝的战火，二是文人墨客在这座大楼上写的诗文，相对没有那三座多和有名。

你看，岳阳楼有范仲淹的《岳阳楼记》，滕王阁有王勃的《滕王阁序》，黄鹤楼有崔颢的《登黄鹤楼》，李白看后嘴里说是不敢写了，实际上后来不仅写了而且还写了五首，另还有杜甫、白居易、王维、陆游、刘禹锡、范成大、宋之问、贾岛、岳飞等名流都曾写过。而鹳雀楼，一流名士唯四大边塞诗人之一王之涣写了一首《登鹳雀楼》，只有四句，还是五古。并且通篇写日，

146

写山，写河，写海，写人登楼望远，恰恰没写主雀公一个字。

前面的三大名楼诗赋，却都写了楼阁的起源，或建造，或位置，或传说，或历史，与岳阳，与滕王，与黄鹤不无关系。即便最是天马行空的李白写《登金陵凤凰台》，也写出了神鸟凤凰的出处，以及"吴宫花草"、"晋代衣冠"这些金陵前朝典故。岑参《与高适薛据同登慈恩寺浮图》中对那座佛塔内外的细腻描画，在这首登楼诗中也都一笔没有。在流传的过程中，它还闹出一个著作权的纠纷，据说此诗发表之后，引起社会反响，武则天问她的亲信大臣李峤，这是哪位才子写的，朕要赏他则个，李峤一听好事来了，心想着肥水不流外人田，就回答是自己的好友朱佐日，朱好友于是受赏，没有王之涣的份儿。由于王、朱版权之争，以后又有人记载，是盛唐处士朱斌写的这首诗，题目叫做《登楼》。

这个新的诗名值得一说。应该说《登楼》比《登鹳雀楼》要准确，因为全诗确乎与鹳雀无甚关联，站在黄河之滨任何一座楼上，都可

【韵译】

　　黄昏的太阳落进了西山，奔腾的黄河流向了海湾。如果你还想极目千里看得更远，那就请登得更高，这样才能看到天边。

以极目远望，望见落山的太阳，望见归海的黄河，望见自己的未来，就是在山顶造一栋三层楼的小别墅，也可以达到以上效果。但问题是，读过《凉州词》和《送别》的人，宁可相信此诗的作者是王之焕，觉得只有边塞诗人那一双在弥天风沙中久经磨炼的眼睛，才能穿云破雾，追光逐日。那是一种思想的境界，超越了他人容易想到的登临这座名楼的本身，看到了楼上之楼，楼外之楼，远非自然景色的广阔天地和远大人生。

相信作者是王之涣的人，考证他是遭人诬陷罢免县主簿后游走江湖，三十五岁写下的这首诗。能从最低的山脚登上最高的楼层，放眼天下，难能可贵。沈括《梦溪笔谈》谈道："河中府鹳雀楼三层，前瞻中条，下瞰大河。唐人留诗者甚多，惟李益、王之涣、畅当三首能壮其观"，唐代其他诗话也有类似评论。以边塞诗和七绝闻于诗坛的李益，这次用七律写《登鹳雀楼》一首："鹳雀楼西百尺墙，汀洲云树共茫茫。汉家箫鼓随流水，魏国山河半夕阳。事去千年恨犹速，愁来一日即为长。风烟并起

白日依山盡黃河入海流欲窮千里目更上一層樓

鑫淼畫

思乡望，远目非春亦自伤。"一、二句就能看出李白《鹦鹉洲》中"鹦鹉西飞陇山去，芳洲之树何青青"，崔颢《登黄鹤楼》中"黄鹤一去不复返，白云千载空悠悠"的模式，三、四句又能找到李白《登金陵凤凰台》中"吴宫花草埋幽径，晋代衣冠成古丘"，以及"总为浮云能蔽日，长安不见使人愁"的影子。未离主题的好处是，不仅写了"登"，也写了"鹳雀楼"。

　　河东才子畅当的同题诗又是五言："迥临飞鸟上，高出尘世间。天势围平野，河流入断山。"写了楼之高大，楼外之广远，用第四句合并了王之涣的第一、二两句，但未出其新。另还有大历十才子之一耿湋，晚唐诗人司马札等，先后也都写过此楼的同题诗，前者的"黄河经海内，华岳镇关西"，后者的"鹳雀飞何处，城隅草自春"，仍如李、畅二人，总也跳不出开先河者的思维和文字。在诗的质量和诗人的阵容上，暂且撇开岳阳、滕王二赋不论，登鹳雀楼者就更不如那些大名鼎鼎、浩浩荡荡的登黄鹤楼者了。

东方圣母颂

——说孟郊《游子吟》

如果把唐朝的诗人列一个排行榜，上榜的有大李杜、小李杜、王孟、元白等几对，又有四杰、四边塞等几个组合，还有鬼才李贺等几个单帮，孟郊进入前二十的可能性不是太大。但他也是双打的诗人，与后世奉为唐宋八大家之首的韩愈一起，被称韩孟，又叫孟诗韩笔，意思是一个会写诗，一个会写文章，二人创建了元和体；还与"二句三年得，一吟双泪流的"贾岛一起，被称郊岛，二人组成了苦吟派。曾经调戏徐凝"飞流溅沫知多少，不与徐凝洗恶诗"的大才子苏东坡，给他俩取了个绰号，叫做"郊寒岛瘦"，虽是语关诗体的风貌与格局，却也未尝没有轻视之意。

孟郊的这首五言诗，我上小学就读，儿子上小学我又教儿子读，但是，当我做了三十年

孟郊（751—814），唐代诗人。字东野。汉族，湖州武康（今浙江德清）人，祖籍平昌（今山东临邑东北），先世居洛阳（今属河南）。唐代著名诗人。现存诗歌五百多首，以短篇的五言古诗最多，代表作有《游子吟》。有"诗囚"之称，又与贾岛齐名，人称"郊寒岛瘦"。元和九年，在阌乡（今河南灵宝）病逝。

李白们是怎样作诗的

【原诗】

游子吟[①]

孟 郊

慈母手中线，
游子身上衣[②]。
临行密密缝[③]，
意恐迟迟归[④]。
谁言寸草心[⑤]，
报得三春晖[⑥]。

的游子，慈母离我而去之后，再读他的这首诗时，我的眼泪突然涌了出来。这时候我才真正知道，这是一首全世界最伟大的诗，虽然它的意思这样浅显，诗句明白如话，但它是一首东方的圣母颂，应该被谱上曲，在母亲节的那天早上，让除了孙悟空外一切有过母亲的人用低音歌唱，然后鞠躬。明代的谭元春看来也是一位孝子，在《唐诗选评》中对此诗进行评说，谓之"写母子之情，极真、极隐、极痛、极尽，一字一呜咽"。真正懂得此诗的人，自然也会懂得此评，懂得何止孟郊呜咽，谭元春也在呜咽，天下的儿女们个个都在呜咽！

当年孟郊写这首诗，本来还有一个副标题叫"迎母溧上作"，后来被人给传丢了。那是记述他在五十岁的那年，当上了一个溧阳县尉的八品小官，生活刚一安定就把母亲接到身边的激动心情。新官上任的孟县尉认为，从那一日开始，终于可以好好地孝敬一针一线为他做衣服的母亲了。然而，小官的日子并没有他理想的那么幸福，因为他太爱好文学了，每天到水边上去观察生活，回家把自己关在屋子里，写

慈母手中线
游子身上衣
甲午冬
聂鑫森
画

诗说新语 李白们是怎样作诗的

【注释】

①游子：古代称远游旅居的人。吟：诗体名称。

②游子：指诗人自己，以及各个离乡的人。

③临：将要。

④意恐：担心。归：回来，回家。

⑤言：说。寸草：小草。这里比喻子女。心：语义双关，既指草木的茎干，也指子女的心意。

⑥报得：报答。三春晖：春天灿烂的阳光，指慈母之恩。三春：旧称农历正月为孟春，二月为仲春，三月为季春，合称三春。晖：阳光。形容母爱如春天温暖、和煦的阳光照耀着孩子。

不出诗来就不出门，被元好问讥笑为囚犯一样的诗人，简称"诗囚"。这么一来，本职工作不免受到影响，县令扣发他一半的工资，并安排别人代理他的县尉职事。眼看着五十多岁的老儿子身陷如此境地，他的母亲在做衣服的时候心里想必也是不好受的。

《旧唐书》载，孟郊"少隐嵩山，称处士"，出山后与青年杜甫极其相似，科考两次都没考取。四十六岁那年老天开眼，让他中了进士，差不多是一个唐朝的范进了，好在他狂而未疯，作《登科后》诗一首，得意之色溢于二十八字之表："昔日龌龊不足夸，今朝放荡思无涯。春风得意马蹄疾，一日看尽长安花。"后两句常被今人引用，以状形势之好，前进之快。从这首诗看来，苏东坡所总结的"郊寒"二字是不确切的，至少是不全面的，不能只看到五十岁的人了还让老娘一针一线亲手做衣服穿，还应该看到他打马游街、观花长安的飒爽英姿，看到他那一张在春风吹拂中苦尽甘来像桃花一般的脸。

可惜有了学历，仍无职业，又过四年，才谋了个溧阳县尉的缺。他的父亲孟庭玢就曾做过昆山县尉,并在任上生下孟郊,儿子今又当上此官,这一小小县委办公室主任的角色,让他当得很不开心。难得他遇上唯才是举的河南尹郑余庆,调他去河南搞水陆转运工作,但不久为他缝衣的母亲死了,他又辞职回家,定居洛阳。还是这个郑余庆,再次招他去当兴元府的参军,怨他自己偕妻走在上任的半路上,突发疾病而死。文友韩愈等人凑了一百贯钱将他安葬,仍然是这个郑余庆,派人给他孀妻送来三百贯钱,让她以后好歹能过上低保的日子。

据我所想,《游子吟》写在他上任之后,写的却是他在上任之前的故事,应该有两个阶段值得我们关注,那是他出仕前的两次远行。一次是"少隐嵩山",他征得了母亲的同意,临走前母亲为他缝制衣服,缝完一边让他试穿,一边叮嘱他早些回来。那时母亲的年纪大约在四十岁左右,眼睛尚好,是能"密密缝"的;另一次是他考中进士,朝廷还未下达上任的通知,趁这工夫出去旅游开阔眼界,母亲更是高兴,因此为他缝衣。这时母亲的年纪大约有七十上下了,所谓"密密缝"是因为眼睛有些发花,害怕针脚大了衣服爱

【韵译】

母亲手中那长长的丝线,穿着对儿子深深的挂牵,儿子身上这暖暖的衣衫,裹着对母亲浓浓的思念。看母亲一针一针密密地缝着,不要让寒风吹着了儿子;听母亲一句一句地叮嘱,儿子会早些回到母亲的身边。儿子的一颗心啊,就像那知恩的小草,日夜想报答母亲阳光般的慈爱,却又不知怎样才能实现这个心愿。

破，该缝一针的地方恨不能缝上两针，每每还有重复的现象发生。但不会是缝他身上穿的这一件，他身上穿的是官服，朝廷统一规定的工作装。而且他现在不再是游子了，在县衙门里干事，下班回家是不用母亲嘱咐的。

孟郊字东野，比韩愈年长十七岁，二人相亲相敬，韩愈酒后作《醉留东野》，称"我愿身为云，东野变为龙"，又作《双鸟诗》自炫彼此："两鸟各闭口，万象衔口头"，但嘴巴一张，则是"有耳聒皆聋，有口反自羞"。对于他当了朝中大官，好朋友连小官都当不了，他不惜写下这样自贬的诗句，是对外人的解释，更是给对方的安慰，给清寒凄苦的这个穷哥哥以心灵鸡汤的补偿："东野不得官，白首夸龙钟。韩子稍奸黠，自惭青蒿倚长松。低头拜东野，原得终始如駏蛩。东野不回头，有如寸莛撞巨钟。"

后世有人对韩愈和白居易这两位同一时代、同样门第、同为高官、同享盛名的大文人未能成为最好的朋友，历史却成就了身份悬殊的韩孟之交，感到好奇以至惊诧，最终归结为韩愈的怜弱扶贫。这种说法貌似有理，但再细思，韩愈是真喜欢孟郊诗的，而白居易的诗歌风格也的确与韩愈相异甚远。

如说韩孟组合多在人的交往，郊岛组合就完全是因为诗了。孟郊比贾岛大了近三十岁，两人应是师生叔侄，贾岛初学写诗，效法孟郊的五言，后来为了区别于前者，遂由古风改攻五律，在锤字炼句上确乎受到孟郊的影响。如常被人引用的"二句三年得，一吟双泪流"、"鸟宿池边树，僧敲月下门"，都已成为诗坛佳话。前者形容好的诗句得之不易，后者则说和尚夜里回寺要小心，诗人白天写诗也要小心，他是由和尚到诗人的，因此更要小心了又小心。此事竟为中华汉语留下一个"推敲"的典故，并且还配有几幅连环画：一轮月亮，一座寺庙，一个诗人，仿照和尚的动作，一会儿推门，一会儿敲门。

这个诗人自然是孟郊的学生和朋友贾岛，他在拿不定到底是"推"好还是"敲"好的时候，就去请教大文豪兼吏部侍郎韩愈。韩大人说，你这个和尚啊，怎么能推呢？寺里有规定和尚午后不能出门，你一早出门半夜才回，本来就心虚还敢推门而入？何况你不知道寺里夜间要插门的？

李白们是怎样作诗的

你只能敲，而且要轻轻儿地敲，敲两下过一会儿再敲两下，既要让管门的小和尚听到，又不能让住持和方丈听到。苦吟派诗人贾岛感动得又流出了双泪，说多谢韩老师，我知道了，那就敲吧。

既然是郊岛组合，作为长辈的孟郊写诗就更要推敲了。但他除了词字上的推敲，比方说用"密密缝"三字一下一下拴在了游子的心上，又用"迟迟归"三字一声一声道出了慈母的担忧，选取诗材上的推敲他也是精心而刻意的。他在人生最得意的时候居然没有忘形，却选了一个超乎时代和国度的伟大永恒的道德题材，写下了这首不朽的诗。

我们发现，唐代有许多比他更加优秀的诗人从来不写母亲，他们宁可用母亲给予的生命和才华歌唱妓女，而觉得母亲多纹的面貌不堪入诗。今天的诗人开始写了，但是他们的胸怀又过于博大，认为母亲是地球、世界、国家，而生他养他的那个老女人不是。如果有人与他发生辩论，他立刻弃笔换棒，将你打翻在地再插上一面小恩小爱的小白旗。

聪明诗人不会去钓鱼的
　　　　水上乐园

——说王维《青溪》

同是唐代的大诗人,在入世和出世的选择上,大抵可分四类。李白是一直都想入世,先是入不进去,后来入进去了,再后来又被赶了出来,接着还想往里面入,不小心却入错了路口,差点儿入到了夜郎国,真叫做"行路难,多歧路",从此再也没有了入世的机会;杜甫是一直都不想出世,职务再低,薪水再少,茅屋再破,也兢兢业业地上班,管兵器就管兵器,写公文就写公文,需要出差,随军北征,别妻离子他都得去,生活再艰苦也要忧国忧民;白居易除了官职比杜甫大,待遇比杜甫高,"利禄三百石,岁晏有余粮",做诗做人却最像杜甫,入在世里,根本就不假装说出世的话;孟浩然是试着入了几次,有一次在聪明人王维的精心

王维(701—761,一说699—761),字摩诘,汉族,河东蒲州(今山西运城)人,祖籍山西祁县,唐朝诗人,有"诗佛"之称;与孟浩然合称"王孟"。开元九年(721年)中进士,任太乐丞。王维是盛唐诗人的代表,今存诗四百余首,重要诗作有《相思》《山居秋暝》等。

李白们是怎样作诗的

【原诗】

青溪[①]

王 维

言入黄花川[②],
每逐青溪水。
随山将万转,
趣途无百里[③]。
声喧乱石中[④],
色静深松里。
漾漾泛菱荇[⑤],
澄澄映葭苇。
我心素已闲[⑥],
清川澹如此[⑦]。
请留盘石上[⑧],
垂钓将已矣[⑨]。

策划下,几乎要入成了,只因从床底下爬出来给玄宗献诗的时候,不该选错了代表作,一句"不才明主弃"没有念好,害得风流爱才的皇帝多心,让他回去,回去就彻底斩断了入世的念头,这就是李白说他的"红颜弃轩冕"。

孟郊如果和自己的忘年交韩愈比,似乎是出世的,但如果比起真正出世的孟浩然,立刻就不是了,不知道他们是不是一个孟族。孟浩然是曾想当官,因没当成从此不当,孟郊是要当又不好好当,逼得人家不让他当,重新又要当时,不幸死在去当的路上;孟郊的另一个忘年之交贾岛,是先出世,当了和尚,自号碣石山人,却嫌和尚的伙食不好,清规戒律又多,出去体验生活都受限制,就又入世还俗,当着比孟郊还小的官。但他动不动仍把出世的话挂在嘴上,威胁老诗友们,我三年写了二句诗,一念流出两行泪,你们再要说我写得不好,我就"归卧故山秋"啦!

唐朝诗人的归卧情结,不仅影响到落第和不仕诗人,田园和山水诗人,甚至影响到英雄豪壮的边塞诗人,曾经写下"亚相勤王甘苦辛,誓将报主静边尘,古来青史谁不见,今见功名胜古人"的岑参,与高适等人登过长安的慈恩寺后,居然也赌咒发誓要出世了:"净理了可悟,胜因凤所宗。誓将挂冠去,觉道资无穷"。不过岑参的"挂冠"与其他诗人的"归卧",外形相似,内因却有大的区别,后者往往是愤世嫉俗,委屈牢骚,用这种微弱的形式向不满的现实进行一个人的游行示威,而岑参则完全是一种思想上的觉悟。说是佛性的启发也可以的,至于他离开大雁塔重回自己的领导岗位以后,最终是否真的"挂冠",我们不要去死死地纠缠这一点,承认他当时下定的那个决心是真实的就行了。

王维的"归卧"是个例外,他有佛性,有人在称李白诗仙,杜甫诗圣,白居易诗魔,李贺诗鬼,孟郊诗囚,贾岛诗奴,刘禹锡诗豪,陈子昂诗骨,王勃诗杰,贺知章诗狂,王昌龄诗家天子的同时,也称他为诗佛。但那是说他的诗有佛气,而非说他是个和尚诗人。他的官当得大大的,人活得好好的,钱挣得多多的,多得能够买下获罪诗人宋之问的京城第一号大

【注解】

①青溪:在今陕西勉县之东。

②言:发语词,无义。黄花川:在今陕西凤翔县东北。

③趣途:趣同"趋",指走过的路途。

④声:溪水声。色:山色。

⑤漾漾:水波动荡。菱荇(líng xìng):泛指水草。"漾漾"二句描写菱荇在青溪水中浮动,芦苇的倒影映照于清澈的流水。

⑥素:一向,洁白。心素:指一向高洁的心怀。闲:悠闲淡泊。

⑦澹:恬静安然。

⑧盘石:又大又平的石头。又有写作磐石。

⑨将已矣:将以此终其身;从此算了。

李白们是怎样作诗的

【韵译】

　　每次我来到黄花川前,每次我走近青溪水边,都看着它千回万转,绕山盘旋,逶迤百里,曲曲弯弯。哗哗地穿过乱石,响声惊扰河岸,静静地流经松林,林中一片悄然。碧绿的水草在溪中随波摆动,雪白的芦苇在河面迎风翻卷。我的心早已经安静了下来,就像这青溪一样清纯,流水一样恬淡。我真想永远地坐在这一个大石头上,每天垂丝钓鱼,从此安度晚年。

别墅,他才不去当和尚呢。他买豪华别墅是为了和好友裴迪在里面喝茶聊天,赏花观鱼,作诗绘画,开不受尘世噪音骚扰的音乐会,与杜甫住茅庐,贾岛住和尚庙是两重天地。他的出世之想,既非如孟浩然等因为怀才不遇,明君所弃,没办法只好真的出了;也不是岑参等因偶然顿悟,看破红尘,发过了誓冷静一想,这个世还是不出为好。他是想出就出,想进就进,大唐人才进出口公司的自由流动卡拥有者唯他无二,有人说他曾经出世,但这只是一个说法,严格地讲出世只是他诗中的理想,实际上他一天也没出过。

　　他的出世理想自然与他作诗绘画,写字听乐,谈禅说佛,交朋结友,尤其与自鸣清高羞与俗流为伍的诗人往来有关。以上爱好,没有一样不需要一个安静而且安全的环境,在长安的大衙门里是不适合的,它得到野外,到山上,到水边去优雅地进行。他始终没将出世付之实施的原因,是他心里的另一个结,那就是他既想出世,又不想失去入世才能得到的朝廷俸禄,以及能用权职换得的其他利益。宋之问因犯贪

聲喧亂石中
色靜深松裡
鑫森畫

污罪而丧失的别墅,若他仅以自己即便是高薪阶层的收入,又岂能弄得到手,天子脚下那大一片房产,一个官宦诗人可以买去归卧,而一个归卧诗人却是买不起的。

所以这个问题有点矛盾,怎么办呢?他就采取一边入世一边出世的办法,生活上入世,思想上出世,身体上入世,心灵上出世,行为上入世,言论上出世,这么一来问题就解决了。

这是一个非常聪明的人,在整个唐朝的大诗人中,王维可能是最聪明的一个。诗不用说,据称九岁成诗,十七岁写出了"每逢佳节倍思亲";书法与绘画也不用说,以破墨法写山水松石,所画《辋川图》被明朝的董其昌推为山水画"南宗"之祖,说是"文人之画,自王右丞始",这幅画传到宋代,还治好了苏门四学士秦观的重病;同时他还是美术理论家、音乐鉴赏家、美术和音乐综合艺术跨学科大师,有人得《奏乐图》一幅却不解画意,王维一看就知道是乐师在演奏《霓裳》曲第三叠的第一拍。并且还通佛理,诗里画中都有禅意,让人知其妙,而不可以言之。

对付科举考试，王维更有一绝。还是与唐朝的大诗人作比，李白是没有参加考试的资格，如果有也未必能考取，首先在作文上，他那天马行空的无边才思，有可能写着写着会写跑题；孟浩然一次落第，杜甫两次落第，孟郊考了三次，四十六岁才考中一个不与工作挂钩的进士；和尚还俗的贾岛文化底子太薄，更是累试不举；白居易倒是一炮打响，并且"十七人中最少年"，但是年纪最小，并不等于成绩最好；分数最高的乃是王维，考取了进士及第头一名，也就是戏台上面披红挂彩，往往能够成为驸马爷的状元郎。而且年纪比白居易还小，白居易二十九岁，他才二十一岁。

这还不算聪明，更聪明的还在处世。唐人薛用弱《集异记》载，那次状元本来已内定张九皋，张先生走公主的后门，公主授意京兆试官以张为解头。王维也请岐王推荐自己，岐王就教他扮成艺人，背着乐器去为公主独奏，一支琵琶独奏曲弹得公主大动其容，问是什么曲子，王维答是《郁轮袍》，公主闻所未闻，岐王趁机夸这个年轻人不仅会音乐，还会写诗呢，

李白们是怎样作诗的

快念几首给公主听!王维才念一首,公主大惊失色道,这首诗我最喜欢,原来还是你写的呀,状元不给张九皋了,给你!这事即便是虚构,那也是源于生活,高于生活,否则为何不虚构给钻床底的孟浩然,而虚构给王维呢?

张九龄任中书令,他献诗一首,赞张宰相,任右遗拾。张九龄罢相,李林甫代之,他也献诗一首,赞李宰相,保住官职。同在安史之乱,李白站错了队,杜甫被俘逃走,王维的腿脚没能快捷如聪明之脑,也被捉住,却甘愿做了叛军的伪官。不过他会偷着作诗,为自己未来的开释埋下伏笔:"万户伤心生野烟,百官何日再朝天",安禄山兵败,这首想念天子的诗果然救了他的一条性命。加之弟弟王缙愿意免官为兄减罪,于是肃宗没有杀他,只降他为太子中允。最后,他的死也是安乐死的,某一日突然要过纸笔,给救过他命的弟弟和亲人们写下几句遗言,丢下笔就告别了这个世界。

我们都还记得,王维在《送别》那首诗里,采用一问一答的形式,表达了一位即将归卧的朋友的理想,以及他对这位隐士的祝贺,那种含蓄闪烁的问答，曾经让我们怀疑他把自己一分为二，用自己的肉体送别自己的灵魂。但在《青溪》这首诗里，他是真的找到了一个好的去处，这里像李白梦见的天姥山，又像陶渊明发现的桃花源，却比那两个地方更加幽静，简直没有人迹和兽痕，只有山、水、林、石、松、菱、芦苇，再就是他这个垂钓的人。

然而这个水上乐园，只是他的纸上理想，回到他锦衣玉食的年代，他去垂钓可以，但他是不会永远住在那里垂钓的。

李白们是怎样作诗的

最后一次灵的相会

——说杜甫《梦李白·其二》

杜甫(712—770),字子美,汉族,本襄阳人,后徙河南巩县。自号少陵野老,唐代伟大的现实主义诗人,与李白合称"李杜"。为了与另两位诗人李商隐与杜牧即"小李杜"区别,杜甫与李白又合称"大李杜",杜甫也常被称为"老杜"。

有人统计,诗圣杜甫写诗仙李白,长诗短篇共十四首,长多短少,最长一首三十八句,白居易写的是长恨歌,他写的是长爱歌。杜甫与李白相逢,写赠李白,见面就写,一次一首;与李白相别,写春日忆李白;与李白别日稍久,写怀李白,冬日也怀,天末也怀;得知李白被流放夜郎,写梦李白,写一次不够,还写两次;送李白朋友孔巢父回家,写兼呈李白;没人给李白带信,写寄李白,又写寄李十二白;长期没有李白的消息,恍然听说李白还活着,思念心切,倚门相望,又写诗诉说两人已有很久不见,题目就叫《不见》。

李白流放以后,杜甫一连做了三个梦,写了两首诗。据我分析,第一首《梦李白》是他做完第一个梦,次日一早起来写的。那是一个噩梦，梦中李白的阴魂半夜从绿色的枫林飘来，和他幽然见过一面，天亮前已消失在黑色的山关，但是那条蛟龙的影子还在他的眼前摇晃着。他的梦境犹在，余悸未消，不知道李白是否还活在世上，如果没死，可千万不要被凶残的蛟龙吃掉；第二首《梦李白》是他做完第三个梦，次日起来冷静了一会儿才写，而前天夜里做的第二个梦，可能没有第一个梦那么恐怖，只是情节非常混乱，醒来时已记不清了，加上心情更是乱成了一团糟，实在无从写起。昨夜的梦仍是这样，说不上是吉是凶，他得好好地整理一下再写。

与第一首诗不同的是，在第二首诗里，杜甫不再描写梦中所见，而是回忆两人曾在一起的那些日子，以及离别后的思念之情。说李白的一生洁白飘逸如自己的名字，是天上的一朵白云，从早上游到晚上，很少能够停留在家。回想起他们每次相见，都是来也匆匆，去也匆匆，分手的时候别情依依，恋恋不舍。他还曾记得李白临出门时有一个习惯性的动作，喜欢搔一搔头上已经开始变白的头发，就好像上天

【原诗】

梦李白·其二

杜 甫

浮云终日行，
游子久不至①。
三夜频梦君，
情亲见君意②。
告归常局促，
苦道来不易③。
江湖多风波，
舟楫恐失坠④。
出门搔白首，
若负平生志⑤。
冠盖满京华，
斯人独憔悴⑥。
孰云网恢恢，
将老身反累⑦。
千秋万岁名，
寂寞身后事⑧。

李白们是怎样作诗的

【注释】

①浮云：喻游子飘游不定。游子：此指李白。

②这两句说：李白一连三夜入我梦中，足见对我情亲意厚。

③告归：辞别。局促：不安、不舍的样子。

④"苦道"句是述李白告归时所说的话。

⑤"若负"句写李白一生抱负未展状。搔首：烦乱忧虑之状。

⑥冠：官帽。盖：车上的篷盖。冠盖：指代达官。斯人：此人，指李白。

⑦孰云：谁说。网恢恢：《老子》有"天网恢恢，疏而不漏"的话。此处指法网恢恢。此句是说李白晚年遭遇牢狱之实。

⑧"千秋"两句：他活着的时候虽然寂寞困苦，但必将获得千秋万岁的声名。

辜负了他乘风破浪挂帆济海的宏伟志向，让他空白了少年头。细一想也真是这样，满大街的轿子里都坐着头戴官帽的草包，长安城却恰恰容不下他这个旷世天才，都快六十岁的人了，还要把他流放到荒凉的远方。

这首诗如果就此结尾，本在悲怨中的李白只会被激起更多的愤怒，但是深深地理解朋友，处处为朋友着想的杜甫，最后的两句诗却能让心高气傲的李白清醒起来，明白自身的真正价值，乃是"千秋万岁名，寂寞身后事"。而这两句充满安慰的诗的本身，也成了后世经典的语录，成了无数文人奋斗的方向和骄傲的理由。

再说《不见》，这首诗写在两首《梦李白》之后，如果杜甫一生写下的诗全都没有散失的话，很可能这也是他最后一首思念李白的诗。在这首诗里，他知道第一次梦中见到的李白鬼魂是他自己吓自己的，他相信他那杯酒千诗、才思敏捷的朋友大难不死，还活在人世间，还有乘风归来的一天，天下所有的人都死了，唯有这个人不能死，纵然那时，这个名叫李白的谪仙人白云已垂，白发如雪，二人却还能重逢

冠盖满京华
斯人独憔悴
甲午冬
鑫森
配图

于一个名叫匡山的他们曾经读书论诗的地方，举杯饮酒，提笔作诗："不见李生久，佯狂真可哀。世人皆欲杀，吾意独怜才。敏捷诗千首，飘零酒一杯。匡山读书处，头白好归来。"

他怜李白，天应怜他，可怜他最终也没有等到那一天。我们读完杜甫所有赠李、呈李、思李、忆李、怀李、梦李、不见李的十四首诗以后，再也找不到一首关于李白的诗了。或喜相逢，或悲叹不能相逢，或真人虽未相逢鬼魂却又在梦中相逢，总之是没有了。李白真的不见了，真像是一颗被上天贬谪陨落人间的太白金星，又消失在了他说过要去的沧海之中。这对于多少年来白天黑夜、春日冬日、巴心巴肝地想着李白的，忠厚诚实、情深义重的杜甫来说，几乎是一件像谜一样令人千古猜疑的事。

我们可以回头再看，杜甫做那三个思念李白的梦的时候，李白其实已接到朝廷赦令，正在去往夜郎的路上往回走着，走到长江三峡时听到猴子的叫声还做诗一首，热烈庆祝自己一日之间又能回到过去的自由世界。到了江夏，在他的老友太守良宰那里休息一阵，又与另一个老友贾至坐船去洞庭湖赏月,然后再回宣城,重游金陵,这一年是乾元二年。而在这一年里,杜甫除了想他、梦他、写他之外,又在做什么呢?在大乱中写完了诗史三吏三别,接着又在大旱中写了两叹,《夏日叹》和《夏夜叹》,一以贯之地哀叹多灾多难的国家和人民。这个从来都忠于职守的人,这次居然自辞了华州司功参军,去秦州,转巴陵,得成都府尹严武之助,于城西浣花溪边盖了几间聊以寄身的草房子,这就是后来成都的杜甫草堂。说李白是劳改释放犯有些夸张,说他是流放赦免犯却是事实,但是这个命大的前犯人,日子过得比苦巴巴地为他担惊受怕的杜甫要潇洒得多。

李白被赦后的第一年,杜甫进入剑南节度使严武的幕府做了检校工部员外郎,为中国诗坛留下杜工部的响亮名号,但很快又失业,此后过着可以说是悲凉凄苦的生活。他以不顾世人耻笑的《狂夫》和《百忧集行》记录下他一家的惨状:"厚禄故人书断绝,恒饥稚子色凄凉","痴儿不知父子礼,叫怒索饭啼东门。"富贵的老友断了往来,年幼的儿子面有饥色,孩

【韵译】

飘浮在天上的云朵从早到晚地行走,漂泊在地上的旅人未归的日子已经很久。一连三个晚上我都梦见了你,这样地想见到你可知我对你的情深谊厚。回想每次道别都是那样恋恋不舍,彼此之间山高路远很难有见面的时候。世情险恶,好比狂风卷起恶浪的江湖,只身在江湖上,小心不要掉下风中的小身。记得你每一次出门都要搔着满头白发,就像上苍辜负了你的补天之志济世之忧。遍观京城到处都是戴冠坐轿的达官贵人,而你这样的人才却如此落魄惨遭放逐。人都说天网恢恢疏而不漏,恰巧它漏掉了奸恶连累了我这已到晚境的朋友。不过这人世间的道理

李白们是怎样作诗的

啊,也许只有生前寂寞,死后才会名留万古诗传千秋。

子不听做爹的话,肚子饿了就闹着要吃,没有吃的就到东门外去嚎哭。第二年,茅屋又为秋风所破,"床头屋漏无干处","娇儿恶卧踏里裂",又是这个饿得哭的儿子蹬裂了床被,可知那被子已旧得不堪一蹬。而在这两年里,李白又在做什么呢?

颠沛一生的天才诗人已到了耳顺之期,他的命运却越发的不顺了,诗仙暮年,贫而又病,不得已投奔在当涂做县令的族叔李阳冰。继而,被赦后的第三年驾鹤西去,世人对他的死有三种传说,一是纵酒狂饮醉死,一是因酒伤肝病死,一是醉酒捞月淹死,总之是死于酒。在他生命最后的三年,因无史料可查,我们已经无从知晓杜甫是否还见过他,梦过他,写过他,但有一点可以肯定,肯定是想过他的,并且一直是想着他的。

虽然"厚禄故人书断绝",自尊自爱的穷诗人被有钱的朋友断了书信,自己也不会主动向有钱的朋友去书,然而李白不写信来,杜甫决不相信他是厚禄绝书的故人。或许杜甫的心里这么想着,"相濡以沫,不若相忘于江湖",更何况两条曾经在涸泉相与的鱼,放之江湖又岂能相忘,这就行了。

天才诗仙李白死后八年,小他十一岁的地才诗圣杜甫也死了,李白死于酒,似在想象之中,杜甫死于肉,却出意料之外。晚年已到穷途末路的杜甫,离开四川去往湖南投亲,被一场突发的洪水所困,当地一位姓聂的县令用小船救他上岸,以牛肉白酒相待,可怜我们的诗圣饿了数日,放饮暴食,当夜辞世。

李白是从人间回到天上,杜甫是从茅庐去往天堂。这一对绝代诗人,在那里久别重逢,从此后朝夕相处,再也不用牵肠挂肚地做梦了。

诗新说 李白们是怎样作诗的

渭川、碧溪、故人庄与桃花源之比较

——说王维《渭川田家》

王维（701—761，一说699—761），字摩诘，汉族，河东蒲州（今山西运城）人，祖籍山西祁县，唐朝诗人，有"诗佛"之称，与孟浩然合称"王孟"。开元九年（721年）中进士，任太乐丞。王维是盛唐诗人的代表，今存诗四百余首，重要诗作有《相思》《山居秋暝》等。

与王维的前两首诗相比，这首诗里的世外生活就丰富多了。第一首《送别》，他只是写送他一个骑马的朋友，或者他的别一个自己，临行喝了一碗酒后，就去隐居。至于为何要去，只有五个字，"君言不得意"，至于向何处去，还是五个字，"归卧南山陲"，再至于那里是何等的情况，他又是如何的归卧，却一个字也没有了，给人的印象只是个山间，而不大像人间。这就是诗佛王维的禅诗，让人盘膝打坐地永远去悟，他又要去画禅画了。

在第二首《青溪》里，他部分地回答了以上几个问题。南山之陲有一条河，两岸开满金色的菊花，泉水叮咚，泉水叮咚，清清地绕山旋转，长长地延及百里，穿过石丛，流过松林，

渭川、碧溪、故人庄与桃花源之比较

绿色的水草在河里摆动,白色的芦苇在河面倒映,一个老头儿坐在河边一块大石头上钓鱼,那就是他,那就是他,而不是他的那个"不得意"的朋友。这下好了,有了人间的样子,不过仍然没有烟火,这个钓鱼的老头子吃东西吗?除了吃自己钓的生鱼,还吃其他什么熟的主食?身上衣服是有的,可总得有换洗的吧?一天到晚坐在那里谁和他说话?身边是否还有别的动物呢?

而他这第三首《渭川田家》,里面就基本上都有了,人间总算有了烟火之气。你看,不光是有村,有巷,还有牛,有羊,有放牛羊的小孩儿,有拄着拐棍靠着柴门等着孙儿回家吃饭的老汉,有野鸡的叫声,有麦苗的清香,有趴在桑叶上睡觉的春蚕,有扛着锄头走过来的农夫,尤其尤其,这老农还跟他拉家常了,靠得很近,亲热巴巴的样子。

世人把王维和孟浩然归为唐朝田园诗人的代表,说明着他们人的追求相似,诗的风格也相似,为了让人相信,就应该举王维的这首《渭川田家》,和孟浩然的那首《过故人庄》为

【原诗】

渭川田家[1]

王 维

斜阳照墟落[2],
穷巷牛羊归[3]。
野老念牧童[4],
倚杖候荆扉[5]。
雉雊麦苗秀[6],
蚕眠桑叶稀[7]。
田夫荷锄至[8],
相见语依依。
即此羡闲逸[9],
怅然吟式微[10]。

【注解】

①渭川：即渭水。源于甘肃鸟鼠山，经陕西，流入黄河。田家：农家。

②墟落：村庄。

③穷巷：深巷。

④野老：村野老人。

⑤倚杖：靠着拐杖。荆扉：柴门。

⑥雉雊（zhì gòu）：野鸡鸣叫。

⑦蚕眠：蚕蜕皮时，不食不动，像睡眠一样。

⑧荷（hè）：肩负的意思。

⑨即此：指上面所说的情景。

⑩式微：《诗经》篇名，其中有"式微，式微，胡不归"之句，表归隐之意。

有力的佐证。这二位领袖，就连诗写的对象都不谋而合，一个是"渭川田家"，一个是"故人具鸡黍，邀我至田家"的田家，前者是自己来的，没提吃饭的事，后者是被人所邀，说了来吃鸡肉还有黄米饭。我们试想，如果把孟浩然的故人庄，盖在王维的渭川边上，或者让王维的田家，也住进孟浩然的故人庄里，再或者两户田家就是一户田家，甚而至于，反正他们二人是一对组合，索性让王维和孟浩然是同一个人，王维的这首诗和孟浩然的那首诗也是同一首诗，统一韵脚之后，后世的研究者们就未必认得出来了。

不过得把王维的田家排在前面，孟浩然的田家排在后面，先让王维的那位"田夫"荷锄而至，与他"相见语依依"，感慨之下等他"怅然吟式微"毕了，再让孟浩然的那位"故人"出来，正好便是刚才的田夫，就顺便邀他去吃鸡肉和黄米饭。于是两人到家，看见村边的绿树，门口的青山，窗外的菜地，一边喝酒一边说着年成，约好重阳节九月九日，也就是王维在云台山上登高，想念山东兄弟的那一天，再来赏菊。

并非田园诗人的杜甫,所写的《赠卫八处士》也有相似处,如诗中写到故人相逢,"问答乃未已,驱儿罗酒浆。夜雨剪春韭,新炊间黄粱",吃的也是黄米饭,不过杜甫在卫八处士家没吃到鸡,只尝了当夜冒雨割的韭菜。与二位不同的焦点在于,杜甫毕竟是一位忧国忧民的现实主义诗人,是诗圣,而不是诗佛和诗隐,他在诗的结尾必须要发表两句标志性的看法:"明日隔山岳,世事两茫茫",还不知道以后的社会形势将会怎么样呢。

王维在诗后怅然而叹的"式微",语出《诗经·邶风》,本意是说天快黑了,应该回去了,或引申为人将老了,应该归隐了,表示对那个背着锄头的农民的羡慕。但是据《毛诗序》说,此诗中的"式微,式微,胡不归",是写黎侯被狄人追赶,逃到卫国,手下臣子作歌劝他快回国去;刘向的《列女传·贞顺篇》又说是卫侯的女儿嫁给黎国的庄公,黎庄公不和她睡觉,也有人劝她回国去算了。这些都是国势衰微,如日西落的比喻,而不是什么天黑不天黑的问

【韵译】

西边的太阳斜斜地照着村庄,长长的村巷慢慢走着回家的牛羊。村里的老汉呼唤放牛放羊的孩子,手中拄着拐棍守望在自家的柴门旁。野鸡的叫声催生着地里的麦苗,乳白的蚕宝躺在碧绿的桑叶上。种田的汉子肩扛着锄头从远处走来,一见面就像老朋友那样问短问长。见此情景我真是羡慕他们悠闲的日子,禁不住念起《诗经》里呼唤归来的诗行。

题。因此，王维身边若有一个家伙，像把李白的"可怜飞燕倚新妆"告诉玄宗的高力士一样，也在肃宗面前唠叨一句，本来他就有在叛军那里当伪官的历史污点，这下子更得吃不完兜着走了。

同是"式微"一词，他的隐友孟浩然在《都下送辛大夫之鄂》也曾用过，"因君故乡去，遥寄式微吟"，还有一个名叫贯休的诗人，在《别杜将军》中也说"东风来兮歌式微，深云道人召来归"，一个"式微吟"，一个"吟式微"，一个"歌式微"，反过来倒过去，不是归就是回，总之一个意思，天黑了，要走人。但在原诗"式微，式微，胡不归"的后面，的确还有两句话的，一句"微君之故，胡为乎中露"，一句"微君之躬，胡为乎泥中"，那是抱怨国君，要不是因为你，为什么天都这么黑了我的男人还不能回来，还在夜露下面干着苦力？还在泥水里面摸爬滚打？再把他前面的"穷巷牛羊归"，与《诗经》里"鸡栖于埘，日之夕矣，羊牛下来。君子于役，如之何勿思"，我家服苦役的男人连牛羊和鸡都不如，畜牲都回来了他还不能回

野老念牧童

倚杖候荆扉

甲午冬 鑫森畫

来的女人的牢骚联系起来，一个小报告打给皇帝，王维可就得彻底式微，恐怕一辈子都别想再回来。

王维《渭川田家》的渭川，正好就是李白《行路难》中的碧溪，"闲来垂钓碧溪上，忽复乘舟梦日边"，王维又有一条《青溪》，巧的是他的青溪上有个钓鱼的老头儿，李白的碧溪上也有一个钓鱼的老头儿。但是诗仙与诗佛的想法处处不同，王维的钓鱼老头儿是他自己，要在这里钓他的世外余生，李白的钓鱼老头儿是姜子牙，要在这里钓周文王，钓周室的八百年江山，钓自己的辉煌晚年，也钓下半辈子的他失败之后重振旗鼓的希望和梦想。

如同王维受了陶渊明的影响，《渭川田家》肯定也受了《桃花源记》的影响无疑。王维在渭川边上想象的那些景物，陶渊明在桃花源里都抢先写了，他以笔记小说和叙事散文的写法写道："土地平旷，屋舍俨然，有良田美池桑竹之属。阡陌交通，鸡犬相闻。其中往来种作，男女衣着，悉如外人。黄发垂髫，并怡然自乐。见渔人，乃大惊，问所从来。具答之。便要还家，设酒杀鸡作食"。

另外他还有更加丰富的描写，这个世外的隐士集团，他们从哪里来？过去都干什么？因何住在此地？却原来是，"先世避秦时乱，率妻子邑人来此绝境，不复出焉，遂与外人间隔"。还是这么回事，是为逃难，避祸，活命，是无路之隐，无奈之隐，无意之隐，而非官当得好好的偏偏要作秀之隐。

陶渊明的《桃花源记》里有社会，有历史，有浓浓的现实，王维的《渭川田家》有诗，有画，有淡淡的禅意。

诗说新语

李白们是怎样作诗的

神童的赠言和谶言

——说王勃《送杜少府之任蜀州》

王勃(649或650—676或675),唐代诗人。汉族,字子安。绛州龙门(今山西河津)人。与杨炯、卢照邻、骆宾王齐名,世称"初唐四杰",王勃是"四杰"之首。传世作品有长赋《滕王阁序》、短诗《送杜少府之任蜀州》等。

王勃和李贺,大唐诗空的这两颗璀璨的流星,双双为后世留下不朽的诗赋之后,匆匆都以二十六岁的英年辞别人寰。与杨炯、卢照邻、骆宾王合称初唐四杰的王勃,断不会想到据说他十四岁提笔一书的《滕王阁序》,竟让古城南昌的游客仰看千年,二十出头开口一语的"海内存知己,天涯若比邻",会使后世大国的首脑远诵百邦。尤其是二十世纪六七十年代,中华神州与阿尔巴尼亚等国度蜜月时,它从礼仪之邦人民口中吐出的频率,大大超过了诗仙李白的"床前明月光,疑是地上霜",超过了诗圣杜甫的"朱门酒肉臭,路有冻死骨",超过了诗佛王维的"明月松间照,清泉石上流",后世之人实在想不出一个诗什么的谥号附会在王勃的名前,最后忽然想到初唐四杰之首,于是就

184

追认他为诗杰。

后世有人把王勃写给杜少府的"海内存知己,天涯若比邻"作为一副对联,贴在大门两边;又有人嫌对文太短,把这两句作为上联,贴在门右,把苏轼写给苏辙的"但愿人长久,千里共婵娟"作为下联,贴在门左;还有人推陈出新,把秦观写给牛郎织女的"两情若是久长时,又岂在朝朝暮暮"作为横批,贴在门头上。革命时代的人们是这么想的,革命友谊既然能跨空间,那么也能跨时间,反正都是革命知己,要做比邻大家都来做比邻吧。这个故事说明,王勃这首诗的长度和宽度,已经延得很长很宽,它的生命是无限的。

由于青春年少,自然是乐观而豁达的,送别这位姓杜的县尉朋友去四川上任的时候,王勃的赠言就不像年长的同行那般酸楚。还以唐朝诗人更多的五言赠别诗为例,杜甫是"江村独归处,寂寞养残生",王维是"春草明年绿,王孙归不归",孟浩然是"只应守寂寞,还掩故园扉",白居易是"又送王孙去,萋萋满别情",无不隐约可见泪光的波动,连出门仰天大笑的

【原诗】

送杜少府之任蜀州[1]

王 勃

城阙辅三秦[2],
风烟望五津[3]。
与君离别意[4],
同是宦游人[5]。
海内存知己[6],
天涯若比邻[7]。
无为在歧路[8],
儿女共沾巾[9]。

李白们是怎样作诗的

【注解】

① 少府：官名，在唐代指县尉。之：到，往。本是虚词在这里用作动词。蜀州：现在四川崇州。也作蜀川。

② 城阙(què)：皇宫门前的望楼，往往被用来代表京都。这里指唐朝都城长安。辅：以……为辅，这里是拱卫的意思。三秦：这里泛指秦岭以北、函谷关以西的广大地区。本指长安周围的关中地区。秦亡后，项羽三分秦故地关中为雍、塞、翟三国，以封秦朝三个降将，因此关中又称"三秦"。

③ 风烟望五津："风烟"两字名词用作状语，表示行为的处所。全句是在风烟迷茫之中，遥望蜀州。

李白居然也曾有过"仍怜故乡水，万里送行舟"的依依别情。

同为初唐四杰的骆宾王，送君到易水边时想到荆轲，竟然念出"昔时人已没，今日水犹寒"的不吉之语；因获罪而使长安别墅沦落于王维之手的宋之问，赠别杜甫那位被贬丰城的祖父杜审言，诗中也以"可惜龙泉剑，流落在丰城"作比，替自己同病相怜的朋友表示悲伤。然而天才少年王勃，没有折柳，没有洒泪，没有举酒，没让下马，而是伸出年轻有力的手拍一拍县尉朋友的肩头，提醒他"无为在歧路，儿女共沾巾"，不要哭兮兮地站在这个三岔路口，像个吃奶的孩儿一样，让过路的人看着笑话。

我们经常可以读到这样的悼念文章，"想不到那次一见竟成永别"，杜甫在他第三次梦见李白的时候，差点儿也落此俗套，"告归常局促"，"出门搔白首"，那大抵是李白最后一次留在他眼前的不灭影像。只有陆龟蒙的一句"所志在功名，离别何足叹"，可以作为王勃劝君别哭的补充说明。但王勃也并非回回都是如此，这似乎要看此为何人，此去何方，仕途如何，前景怎样。

　　这位杜朋友此去是做县公安局长,官虽不大,却是捉拿别人而不是被别人捉拿,如果泪流满面倒容易让人弄反了角色,所以应该含笑而去。送别另一类前程黯淡的朋友,他却依然深情款款,如《别薛华》:"送送多歧路,遑遑独问津。悲凉千里道,凄断百年身。心事同漂泊,生涯共苦辛。无论去与住,俱是梦中人。"虽然年纪不大,他也是懂感情的,也会像李白一样担心迷于歧路,像杜甫一样常在梦中相逢。

　　相比王维,王勃的聪明才智少了自创一派的书画,却多了令人惊叹的词赋,而且比王维聪明更早,足可称为神童。六岁作诗,九岁读《汉书》并撰《指瑕》十卷,指出注者颜师古注错的地方,十岁饱览六经,十二岁随医家曹元在长安学医,十四岁已知晓"三才六甲之事,明堂玉匮之数"。据五代时王定保《唐摭言》记载,在这一年,直肠直肚的豆蔻少年王勃不小心做了一件万古流芳的大事,洪州都督阎公重修唐高祖李渊之子李元婴所建的滕王阁,修成之日广招文朋,让女婿吴子章为之作序,吴女

五津:指岷江的五个渡口白华津、万里津、江首津、涉头津、江南津。这里泛指蜀川。

④君:对人的尊称,这里指"你"

⑤宦(huàn)游:出外做官。

⑥海内:四海之内,即全国各地。古代人认为我国疆土四周环海,所以称天下为四海之内。

⑦天涯:天边,这里比喻极远的地方。比邻:并邻,近邻。

⑧无为:无须、不必。歧路:岔路。古人送行常在大路分岔处告别。

⑨沾巾:泪水沾湿手巾,也说沾湿衣服和腰带。

李白们是怎样作诗的

【韵译】

　　站在这三秦大地环卫的城楼，望着那风烟弥漫中的蜀州。你我的心里装满了同样的离别之情，因为彼此都在外谋官离乡已久。只要你在四海之内，我就是你的知心朋友，纵然你到了天边，也还像住在我对面的街头。不要站在三岔路口依依不舍，像少男少女一样伤心泪流。

　　婿按照规矩假意谦让，心里痒痒的王勃却不按规矩，说声我来试试，把阁公气得去上洗手间，等他出来这篇序居然就写好了。好个阁公，还真是个难得有公心的好公务员，始而愤然，继而沉吟，吟到"落霞与孤鹜齐飞，秋水共长天一色"这一句时，大叫一声"此真天才，当垂不朽矣"，连自己的女婿也不要了，就用这一篇吧！这便是今日游客去南昌可在壁前拍照的《秋日登洪府滕王阁饯别序》，简称《滕王阁序》。

　　另一种说法见于元代辛文房的《唐才子传》，认为他写《滕王阁序》时不是十四岁，而是二十五岁。不过也不算大，大学才刚毕业，此说的根据，是阁公这一年才重修滕王阁，王勃去看望父亲，路过南昌而作，写完第二年就淹死了，这篇文章几乎成了他的绝笔。关于作序，又有新的传说，说他写到"闲云潭影日悠悠，物换星移几度秋。阁中帝子今何在？槛外长江空自流"时，故意把尾句的那个"空"字给空下来，弃笔而去。走后阁公发现，派人带千两黄金骑马追赶，要求他把那个空着的字给补上，王勃说，猪，那不就是个"空"字吗？这自然

城闕輔三秦
風煙望五津
與君離別意
同是宦遊人

甲午歲 鑫森 畫

又是后世的无聊才子,让神童也玩儿一回文字游戏,类似纪晓岚把王之涣的《凉州词》抄掉一字,改做"远上黄河"逗皇上乐呵。

王勃探父一是思念,二是内疚,三是自己犯了死罪,免刑之后职业没了,出去散散心,顺便也找找工作。他的走运与写作有关,倒霉也与写作有关,十七岁时高宗下诏开幽素科,他一下考中做了从七品的朝散郎,被分配在沛王府里工作,特招沛王李贤喜欢,和周王李哲斗鸡也把他带上。王勃观看二鸡相斗,灵感来了,提笔而成《檄周王鸡》,"两雄不堪并立,一啄何敢自妄?养成于栖息之时,发愤在呼号之际",不幸也遇上出卖李白的高力士一类人物,拿去念给高宗听了,这个目前还没想好把大唐江山交给哪个儿子的李治,认为他想挑起两个王子之争,当天就撤去他的副处级,一脚踢出沛王府外。

关于《檄周王鸡》,当今几乎所有流行的版本都写作《檄英王鸡》,实则当年的李显尚是周王,九年后被封英王之时,此文作者王勃已死去一年,其在世之时何曾用过这样的标题,他若能料知周王将成英王，继而还将成为中宗，便也能料知自己会因檄惹祸，于是未必敢写这篇檄鸡文了。

此后王勃游走四川，因博学善识药材，又当上虢州参军。但是大祸又临头了，先是藏匿一个名叫曹达的官奴，后怕走漏风声，将其杀死，便也犯了死罪，幸逢大赦，没被砍头。新旧《唐书》对此事提出异议，认为他对曹犯藏而又杀，前后矛盾，疑是有人妒才设局陷害于他。此案直接影响到王父，其父王福畤本是雍州司功参军，因这不肖之子而被贬为交趾县令，交趾地处中越边境，地老天荒，迢遥难及。王勃是神童也是孝子，在他的忏悔录《上百里昌言疏》中痛不欲生："今大人上延国谴，远宰边邑。出三江而浮五湖，越东瓯而渡南海。嗟乎！此勃之罪也，无所逃于天地之间矣。"

这句"无所逃于天地之间矣"可没说好，居然成了他的谶言，渡南海而探父归来，狂风恶浪，船翻身溺，二十六岁的王勃历尽人间荣辱悲欢，在无边的痛苦中终于得到了永远的解脱。动人的传说又从民间出来，高宗在他死后，

读到那篇为元婴叔叔写的《滕王阁序》，一句"阁中帝子今何在？槛外长江空自流"，把这位假装还有半点良心的皇帝，高兴得回忆起当年因《檄周王鸡》文驱他出沛王府的事来，重诏入朝，却知此人已落水身亡，于是又后悔得跺了几下子脚。

估计这又是多情可怜的文人发了无药可治的癌症，据我所想，第一，做皇帝的不会轻易承认错误，让他回来继续写作；第二，即便王勃回来，不写檄鸡文还会写檄狗文；第三，只要他写狗就有狗要咬他，最终他还会被狗奴们咬出去。恃才作文是才子的性情，因才杀身是才子的命运，性命二字从此而来。王勃之死，看来是死于水，想来是死于人，死于己，这一切都是自然而然的。

秋日江边的迷惘

——说孟浩然《早寒江上有怀》

后世之人对孟浩然的印象,得力于如下几个重要人物的艺术塑造。一个是爱他的李白,"吾爱孟夫子,风流天下闻",说他年轻不做官,老了还住在松树林里,每天像自己一样喝酒看月亮,宁可看花也不去看皇帝老儿;一个是怜他的杜甫,"吾怜孟浩然,裋褐即长夜",写诗虽然不是最多,却经常比鲍照和谢灵运还写得好,像汉江里的鳊鱼,春雨后的甘蔗;一个是哭他的老搭档王维,"故人不可见,汉水日东流",因为孟浩然不在了,他的家乡襄阳蔡州从此以后也就没人来了。

三个人从三个角度,给这位老夫子画了三幅画,浪漫主义诗人李白画的是夏日的黄昏,一位红颜白首的夫子躺在一棵松树下面喝酒,头上一钩月影,几朵白云,脚边一只酒壶,满

孟浩然(689—740),唐代诗人。本名不详(一说名浩),字浩然,襄阳(今湖北襄阳)人,世称"孟襄阳"。终生未仕,后隐居鹿门山,著诗二百余首。与另一位山水田园诗人王维合称为"王孟"。

李白们是怎样作诗的

【原诗】

早寒江上有怀

孟浩然

木落雁南渡①,
北风江上寒②。
我家襄水曲③,
遥隔楚云端④。
乡泪客中尽⑤,
孤帆天际看⑥。
迷津欲有问⑦,
平海夕漫漫⑧。

地黄花,说风流有点儿过度,称潇洒似乎要合适些;现实主义诗人杜甫画的是冬天的夜晚,一位穿着短褐的农民趴在一张柴桌上面写诗,燃烧的烛花儿略微地歪向一边,险些要燎着他的头发了,那是被窗外袭进的寒风吹的,农民诗人单薄的身子骨儿也在夜风中缩瑟着;山水田园派诗人王维本是画家,画的却只是一泓江水,一座空城,连一个人影儿都没有。

此外就是《新唐书·文艺传》中的记载了。大抵有这么几个小故事,一是聪明的王维当了官后,老实的孟浩然还没有当,王维就趁玄宗来府上视察的时候,让他提前去躲在床底下,等玄宗一进门,自己假装知罪的样子叫他出来,向玄宗介绍是自己老朋友,也是一个著名诗人,于是玄宗请他念诗,他却不该选错了代表作,偏偏念出一句"不才明主弃"来惹玄宗多心,生气说是你自己不来找我,哪里是我弃你?让他回去,也没像对待李白那样发放路费;一是连李白都曾主动拜见的韩朝宗韩大人,人家主动约他一起前往长安,以便推荐他去做官,但是要出发了,他还在和人喝酒,有人催他说韩

鄉淚客中盡 孤帆天際看

甲午歲聶鑫森畫

李白们是怎样作诗的

【注释】

①木落：树木的叶子落下来。雁南渡：大雁南飞。南：一作"初"。

②北风：与上句均从鲍照《登黄鹤矶》"木落江渡寒，雁还风送秋"脱化而来。

③襄（xiāng）水曲（qū）：在汉水的转弯处。襄水，汉水流经襄阳（今属湖北）境内的一段。曲，江水曲折转弯处，即河湾。襄：一作"湘"，又作"江"。曲：一作"上"。

④楚云端：长江中游一带云的尽头。云：一作"山"。

⑤乡泪客中尽：思乡眼泪已流尽，客旅生活无比辛酸。

⑥天际：天边。一作"天外"。

⑦迷津：迷失道路。津，渡口。《论语·微

公在车上等着你呢，他却说管他的，喝！韩大人一恼火也不理他了，又白白失去第二次机会。

最后一次他的背上长了个疮，都快好了，这时好朋友王昌龄来到襄阳，可能也是来动员他去当官的，正话还没有说，一喝酒，一吃肉，那被杜甫诗中称颂的鳊鱼是个发物，害得他的背疮发作，这就死了。王维心想这么好的一个朋友，一直到死，自己都没写出一首超过李白杜甫写他的诗，于是发挥画画的特长，给他画了一幅真正的画像，画在郢州的亭子里，又给这个亭子题字为"浩然亭"。

后人心中最生动的孟浩然，还出自他本人写的《过故人庄》，在老朋友的家里吃鸡肉和黄米饭。村边是树，村前是山，村口是菜地和打谷场，二人边喝酒，边说话，边问今年的庄稼，边订下步的计划，最后决定，九月九日重阳节时再来观赏菊花。这一次，田园诗派的第一位代表和第二位领袖是最形象、最真实、最完整的，既没有李白写的那么风流，也没有杜甫写的那么寒酸，更不是王维写的那样虚幻和空灵，他就是村里一个有文化、会写诗、爱喝酒的小

秋日江边的迷惘

老头儿，老百姓是什么样，他是什么样。

《早寒江上有怀》应该早于《过故人庄》，作者那时还没有作出决定，回家以后和故人一起喝酒吃鸡，观山赏花，在田园里度过一生。长安科考失利，只身漫游，秋风渐寒，江水茫茫，让他触景而生乡思，耳边响起他最喜欢的诗人鲍照的名句"木落江渡寒"，遂以"木落雁南渡，北风江上寒"开篇，吟下了这一首诗。这一年他已经四十岁了，年届不惑的落第诗人在自己未来的道路上依然是迷惑的，顶着萧萧落叶，顺着南飞雁阵，逆着寒江北风，望着生于楚地上端的那一条遥远而弯曲的襄水，再看江水之上那一叶孤独的小船不知漂向天涯何处，眼中的泪水不是缓缓流出，而是汹涌澎湃得几乎要流干了！

他想起当年的孔子，带着弟子一路穷奔，走到一个渡口迷失了方向，子路去向长沮、桀溺问路，两位隐士不说渡口在哪里，反而劝子路别听孔子老师的忽悠："滔滔者天下皆是也，而谁以易之？且而与其从辟人之士也，岂若从辟世之士哉？"与其追随孔子这种避人之士，

子》记载，孔子曾经在旅途中迷失方向，让子路向正在耕种的隐士长沮、桀溺询问渡口（迷津）。这个典故表示自己落拓失意，前途渺茫之叹。

8. 平海：长江下游入海口附近江面宽阔，水势浩大，称为"平海"。

李白们是怎样作诗的

【韵译】

　　秋叶飘落地上，大雁飞向南方，北风吹拂江面，搅得满江寒凉。遥望那条弯弯曲曲的襄河，河边就是我的家乡，那里是楚地的边境，远得像在云端一样。离别家乡的人，思家的泪水日夜都在流淌，心随着一只小船，孤零零向天边远航。我想寻找人生的渡口，不知何处才是方向，眼前江水弥漫，世界一片苍茫。

还不如追随我们这种避世之士！这便是孟浩然诗中的"迷津欲有问"，他站在南飞的大雁下，北吹的寒风中，远去的江水边，眼看着黄昏的落日将要溶入浩渺的水面，好像当年的子路一样，不知道哪里是自己的渡口，他应该往何处去！

　　孟浩然出门旅游的次数，远没有四海为家的诗仙李白多，也不如到处去画山水的诗佛王维，若是为大唐诗人个个都加以封号的话，那么封他一个什么好呢？可能是诗农吧。不当官就没有公款出外观光的优越，不经商也没有私款四处周游的便利，这次如果不是落第，回家时顺便拐一个弯儿，恐怕他连这首五言诗的诞生之地都未必能来。他字浩然，却无从浩起，称孟山人，倒是比较切合实际的，因为自此还乡，哪儿都不去了，待在家里守着老婆。老婆不错，给他生了六个儿子，但这一来家大口阔，他这做爹的身无所长，唯能做诗，在唐朝，诗又不能卖成稿费，日子过得比杜甫好不到哪去。李白写他每天卧在松云之间饮酒迷花，那实在是很高地高于了生活，存心要气那些事君的奴才。

　　陈师道写《后山诗话》，所引苏轼评孟浩

然的"韵高而才短,如造内法酒手而无材料",并非一派贬词,"内法酒"乃宫廷御酒,擅造者自是高手,"才短"与"无材料",是指做诗的才与做酒的材都不充足。此言值得一辩,首先孟浩然若为酿酒师,他做的不是宫廷御酒,而是鹿门山醇醪,所用材才,无非云水落木、黍米桑麻之类,都是皇帝和士大夫不爱要的。余者实非短缺,是为不取。严羽《沧浪诗话》将王、孟作一对比,似乎更说在了点子上:"大抵禅道唯在妙悟,诗道亦在妙悟。且孟襄阳学力下韩退之远甚,而其诗独出退之之上者,一味妙悟而已。唯悟乃为当行,乃为本色。"他认为,王维是学者化的诗人,孟浩然是有灵气的诗人。

归来哟在外当官的游子

——说常建《宿王昌龄隐居》

常建(708—765),唐代诗人,字号不详,有说是邢台人或说长安(今陕西西安)人,开元十五年与王昌龄同榜进士,曾担任盱眙县尉。仕宦不得意,来往山水名胜,过着很长时期的漫游生活。后移家隐居鄂渚。

回望唐朝群星灿烂的诗空,名叫常建的那一颗远没有李白和杜甫那么辉煌夺目,也不如李商隐和杜牧那样流光溢彩。在浩如烟海的《全唐诗》中,这位作者甚至生年不详,卒年不详,字号不详,甚至连籍贯也不详,一说是长安人,后又有人从碑上看见他祖籍邢州,这一切都说明他并非重点研究的对象。但有两个传至今日的词,几乎让每个文化人都曾读过,一个叫"曲径通幽",一个叫"万籁俱寂",那是源自他的同一首诗。

参看他仅存的一部诗集,可知他身后的寂寞无关乎他生前的才华和成就,而是因他决绝的性格和坚定的选择所自然形成。如果说唐朝诗人中有一位严格意义的隐士,那人并不是孟浩然,更不是王维,也不是孟郊和贾岛,却非无字无号的常建莫属。前者中有的嘴上喊隐人并不隐,有的屡次碰壁无奈才隐,有的寻找机会隐而又出,有的出仕之后就不再隐,而这位与王昌龄同科考取进士的诗人,当他感到"不得意"和"不得开心颜"之后,一隐进去就再也不出来了。当然,他还不是耦耕于地的长沮和桀溺,不是洗耳饮牛的许由和巢父,他还在写诗传世,否则就会连他姓名都不详了。

他在归隐前的官职是盱眙县尉,从《唐才子传》中"沦于一尉"的修辞,让我们猜想他是否当过比县尉更大的官,以后因故沦落下来,他嫌小了,心中不爽,索性什么都不当,净身出户归隐于武昌樊山。这都是五柳先生陶渊明带的好头,陶渊明当年还是彭泽县的县令,比盱眙县的县尉高出两格,陶县令都要归去来兮,而况职务更低的常县尉乎?常建当时可能就是这么想的来着。

其实在唐朝的诗人中,做过县尉的并不是常建一人,杜甫做过县尉,孟郊做过县尉,与他同登进士的王昌龄,最初只是从九品的秘书省校书郎,和李白的叔叔李云一个级别,经过

【原诗】

宿王昌龄隐居

常　建

清溪深不测[1],
隐处唯孤云[2]。
松际露微月。
清光犹为君[3]。
茅亭宿花影[4],
药院滋苔纹[5]。
余亦谢时去[6],
西山鸾鹤群[7]。

诗说新语
李白们是怎样作诗的

【注释】

①测：一作"极"。

②隐处：隐居的地方。唯：只有。

③清光，指月光。意思是清辉的月光依然为君而亮着。君，指王昌龄。

④宿：比喻夜静花影如眠。

⑤药院：种药的庭院。滋：生长着。

⑥余：我。谢时：辞去世俗之累。

⑦鸾鹤：古常指仙人的禽鸟。群：与……为伍。

努力以后才当上汜水尉。因犯错误被贬岭南，返回长安后改任江宁丞，却又犯了错误，再次被贬为龙标尉。当来当去还是县尉，直到最后冤死在县尉任上，也仍没达到陶渊明扔下的那个正县级。为什么四大边塞诗人之一，公认七绝圣手，人称王龙标和诗家天子王江宁的王昌龄，都能把这个县尉鞠躬尽瘁地当着，常建怎么就不能呢？说明这是一个心气高的人，一个性情中的人，一个君子一言驷马难追以及好马不吃回头草的人。自他在野之后，他就和任何在朝的诗人，包括他的同学、同事、同行王昌龄，咔嚓一下，不再有任何的联系了。

在这一点上，他和在所谓的隐士中表现最好的孟浩然有很大的不同。他的诸种不详，名气不大，传诗不多，大抵都与这一点有关。但他毕竟有诗传了下来，这是因为他写得太好了，同类诗中无人能替，包括王维和孟浩然。

《宿王昌龄隐居》还不是他最有代表性的诗，他最有代表性的诗还应是《题破山寺后禅院》，也就是开创"曲径通幽"和"万籁俱寂"两个雅词的那一首。但这一首却是他最有故事性的诗,故事是他在辞官之后,专门到石门山去走了一趟,到那里去干什么呢?去在王昌龄做官之前住过的那个院子睡一个晚上。这天晚上,他在睡觉前院里院外,院前院后遛达了一圈儿,最后写下了这一首诗。

诗中劈面而来的"清溪",不是王维《青溪》中的"青溪",王维的是虚构艺术,常建的是写实主义。他看见在王昌龄当年隐居的这个地方,有一条清澈的小河,源远流长,不知所终,小河上空飘浮着一朵孤孤的白云。这里让人略微生出一丝夜晚如何还能见到云彩的怀疑,接着便又觉得,即便写实也不能没有想象,否则就不是文学,就不是诗了。他采取的是以虚景而写实情,天上一朵孤云,地上一个孤人,看见天上的孤云就会想起地上失去联系的他和王昌龄来,那朵孤云是当年这里的屋主,还是今晚这里的旅客呢?另外,人称山中宰相的齐梁隐士陶弘景,曾对齐高帝说"山中何所有?岭上多白云",想来隐士也分贫富,陶宰相有钱,白云就多,王昌龄穷,有一朵就不错了。

接下来他从松林间隐隐看见了月亮,那旧

【韵译】

　　清清的溪水不知流向何处,你曾隐居的地方只有一片白云飘浮。松林间虚掩着一钩月亮,清明的月光想念着旧日的屋主。草搭的凉亭映进了花的影子,茵茵的青苔长满药圃。我也要像你当年那样隐居去了,从此后就与西山的凤凰和仙鹤为伍。

时的月光不知今晚新换的主人,远远赶来一如既往地照耀它的老朋友王昌龄,月光下花木的影子睡在茅草搭盖的小凉亭里,茵茵的青苔爬进红红的芍药园中。夜色多么好,心儿多爽朗,在这迷人的晚上,常建决定以当年的王昌龄为榜样,远离功名,隐身而去,到西山与凤凰和仙鹤住在一起。最后一句,江淹在《登庐山香炉峰》中也曾说过,"此山具鸾鹤,往来尽仙灵",他和那位最后才尽的江郎心往一处想着。

这首诗他是写给王昌龄的,呼唤曾经隐居的老同科归来吧归来哟,不要把那些县尉之类的小官放在眼里。但是王昌龄听不到他的呼唤,此时的老同科已由汜水县的县尉升迁江宁县的县丞,离陶渊明挂冠的县令只有一级之差了,却不料正在攀爬的路上出了问题,重新被贬为龙标县的县尉,又回到让常建瞧不起的那个小官的级别上。而且,更加悲惨的命运在前方等待着这位诗家天子,在安史之乱中,因为探母迟归,他竟然被刺史闾丘晓以失职罪杀死。王昌龄绝没想到会是这样,常建自然也没想到,在这个宁静的夜晚,他呼唤着朋友的归来,只

清溪深不測 隱處唯孤雲 甲午冬 聶鑫森畫

是觉得出世的清洁,还没感到入世的凶险。

他的另一首可称代表作的诗是《题破山寺后禅院》:"清晨入古寺,初日照高林。竹径通幽处,禅房花木深。山光悦鸟性,潭影空人心。万籁此都寂,但余钟磬音。"如说隐逸,如说禅意,似乎并不下于王维。从现存的版本来看,这首诗有着多次的改动,每次都改在第三、第七、第八句上。一种是"竹径"、"都寂"、"但余",一种是"曲径"、"俱寂"、"惟余",一种是"竹径"、"俱寂"、"但余",一种是"曲径"、"俱寂"、"但余"。总体读来,这三处改动的后面两处,"俱寂"和"但余"是比"都寂"和"惟余"要好一些,但是前面一处"竹径"和"曲径"到底谁好,还没有个定论。看欧阳修的《题青州山斋》,好像更喜欢"竹径","欲效其语作一联,久不可得,乃知造意者为难工也"。或者也有另外的可能,说这话时,欧阳修还没读到"曲径"的版本。

其实"曲径"也好,弯弯的,长长的,细细的,需要绕那么几下子,才能通往花木深深的禅房,路不直并不影响两边种竹,这样越发能显出一个"幽"来。我认为此诗改来改去,前后四次,都是常建自己干的，他不像李白喝完了酒一挥而就，不像杜甫深思熟虑一锤定音，他更像推来敲去的苦吟派贾岛，嗣后存诗不多，原因除去真正归隐，少与诗界名流唱和，也未尝没有他对自己作品的要求太严格了。

李白们是怎样作诗的

三十二岁的哥哥坐在小河边

——说柳宗元《溪居》

柳宗元(773—819)，字子厚，唐代河东（今山西运城）人，杰出诗人、哲学家、儒学家乃至成就卓著的政治家，唐宋八大家之一。著名作品有《永州八记》等六百多篇文章，经后人辑为三十卷，名为《柳河东集》。因是河东人，人称柳河东，又因终于柳州刺史任上，又称柳柳州。与韩愈同为中唐古文运动的领导人物，并称"韩柳"。

别人我不知道，我知道李白是不会在小河边上盖间房子，一辈子住在里面过日子的。他喜欢长江，还喜欢黄河，赐金放还之后他倒是想起一条碧溪，但那是渭川，他想的是姜子牙坐在那里钓鱼，后来把文王这条大鱼给钓上来了。有眼无珠的唐玄宗不是周文王，等有朝一日起了大风，他还得直挂云帆济沧海。所谓小溪小流，那是王维们喜欢的去处，王维买下的宋之问的辋川别墅里面肯定有溪，此外这位诗佛还在诗里虚构了一条有禅意的青溪。通过常建的诗，我们还看见辞官诗人在他专门去住了一个晚上的王昌龄当年隐居的院子里，也有一条与青溪相似的"清溪"。令人想象不到的是，热衷于政治改革的柳宗元，现在也会住到遥远而冷清的一条小溪边来，这一年他三十二岁，因为赞成王叔文的改革主张，被宪宗帝从长安贬到永州。

这是一个旷达而有尊严的诗人，在他的这首诗中，我们看到的不是屈原以来历代被贬诗人的牢骚、抱怨、悲愤，却是以如释重负的语气，像过年过节一样庆祝自己终于从牢笼里被放出来了，放到这么好的一个地方。"久为簪组累，幸此南夷谪"，接下来他可以和农夫成为邻居，还可以像传说中的隐士一样，清早起来自己去锄一锄地，地头的草尖儿上还挂着昨晚落的露珠呢。夜里他去划船玩儿，木桨把河底的石头碰出声响，来来回回连个人影儿都看不到，他就独自一人在蓝格茵茵的天空下面唱起了信天游！

从他诗中的描写看来，那个陶渊明听说了但没有找到的桃花源，不小心被他给找到了，他在这里过上了神仙的日子。这首诗幸亏没让宪宗皇帝知道，不然会把他贬得更远，自己也会气个半死。其实我们旁观者清，以上他说的并不完全都是实话，起居舍人王叔文和左散骑常侍王伾领导的永贞革新，一百八十天后宣告

【原诗】

溪 居[1]

柳宗元

久为簪组累[2]，
幸此南夷谪[3]。
闲依农圃邻[4]，
偶似山林客[5]。
晓耕翻露草[6]，
夜榜响溪石[7]。
来往不逢人[8]，
长歌楚天碧[9]。

【注释】

①溪居：指在冉溪居住的生活。诗人被贬谪永州司马后，曾于此筑室而居，在今湖南省永州市东南。

②簪(zān)组：古代官吏的饰物。簪，冠上的装饰。组，系印的绶带。

③南夷：南方少数民族之称这里指永州。

④农圃(pǔ)：田园，此借指老农。邻：邻居。

⑤偶似：有时好像。山林客：指隐士。

⑥露草：带有露水的杂草。

⑦榜(bàng)：船桨。这里用如动词，划船。响溪石：指撑船靠岸触着溪石而发出响声。

⑧人：此指故人、知交。

失败，王叔文被贬渝州司户，到任不久赐死，王伾被贬开州司马，到任不久后病死。刘禹锡被贬朗州司马，柳宗元被贬永州司马，二人倒是没死没病，可他们一想起"二王八司马"的改革下场，居然还"幸此南夷谪"，那真叫没心没肺了。所以柳宗元硬要这么做诗，我们就只能认为他好比是一个嘴硬的小孩儿，挨了大人的狠打，捂着皮开肉绽的屁股说没打着，或者一点儿都不疼，笑着跳着唱着愉快的歌儿，跑到一个大人看不见的墙角去暗暗养伤。

关于这条小溪的情况是这样的，很早以前它没有名字，以后搬来一户姓冉的人家，就把它叫冉溪。接着又有人叫它染溪，这可能是又住来一个开染坊的人，利用它的水利资源洗染衣服，不肯让姓冉的独家注册。柳宗元看来是一位幽默的贬官，他说你们都别争了，既然我住到了这里，那我就给它改个名字叫愚溪吧。我是一个愚蠢的人，因为愚蠢而犯了错误，从长安贬到永州，我就向古代的愚公学习，愚公住的那个山脚名叫愚谷，我也把这条溪边的景点都取成愚字辈的名字。溪叫愚溪，我在愚溪

来往不逢人 長歌楚天碧

甲午冬鼎鑫森

⑨长歌：放歌。楚天：这里指永州的天空。春秋战国时期，永州属楚国。

上面买的那个小丘就叫愚丘，从愚丘往东北走六十步有一汪泉水，就叫愚泉，我数了一下，愚泉有六个泉眼，泉水从地下往地上咕嘟着，存多了就由高往低向南边流，流过的地方就叫愚沟，石头掉下来把愚沟堵住了，这个水滩就叫愚池，愚池的东面就叫愚堂，南面就叫愚亭，池子中间高出的一个小尖尖，就叫愚岛，总的来说这里就叫永州八愚，好不好？

为此他作了一首《八愚诗》，写在一块愚石上，可惜忘了让石匠给刻下来，风吹雨淋都消失了，今人也就无法读到。依我愚想，那有可能还是一首组诗，一愚四句，总共八段。不过这首诗的序言倒是回家写在纸上的，因此留了下来，名字就叫《八愚诗序》。这位幽默的贬官写完愚诗的第五天夜里，梦见管理这一片的溪神来找他的麻烦，质问他为何玷污自己名声，他就只好又写一篇《愚溪对》，解释说不是这条溪愚蠢，而是住在这条溪边的人愚蠢，不愚蠢怎么会做那些不识时务的事，好好的长安不住却跋山涉水地跑到这里来住呢？

至此我们已经知道，柳宗元不仅是一位优

秀的诗人，曾写出《江雪》那样令人叫绝的绝句，"千山鸟飞绝，万径人踪灭。孤舟蓑笠翁，独钓寒江雪"；而且是一位凌厉的杂文家，讽世而又自嘲，嬉笑却不怒骂，《愚溪对》可谓代表之作；再读《永州八记》诸篇，知道他还是出色的游记作家，大散文家；读《段太尉逸事状》，知道他是率蒲松龄之先的笔记小说家；读《黔之驴》，知道他是步庄子之后的寓言家；读《天对》，知道他是答屈原之问的哲学家；读《惩咎赋》，知道他是正气凛然的词赋家；读《封建论》，知道他是伟大的政论家；另还有关于佛教的碑、铭、记、序，可以知道他对禅宗、天台宗、律宗领域的研究。他几乎什么都写，无所不通，是整个唐朝涉猎文体最多的作家。

纵是贬官，仍不失为好官，永州十年，他并不像他诗中故意显摆的那样，白天锄一锄草，晚上划一划船，而是为百姓做了很多的事。回京述职，再贬柳州，此州比彼州更远，他却以更大的热情为人民服务着。释放奴婢，打击巫医，发展教育，开荒种地，当他的朋友韩愈在江边祭送危害一方的鳄鱼时，他也在号召着不

【韵译】

很多年来官职像枷锁一样套在我的身上，这次把我贬到南方，让我荣幸地获得了解放。闲时到邻家走走就像农夫一样，又像是一位隐士隐居在林中山旁。清早起来种地，拨开沾着露水珠儿的野草，晚上到河里划船，木桨把河底的石头碰出声响。船儿划来划去，河边一个人影也没见到，仰望蓝蓝的天空，我忍不住放声歌唱。

敢惊动地母的愚昧乡民打井取水。他还是最好的朋友,韩愈在《柳子厚墓志铭》中讲了一件感人至深的事,刘禹锡与柳宗元于元和十年同召回京,继而再贬,柳宗元至柳州,刘禹锡至播州,一时大哭:"播州非人所居,而梦得亲在堂,吾不忍梦得之穷,无辞以白其大人,且万无母子俱往理。"遂"请于朝,将拜疏,愿以柳易播,虽重得罪,死不恨"。

柳州远于永州,播州又远于柳州,柳宗元想到自己的老母随他一道去往永州,不服异地水土第二年就病故了,刘禹锡的老母比他老母年纪还大,随儿赴任,路途难耐,与子分离,又有何人照管,毅然上书朝廷,要求互换。直到禹锡改迁连州,他才两眼是泪送别战友,自己放心地踏上漫漫征程。古来朋友有难,送钱,送粮,送问候的不少,把自己的工作单位送给对方,这却是不多的。

因此他的朋友多,创作的搭档也多,与韩愈并称"韩柳",与刘禹锡并称"刘柳",与王维、孟浩然、韦应物并称"王孟韦柳",与韩愈、苏洵、苏轼、苏辙、欧阳修、王安石、曾巩并称"唐宋八大家"。只可惜这样的好官员,好作家,好朋友,一生只活了四十七岁。死前他搬出一生的文稿,致遗书于刘禹锡:"我不幸卒以谪死,以遗草累故人。"一如卡夫卡把自己尚未发表的作品交给布鲁德,不过他没有嘱其焚毁。

刘禹锡闻此噩耗也大哭失声,火速派人料理他的丧事,并写信托韩愈作墓志铭,自己则倾其后半辈子的心血,以柳宗元别号为书名,编成《河东先生集》传至今日。

诗说新语

李白们是怎样作诗的

贬官之后的大彻大悟

——说刘禹锡《乌衣巷》

刘禹锡(772—842),字梦得,汉族,中国唐朝彭城(今徐州)人,祖籍洛阳,唐朝文学家、哲学家,自称汉中山靖王后裔,曾任监察御史,唐代中晚期著名诗人,有"诗豪"之称。政治上主张革新,是王叔文派政治革新活动的中心人物之一。后来永贞革新失败被贬为朗州司马(今湖南常德)。

刘禹锡和柳宗元的友情,远远地超过了杜甫和李白。我们是后世之客,以客观之,只能认为杜甫和李白属于关系不错的诗友,维持这种关系的又主要在杜甫对李白的关心和关爱,尊敬和夸奖,这些都能从杜甫有关李白的十四首诗中看得出来。我们一直为中国诗空这一对最灿烂的明星最后居然未能互相照耀,而真的成了杜甫在《赠卫八处士》中所说的参星和商星,当双双陷入最困境的时候中断了联系,甚至在李白客死当涂这么一个重大的事件上,杜甫都无一诗相怀而感到深深惋惜。从杜甫一生都在为国为民担忧,同时更为朋友担忧的性格来看,这是一件让人惊异以至惊疑的事。最后我们只好假设,杜甫还有一首第四次梦见李白的诗,梦中的李白千真万确地死了,此诗不知何故没有留存。

柳宗元和刘禹锡不是这样。这两个人一生有着太多的相同,在学历上,同时赴京赶考,同时进士及第,同时入博学宏辞科;在仕途上,同时留任京官,同时结识二王,同时参入永贞革新,同时贬出长安,同时谪为远州司马,同时重诏回京,同时再放遥遥边域,同时改任刺史;在写作上,同是诗人,同是散文家,同是哲学家;甚至在出生上,两人只相差一年或者只有几个月,几乎就是同龄人了。

第二次外放,柳宗元是到比第一次永州更远的柳州,刘禹锡是到比柳宗元的柳州更远的播州,柳州是现今的广西,播州在现今的贵州。柳宗元一见通知就大哭起来,不是为他自己,而是为他的朋友刘禹锡,刘禹锡家有八十岁的老母,如果跟儿子走,会拖死在半路上,如果不跟儿子走,会孤死在家里,他想反正自己老母已经不在了,他愿意和刘禹锡交换,宁可替刘禹锡远赴播州。朝廷最后把刘禹锡改派连州,不能不说是因他的哭感动了铁石心肠。

刘禹锡被贬朗州十年,柳宗元被贬永州

【原诗】

乌衣巷[1]

刘禹锡

朱雀桥边野草花[2],
乌衣巷口夕阳斜。
旧时王谢堂前燕[3],
飞入寻常百姓家[4]。

李白们是怎样作诗的

【注释】

①乌衣巷:金陵城内街名,位于秦淮河之南,与朱雀桥相近。三国时期吴国曾设军营于此,为禁军驻地。由于当时禁军身着黑色军服,所以此地俗语称乌衣巷。在东晋时以王导、谢安两大家族,都居住在乌衣巷,人称其子弟为"乌衣郎"。入唐后,乌衣巷沦为废墟。

②朱雀桥:六朝时金陵正南朱雀门外横跨秦淮河的大桥。

③王谢:王导、谢安,晋相,世家大族,贤才众多,皆居巷中,冠盖簪缨,为六朝巨室。旧时王谢之家庭多燕子。至唐时,则皆衰落不知其处。

④寻常:平常。

十年,二人同时被召回长安,原本还有留任京城的一丝希望,但他不该去参观花卉展览,更不该回来作诗一首,这就又给他惹了麻烦。题为《元和十年自朗州承召至京戏赠看花诸君子》的这一首诗,他是这样写的:"紫陌红尘拂面来,无人不道看花回。玄都观里桃千树,尽是刘郎去后栽。"新贵们听出是讥讽自己这些小桃树们,都是趁他支边去了栽起来的,就在皇帝面前说他坏话,索性害他支得远些,于是他就险乎儿支到了播州。

这一对难兄难弟再次踏上遥远的征途,走到衡阳分手,柳宗元作《重别梦得》一诗相赠:"二十年来万事同,今朝歧路忽西东。皇恩若许归田去,晚岁当为邻舍翁。"如果朝廷同意他们回家种田,两个老汉以后就住在两隔壁吧。刘禹锡也答诗一首:"弱冠同怀长者忧,临歧回想尽悠悠。耦耕若便遗身世,黄发相看万事休。"刘禹锡同意柳宗元的这个想法,只要在一起,什么都愿意。但是,柳宗元没有等到和刘禹锡住两隔壁的那一天,他还没到老汉,他才四十七岁,就要永别他的这位好朋友了。

贬官之后的大彻大悟

在唐朝的大诗人中,能够活到七十岁的刘禹锡似乎是最长寿的一个,而与他有太多相同的柳宗元,除了短命的王勃和李贺,以及非正常死亡的陈子昂外,也似乎是比较短的。寻找这里的原因,不能全都找在被贬,比如常年在最艰苦的环境中工作,气候异样,水土不服,从身到心的摧残,健康受到极大的影响。前面说了,在这方面,七十岁的刘禹锡和四十七岁的柳宗元多年相同。因此我们得继续寻找,找到他们做文的风格,做人的性格,做事的态度。

我们刚刚说完柳宗元的《溪居》,说他挨完打后捂着屁股说打得好,把他打到这个神仙住的地方来了,让他塞翁失马,因祸得福,占了一个大大的便宜。但他写完这首五言,接着又写了一首七言:"少时陈力希公侯,许国不复为身谋。风波一跌逝万里,壮心瓦解空缧囚。缧囚终老无余事,愿卜湘西冉溪地。却学寿张樊敬侯,种漆南园待成器。"在这首名叫《冉溪》的诗里,他到底忍不住了,又本能地加入屈原的离骚派,叹息自己跌了跟头,成了一个假释的囚犯。再从他的杂文、寓言、政论中,更可

【韵译】

昔日车水马龙的朱雀桥边满是野花乱草,从前的贵胄府第乌衣巷里一缕残阳西照。当年在将军和宰相门前飞来飞去的燕子,如今在普通老百姓的家里筑起了窝巢。

李白们是怎样作诗的

以发现在他奇诡的想象的背后,一颗心整日都在怎样地激荡着。他其实是把一个自己分裂成了两个,一个在寂静的冉溪,一个在咆哮的黄河,一个是明里的庆幸,一个是暗中的挣扎,一个让别人看见他悠然的风采,一个让他自己备受沉重的折磨。

刘禹锡跌完一跤之后,爬起来好像什么都明白了。这一年是柳宗元死后的第七年,他从和州返回洛阳,途经金陵,看到秦淮河上的朱雀桥和岸边的乌衣巷,慨然写下《金陵五题》,其中第二首最能代表自己的大彻大悟:"朱雀桥边野草花,乌衣巷口夕阳斜。旧时王谢堂前燕,飞入寻常百姓家。"昔日无限繁华的朱雀桥边,长满了蓬乱衰败的花草,显赫一时的乌衣巷里,斜照着快要落山的太阳,曾经在王导和谢安的府中翩然飞舞的燕子,如今跑到老百姓家里做窝来了,这世界,就这么回事呵!

王导,历仕晋元帝、明帝、成帝三朝,辅元帝司马睿移镇建邺,联络南方,安抚北族。建国后拜骠骑大将军诸职,与兄王敦分权内外,被称"王与马,共天下",刘义庆的《世说新语》,

舊時王謝堂前燕兒入尋常百姓家

甲午歲 龥鑫森畫

收王丞相一人故事八十四个。谢安，东晋宰相，淝水之战晋方总督，以八万之师打败号称百万的前秦大军。就连这等人物的豪门富户，而今又安在哉？

唯有真正的友谊万古长存，人生得一知己，胜却那金雀乌衣，王谢堂前。当刘禹锡猝然收到柳宗元的一纸遗书，同样也是痛哭失声，一边派人去料理柳宗元的丧事，一边寄书韩愈，请为他们共同的朋友撰写墓志之铭，然后花毕生之力捧起逝者的重托。他的作品本没有柳宗元多，但他放下自己的作品整理而刊行柳宗元的，让他最亲爱的朋友与诗文一起永垂不朽。

如同柳宗元短暂一生有不少文学的搭档，刘禹锡也与柳宗元合称刘柳，与白居易合称刘白，与韦应物、白居易合称三杰。白居易赠他一个称号，"彭城刘梦得，诗豪者也，其锋森然，少敢当者"。如将诗豪改其一字，成为文豪，赠给诗文杂论全能的柳宗元，那也是很合适的。

在中国民间，刘禹锡有一篇比名诗《乌衣巷》更有名的铭，名叫《陋室铭》，铭中"可以调素琴，阅金经。无丝竹之乱耳，无案牍之劳

贬官之后的大彻大悟

形"云云,可以看作是他的又一首无韵的自白诗。传说此铭有个来历,刘禹锡被贬和州,在县衙当了一名通判,县令安排他住在城南三间破房子里,刘禹锡写诗二句贴在门上,县令知道了把他迁到北门,房子由三间减到一间半,刘禹锡又写诗二句贴在门上,县令知道了又把他迁到县城正中,只给他一间小屋住着,刘禹锡这次不写诗了,却写了这篇《陋室铭》。

这是传说,刘禹锡被贬和州当的是刺史,再怎么倒霉,级别也比县令要高,而且唐朝也没设通判一职。但从这件事里我们可以看到他的淡然心态,他的确是把世间的一切都看破了。

李白们是怎样作诗的

英雄被狗熊气哭的故事

——说陈子昂《登幽州台歌》

陈子昂（约661—702），唐代文学家，初唐诗文革新人物之一。字伯玉，汉族，梓州射洪（今属四川）人。因曾任右拾遗，后世称为陈拾遗。光宅进士，历仕武则天朝麟台正字、右拾遗。解职归乡后为武三思所害，冤死狱中。其存诗共一百多首，其中最有代表性的是《感遇》诗三十八首，《蓟丘览古赠卢居士藏用》7首和《登幽州台歌》。

《晋书·阮籍传》载，阮步兵"尝登广武，观楚、汉战处，叹曰：'时无英雄，使竖子成名'"，本来是说阮籍的狂，步兵先生的那一声叹，应含些许嘲笑的意味。清人宋长白著《柳亭诗话》却借题发挥，由此说到陈子昂的悲："陈拾遗会得此意，《登幽州台歌》曰：'前不见古人，后不见来者。念天地之悠悠，独怆然而涕下'，假令陈、阮邂逅路歧，不知是哭是笑。"意思是说，阮籍认为时下没有英雄，陈子昂也没有看见英雄，如果这两人在一个三岔路口一头碰上，要么阮籍陪着陈子昂哭，要么陈子昂被阮籍几句话说笑了，要么就一个哭一个笑，你说这事好玩儿不好玩儿？陈子昂曾因上书论政受到武则天的赏识，在朝中任过右拾遗的官职，宋长白就尊称他为陈拾遗。

问题是陈拾遗并非好哭的人,在他没做拾遗之前,年少时他一心想当侠客,长到十七八岁还不读书,后来拿剑把人戳了,估计吃亏以后拣了见识,方才弃武从文。《独异记》中写他初到长安,还没什么名气,看见大街上有人卖胡琴,狮子大开口要一百万,观者谁都不敢买,他却以一千串钱买到手里,众人问他是什么好货,他答明天告诉你们吧。次日他请大家下馆子,将那琴一把摔在地上,说我四川陈子昂写了一百多篇文章还没人买,倒不如你这破玩意儿了,然后把文章人手一篇发给大家。于是一日之内,名动京城。这样一位豪放的青年,从他的名字、个性和成长经历来看,他应该是一个有泪不轻弹的男儿。

而且他还当过兵,万岁通天元年,契丹人攻陷营州,武则天派她的娘家侄儿武攸宜率军征讨,陈子昂任随军参谋。但他为什么一个人爬到幽州台上哭了起来呢?那是因为作战期间,他发现武攸宜指挥无能,首战失利之后,他主动请缨带一万人马,作为先锋部队去击退敌军,武不同意,二次请求,竟然将他降为军曹。陈

【原诗】

登幽州台歌[1]

陈子昂

前不见古人[2],
后不见来者[3]。
念天地之悠悠[4],
独怆然而涕下[5]。

李白们是怎样作诗的

【注释】

①幽州：古十二州之一，现今北京市。幽州台：即黄金台，又称蓟北楼，故址在今北京市大兴，是燕昭王为招纳天下贤士而建。

②前：过去。古人：古代那些能够礼贤下士的圣君。

③后：未来。来者：后世那些重视人才的贤明君主。

④念：想到。悠悠：形容时间的久远和空间的广大。

⑤怆（chuàng）然：悲伤凄恻的样子。涕：古时指眼泪。

参谋愤而登上蓟丘，作《蓟丘览古赠卢居士藏用》七首交给一位名叫卢藏用的好友，表达他心中的悲哀和绝望，继而再作《登幽州台歌》，怆然涕下。

此时的陈子昂一定是这么认为的，武攸宜如果听了他的建议，一万轻骑马到之时，营州早就从契丹人手里夺了回来，随后趁势挥军掩杀，一举连契丹国都灭了，从此绝了大唐北方之患。若换了当年的燕昭王，一定会在幽州台上登坛拜将，不拘一格起用良才，指不定现在都"霸图怅已矣，驱马复归来"了。实可惜那位靠着自己是武则天的侄子、武士彟哥哥武士让的孙子、太平公主丈夫武攸暨的隔房兄弟等诸多关系而当上征契大军总指挥的武攸宜，臭屎无用不说，还对他的一片爱国忠心进行野蛮的践踏。

遥望眼前，茫茫苍穹已看不见燕昭王远去的背影，回首身后，滚滚红尘再看不见新的燕昭王翩然走来，悠悠时光，漫漫旅途，没有知音，只有昏君。他的耳边甚至响起了屈子的哀叹，"荃不察余之衷情兮，反信谗而齌怒"。而事实前不見古人，後不見來者。念天地之悠悠，獨愴然而涕下。

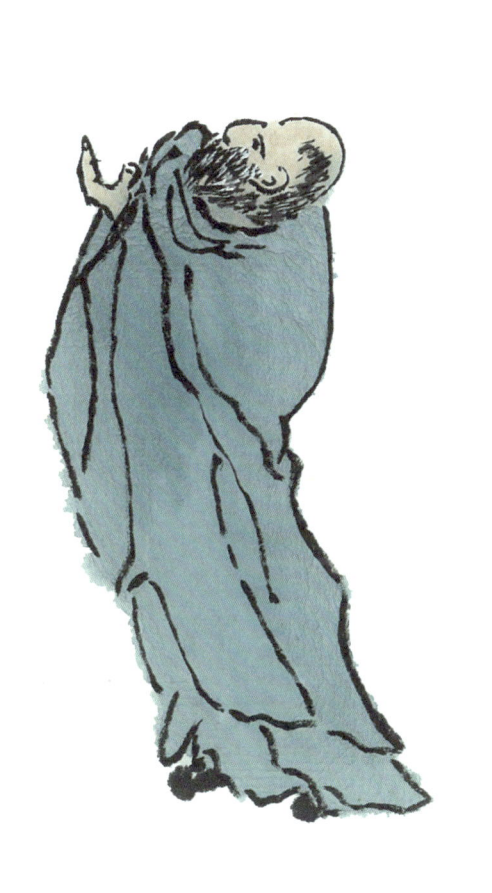

甲午冬 齏 鑫森

李白们是怎样作诗的

【韵译】

慧眼识才的明君早已远我而去，知人善任的贤王还未伴我而生。一想到这空荡荡的世界里寻不见我的知音，悲戚的泪水就忍不住打湿了我的眼睛。

上，从这首《登幽州台歌》的遣词和造句可以听出，《离骚·远游》里的"惟天地之无穷兮，哀人生之长勤。往者余弗及兮，来者吾不闻"，它的袅袅余音也仍在他这首歌的行板之中。

以上他的两篇作品，应该写于同一时间，同一地点。蓟丘是蓟门外的一座小山，又名黄金台的幽州台还有第三个名字，叫蓟北楼，是当年的燕昭王为了网罗天下人才而修筑的招贤台。陈子昂在《蓟丘览古赠卢居士藏用》七首中自序："丁酉岁，吾北征。出自蓟门，历观燕之旧都，其城池霸异，迹已芜没矣。乃慨然仰叹。忆昔乐生、邹子，群贤之游盛矣。因登蓟丘，作七诗以志之。寄终南卢居士。亦有轩辕之遗迹也。"他不仅想到招贤纳士的燕昭王，他还想到大战蚩尤的轩辕黄帝，眼中两汪不遇明主的悲泪再也忍不住地流了下来。

在这一组七首诗中，他不仅追思了轩辕、燕昭王、太子丹、乐毅、田光、邹衍、郭隗等历史上光彩夺目的英雄，或敬仰，或钦佩，或羡慕，或惋惜，其间也提及了道人广成子和刺客荆轲等类在天地间留下传奇的人物。"丘陵尽乔木,昭王安在哉",遗憾自己未遇明君,"逢时独为贵,历代非无才",悲叹自己生不逢时。

他的另一类重要作品是感遇诗,唐朝诗僧皎然说陈子昂《感遇诗》三十八首,源自阮籍的《咏怀诗》八十二首,诗体上都是五言,都是八句,都是组诗,诗风上虽然阮籍多忧愤,陈子昂则多感慨,但却有许多的共同处。看来也是,如阮籍八十二首最前一首的最先二句,"夜中不能寂,起坐弹鸣琴",陈子昂三十八首最后一首的最后二句,"溟海皆震荡,孤凤其如何",若非韵脚,几乎可以误为一人之作。

陈子昂横空出世于初唐诗坛,一扫齐梁绮靡文风,以刚劲的笔力和凛然的骨气,对后来的张九龄、李白、杜甫等人产生了重大影响,在五言诗的艺术水平上,又与沈佺期、宋之问和杜甫的祖父杜审言一起,同为唐人的"律体之祖"。白居易干脆称他为"诗骨",称他和杜甫两人是涵天盖地的诗人:"杜甫陈子昂,才名括天地"。

在唐朝悲惨的诗人群中,陈子昂的死与最悲惨的王昌龄相似,他生前寄赠七首诗的好友卢藏用写了一本《陈氏别传》，诉说了这位诗骨惨死的经过。因为抨击时政，曾被打为逆党下狱，又因父死解官回乡，居丧期间，老家射洪县的县令段简发现他家有钱，制造一些条文进行勒索，陈子昂出二十万，段县令嫌少，派人把他抓去一顿狠打。《别传》写道："杖不能起，外迫苛政，自度气力恐不能全，因命蓍自筮，卦成，仰而号曰：'天命不佑，吾殆死矣！'于是遂绝，年四十二。"

岑仲勉先生认为事情不是卢藏用说的那样："以武后、周、来之淫威，子昂未之惧，何独畏夫县令段简？……余由此推想：谓子昂家居时，如非有反抗武氏之计划，即必有诛讨武氏之文字，《别传》所谓'附会文法'，匣剑帷灯，饶有深意。唯如是，斯简之敢于数舆曳就吏，子昂之何以惧，何以贿，均可释然。及不堪其逼，遂一死谢之。"岑先生认为，陈子昂连武则天和她的权臣都不怕，怎么会怕一个小小的县令呢？他若是没有推翻武则天的计划，也一定有讨伐武则天的文章，这才是他的真实死因，他是被逼而自杀的。

他家住在哪个山坡

——说孟浩然《秋登兰山寄张五》

孟浩然的作者简介,一般都会写他是襄阳人,曾隐居在鹿门山,给人印象是他把家安在此地,以他为核心的还有一个妻子和六个儿子。其实他的家在岘山,而且是离岘山还有一段距离的涧南园,又称孟家园。襄阳岘山俗称三岘,上岘是万山,中岘是紫盖山,下岘是岘首山,孟浩然的家在下岘附近,他曾在诗中二十二处写到的岘山,就是下岘。岘山自三国以后已是一座文化名山,刘备在这里马跃檀溪,孙坚在这里被人射死,关羽在这里水淹七军,降于禁,擒庞德,扬威名,让襄阳老百姓跟着一道大吃其亏。登上岘山往西一看,还能看到诸葛亮住过的茅草房子。

但是作为诗人和隐士,而非政治家和军事家的孟浩然,对人介绍自己的时候只说是孟山

孟浩然(689—740),唐代诗人。本名不详(一说名浩),字浩然,襄阳(今湖北襄阳)人,世称"孟襄阳"。终生未仕,后隐居鹿门山,著诗二百余首。与另一位山水田园诗人王维合称为"王孟"。

诗说新语
李白们是怎样作诗的

【原诗】

秋登兰山寄张五[①]

孟浩然

北山白云里[②],
隐者自怡悦。
相望始登高,
心随雁飞灭。
愁因薄暮起[③],
兴是清秋发。
时见归村人,
沙行渡头歇。
天边树若荠,
江畔洲如月。
何当载酒来[④],
共醉重阳节。

人,而不说孟岘山人,有时干脆将自己的家乡以南山统称,比方说他从王维的床底下爬出来给玄宗皇帝念的那一首诗,"北阙休上书,南山归敝庐",这个南山就是他的家乡。他形容自己懒得给皇宫写求职信,情愿回老家南山的破草房子里住着。书上说玄宗听到第三句"不才明主弃"时发了火,让他从哪儿来还回哪儿去吧,实际上依我所想,这一句还没等他出口,玄宗听到前两句就有火了,只是当着王维的面使劲儿忍着。可是这个不会看人脸色的笨人还在闷着头往下念,这时玄宗才火上加油,嘣哧一下就爆发了。不过这是题外话,题内话我们还是回到孟浩然家到底住在哪个山上,怎么又扯到鹿门山的。

孟浩然的确在鹿门山隐居过,这也是事实,但这是四十岁以后的事。关于这次搬家的情况又以我想,要么是他把岘山附近的旧房留给儿子,自己在鹿门山另盖了几间;要么是两边他都住着,或像现如今的"五加二",一到双休日就住过去,或来了写诗的朋友,大家到那边去赏景思古,饮酒做诗。说到思古,那就还有一个极大的可能，他是冲着大隐士庞德公住过去的。

庞德公是东汉末年的名士，与当时隐居在这一带的徐庶、司马徽、诸葛亮以及他的远房侄子庞统都有交往，从诸葛亮等常来拜访的记载，可见他是这个隐士群的中心人物，高谈阔论之中，诸葛亮三分天下的隆中对或许已和他彩排过的。他还是给人取绰号的大师，诸葛亮的"卧龙"是他取的，庞统的"凤雏"也是他取的，司马徽的"水镜"还是他取的。荆州刺史刘表请他出山，他以鸿鹄、龟鼋自比，坚辞而不受，一生隐居在鹿门山，采药而终，即孟浩然在《登鹿门山怀古》中所写，"昔闻庞德公，采药遂不返"。

回过头来，我们不妨这么设想一下，当年若是刘表请走了庞德公，刘备却没有请走诸葛亮，三国演义究竟由哪三国来演，就是一件说不准的事了。又假定他们两个都被请走，以后各为其主，庞德公辅助刘表的本事不知与诸葛亮辅助刘备高下如何，即便是下一点，刘表家的根据地和未来首都荆州最终还是要失，也未必会失得那么早。而且，庞德公如投刘表，诸

【注释】

①兰山：襄阳西北十里，又称方山、蔓山、汉皋山等。张五：一作"张子容"，兄弟排行不对，张子容排行第八。

②北山：兰山在襄阳以北。

③薄暮：傍晚。

④何当：商量之辞，相当于"何妨"或"何如"。

李白们是怎样作诗的

【韵译】

　　北面的山顶上白云悠悠,你住在那白云下面多么自由。第一次登上山顶放眼远望,我的心随着大雁飞向天的尽头。黄昏时或许会生出淡淡愁绪,这秋天的景色却又让我快乐无忧。偶尔见到村里人干活回家,走过沙滩略坐一会儿河边的渡口。远方的树林还像荠菜一样显出翠色,江边的弯弯洲头正好比月儿一钩。这么美好的日子为何不摆上酒,让我们在重阳节里喝它个够。

葛亮或许会对自己再投刘备更加深思,在此之前,刘备已从襄阳隐士群中请走徐庶,拜为军师,徐庶助刘抗曹,败吕旷、吕翔,驱曹仁,取樊城,曹操知道了徐庶的厉害,手下谋士程昱又说这人胜过自己十倍,劝曹操把他挖过来。曹操得知徐是孝子,让程昱骗去徐母,又以假书骗徐来见。徐庶知道曹操的心眼,自己这一去就回不来了,临上马前向刘备推荐了诸葛亮,发誓"终身不设一谋"。赤壁之战中他明明已看破庞统的连环计,却向曹操请命去防守马腾、韩遂,这样既未伤孙、刘,也保了自己,身在曹营心在汉的千古佳话,也出自庞德公的这位孝义两全的高士朋友。

　　对于孟浩然到庞德公曾经隐居的鹿门山去隐居,有人要说他的坏话,说他在写《登鹿门山怀古》的时候还在岘山住得好好的,是读《后汉书·庞公传》后,知道庞德公先居岘山南,后隐鹿门山,这才"有意步武先贤,借扬清德,故虽偶住鹿门,而仍以归隐名山相标榜"。这话是陈贻焮先生说的,与闻一多先生说他是"为着一个浪漫的理想,为着对古人的一个神圣的

北山白雲裡
隱者自怡悅

甲午冬，鼎鑫森畫

默契而隐居"大不一样，因为他若仅仅只是为了浪漫和默契，为什么不索性隐居到诸葛亮的隆中去呢？这么一问又把闻一多给问住了。

从地理上看，诸葛亮的古隆中在襄阳城西，离城二十里，庞德公的鹿门山在襄阳城东南，离城三十里，孟浩然的涧南园在襄阳城南，岘山附近，离城可能也有一些里数。也就是说，他们三人居住的地方在城外那片三角区的三个角上，但是东南和南毕竟都靠南，隆中却在西，西与南本身相隔五十里左右，再要横穿一座城市，那就至少有一百多里了，孟浩然如果只能选择一处，同时又想两边居住，那么选择鹿门山是对的。

至于说他想和先贤挂钩，这个目的如不能否定的话，我也认为闻一多先生的浪漫说法，比陈贻焮先生尖刻的说法更能让人接受一点。因为同为隐士，庞德公是真正隐士的楷模，诸葛亮则是隐士出山的榜样，四十岁后的孟浩然仍在归隐之中，并且决定归隐下去，自然与庞德公要亲近一些。

《秋登兰山寄张五》是既能代表他的诗歌

风格，又能代表他的思想风貌的典型之作，首二句"北山白云里，隐者自怡悦"，据说与常建的《宿王昌龄隐居》的"清溪深不测，隐处唯孤云"一样，都脱胎于晋代陶弘景《诏问山中何所有赋诗以答》的"山中何所有，岭上多白云"，无非白云没有先前那么多了。但他写到结尾"何当载酒来，共醉重阳节"两句，竟然忘了《过故人庄》里的"待到重阳日，还来就菊花"，把对故人说过的话又对张五说了一遍。

不过这依然是一首好看的诗，你看那远山的白云，南飞的大雁，轻愁的薄暮，诗兴的秋日，晚归的村农，歇脚的渡口，青青的树林，弯弯的江洲，重阳节的兰山之下能有这样的良辰美景，还不赶快搬酒来喝！这首诗连同他的《夏日南亭怀辛大》和《过故人庄》等，应是一组表现田园生活的系列风情，诗中的张五、辛大、故人，都极亲切地丰富了他的归隐生活。

诗中的"兰山"，并不是他原来住的岘山，也不是他后来住的鹿门山，有人说是万山，这是错的。应该又称方山、蔓山、汉皋山，在襄阳西北十里。此诗写给"张五"，有人说是隐居

在岘山之南白鹤山的张子容，又说错了，因为张子容排行第八，比张五多了三个哥哥。张五是什么人我们已无法知道，有人说是一位隐士，似乎还是不对。所谓隐士我们可以这么认为，他是有着较大的才学和名气，最好还曾有过一定的身份和地位，由于某种原因隐居山野的士子。如杜甫去见的那个下雨天的晚上给他割韭菜吃的卫八处士大约是一个在野的读书人。还有一类叫居士的，那是住在家里性交吃肉的假和尚，对外谎称不同凡俗。

严格地讲，别说张五不是隐士，张五的朋友孟浩然也不是隐士，孟浩然的前辈庞德公也不是隐士，就连蔑视孔子的长沮和桀溺，拒绝尧帝的许由和巢父都不是隐士。真正的隐士在中国的历史上或许有过，但是隐就隐了，不可能让我们知道他们的名字。

音乐的力量

——说李颀《琴歌》

在唐朝,李颀本来是一个又会写边塞诗,又会写送别诗,又会写音乐诗的诗人,音乐诗是他的第三个专长,三相比较,水平和成就大概也占在第三位。蘅塘退士先生编《唐诗三百首》,却独选其《琴歌》一首入内,我以曾经也做过编辑的经验猜想,个中缘由或许是他的边塞诗无法超过高适、岑参、王昌龄、王之涣四大天王,送别诗也难从大小李杜以及王维们脍炙人口的名篇中脱颖而出,然而他的诗又写得不错,名气也有,影响尚可,于是便从作者考虑,在他的音乐诗中选了一首。

整个唐朝二百多年以来,成千上万的诗人写了数以百千万计的诗,能从这片汪洋大海中撷出这么一朵浪花储存到今天,也是一件了不得的事了呵,"我有迷魂招不得,雄鸡一声天

李颀(690—751),汉族,东川(今四川三台)人(有争议),唐代诗人。少年时曾寓居河南登封。开元十三年进士,做过新乡县尉的小官,诗以写边塞题材为主,风格豪放,慷慨悲凉,七言歌行尤具特色。

诗说新语 李白们是怎样作诗的

【原诗】

琴　歌

李　颀

主人有酒欢今夕，
请奏鸣琴广陵客①。
月照城头乌半飞，
霜凄万树风入衣。
铜炉华烛烛增辉，
初弹渌水后楚妃②。
一声已动物皆静，
四座无言星欲稀。
清淮奉使千余里③，
敢告云山从此始。

下白"的李贺叫得那么好，还一首都没有选进来呢。

其实他的边塞诗中也有音乐的内容，如《古意》中他就写了"辽东小妇年十五，惯弹琵琶能歌舞。今为羌笛出塞声，使我三军泪如雨"；《古从军行》中他又写了"行人刁斗风沙暗，公主琵琶幽怨多"，与王翰的"欲饮琵琶马上催"，王昌龄的"羌笛何须怨杨柳"，同样表现出了出征将士的悲壮和塞外风情的凄凉。但他仍然不能作为边塞诗人的代表，他仍然只能以音乐诗人的冷门儿入围诗选。

他的音乐诗除了这首《琴歌》，还有《听安万善吹觱篥歌》："枯桑老柏寒飕飗，九雏鸣凤乱啾啾"，《听董大弹胡笳弄兼寄语房给事》："胡人落泪沾边草，汉使断肠对归客"，三首组合起来可以成为大唐乐器三部曲，一部是琴，一部是觱篥，一部是胡笳，有民族乐器，也有外国乐器，同台演奏，开一个小型的音乐会没有问题。三首之中，若是纯粹以诗的角度，而非从音乐的角度，我们似乎觉得前面两首要更加的带劲儿一些，但是蘅主编为什么单单要选

240

这一首，我想这里的原因可能又与刚才说的那个相似，仍然不在作品本身，而和篇幅有关。《听安万善吹觱篥歌》全长十八句，《听董大弹胡笳弄兼寄语房给事》全长二十八句，加上背景、注释和作者介绍，差不多要占两个页码，他又不是李白杜甫白居易，那就来首短一点儿的吧，《琴歌》只有十句，很好，就是它了。

那首二十八句的长诗的确也有不可取处，在他写到第十六句的时候突然由七言变成五言，而且只这两句，后面的十二句又变回七言了，让人怀疑编者是否误删误漏了字。我猜他肯定是存心在形式上突破一下，只不过没有李白的《蜀道难》处理得那么自然。李白的那首长诗里一句有三个字的，有四个字的，有五个字的，有七个字的，有九个字的，最长的还有十一个字的，从"噫吁嚱"到"嗟尔远道之人胡为乎来哉"，破就索性破，破得人都没法说它是几言诗，乱三五九的夹杂在一起，念起来却特别的得劲。

这么一来，《琴歌》的好处又多了一条，首先"月照城头乌半飞，霜凄万树风入衣"这三、

【注释】

①广陵客：泛指弹奏古琴的人。因为在古琴的流派有一个广陵派（扬州的），后来多用广陵指弹奏古琴的人了。古有《广陵散》琴曲，晋名士嵇康擅此调，后来以"广陵客"称谓技艺高超的琴师。

②《渌水》：琴曲名。

③清淮：地近淮水。

李白们是怎样作诗的

【韵译】

在这个备有水酒的欢乐夜晚,请来了著名的琴师为我们抚弦。挂在城头的月亮照着飞落的宿鸟,吹过树林的霜风袭进游人的衣衫。铜炉边的蜡烛照得歌厅里一片辉煌,一曲《渌水》抚过再把《楚妃》轻弹。琴声一响地上的万物都肃静下来,满堂寂然连天上的星星也隐身不见。想起明天要去千里外的淮水上任,今夜我就打算回到老家云山。

四句就可歌可泣,未曾听到琴声,城外天地之间的景物已预先笼罩在了我们的头上,让人感到有一丝微寒,还有一点淡淡的感伤。接下来跳过中间两句,"一声已动物皆静,四座无言星欲稀",这七、八两句就更厉害了,只听得"梆"的一声,不仅地上安静下来,而且连天上的星星都稀少了,被稀掉的那些星星到哪里去了呢?或许是被感动得坠了下去,化作几道流线从天空划过亦未可知。

然而,有点儿不过瘾的是,真正描写琴歌的话连同曲目也才四句,还不到全诗的一半。如果把弹琴之前的"月照城头乌半飞,霜凄万树风入衣"挪到弹琴之后,让它成为我们从琴声中听到的景物,情况也许就更不同了。只是不知道《渌水》和《楚妃》这两支琴曲能否给人这样的感受。

诗中说琴手后弹的这支《楚妃》,它的全名叫《楚妃叹》,顾名思义是一支描写宫妃哀怨的琴曲;《渌水》之所以开场就弹,应该与它的知名度有关,它在当时似乎是一支王牌曲子,蔡邕《蔡氏五弄》中的一弄,听众大概是冲它

主人有酒歡今夕
請奏鳴琴廣陵客
甲午歲聶鑫森畫

李白们是怎样作诗的

来的,歌单上排的就是头条。自从有了伯牙和子期的故事,听琴成了中国文人的一种雅好,从难得去一次娱乐场所的杜甫也写过"浩歌渌水曲,清绝听者愁"这样的诗句,足见得听过这支琴曲的诗人不在少数。李白在月下听过卢子顺弹琴,弹的是《悲风》和《寒松》,又回忆崔郎中在南阳看见孔子弹过的琴,当时他曾想到了嵇康的《广陵散》。他还听一个四川的和尚弹过琴,"为我一挥手,如听万壑松",不知道那次听的是不是《渌水》。未必是的,因为白居易写过听人弹《古渌水》后的心得,"闻君古渌水,使我心和平。欲识慢流意,为听疏泛声。西窗竹阴下,竟日有余清",给我们的感觉是并没有李白形容的那样挥手一弹,万松呼啸。

若让读者投票选举,印象最为深刻的音乐诗是哪一首,估计绝大多数会投白居易的《琵琶行》。这是一首快要赶上他的《长恨歌》那么长的长诗,但和李颀的短诗《琴歌》相比,他却舍得用几乎全部的篇幅表达诗题本身。从第七句"忽闻水上琵琶声",到第八十八句"江州司马青衫湿",他竟拿出八十二句来描述琵琶的声音和琵琶的表现力，琵琶女的形神和琵琶女的身世命运，以及听琵琶者被琵琶和琵琶女感动得一塌糊涂的精彩情景，基本上从头至尾全是琵琶，一首长歌将千余年来读者的心统统都拴在了那四根动人的弦柱上。李颀的《琴歌》显然没有具备这样的魅力，它之所以被人重视，我又在猜，一是因为《唐诗三百首》，二是因为最后两句："清淮奉使千余里，敢告云山从此始"。这两句写得很清高，文人是喜欢清高的，于是就喜欢上了这首诗。

李颀四十五岁才考上进士，比孟郊考上进士的年龄只小一岁，不久就去淮水边的新乡县做了一名县尉，这首诗是他在上任之前去酒楼听琴歌而写下的。这次听歌究竟是朋友为他贺喜，还是他为答谢朋友，不得而知。我们只是觉得他这两句话说得有些牵强，县尉这个官的确是有一点儿小，常建正是因为嫌小才不当了，还专门找到王昌龄隐居过的老院子睡了一个晚上，写诗劝同是县尉的王昌龄也别当。但是李颀一考上进士就有了官职，人家孟郊考上以后在外游了四年才当上官，而且也还是一个县尉，

杜甫也曾经当过县尉，这么一比他不算太吃亏，大可不必还没上任就说出归隐的话来。

另外，即便要隐，原因也是多方面的，县尉太小是其一，此去淮水一千多里路程是其二，这支琴歌弹得让人心灰意懒，只能是其三吧。假设让他去做宰相，就住在长安城里，上下班来去才五分钟，他再听此琴曲，产生这种想法的可能性就不大了。或者正听着听着，皇上的任命书下来，他连后一首《楚妃》都不听完就会赶回去练习上朝。音乐有时能让粗人变成雅士，但让官员变成百姓的情况还比较少见，倒是有人当上大官以后，反过来要改变音乐，比方说京剧样板戏的唱腔之类。

那天晚上李颀听完琴歌，一边在回去的路上发着牢骚，一边还是按时到新乡当了县尉。他又一边当着这个他瞧不起的小官，一边努力参加提升的考试，考了五次都原地不动，最后终于走了常建的路，辞官回到他的四川老家去了。

诗说新语

一颗孤独而冰冷的心

——说柳宗元《江雪》

这首写景的诗,容易被错记成是诗中有画的王维写的,不仅诗中有画,它简直就是一幅冰天雪地的画。不信你看,"千山鸟飞绝,万径人踪灭",远景是千山万径,中景是一条寒江,"孤舟蓑笠翁,独钓寒江雪",近景是一叶孤舟,特写是一个老汉披着一件蓑衣戴着一只斗笠坐在一只船上钓鱼,手里一根细细弯弯的钓鱼竿。也可以把渔翁画成坐在船边的江岸上,不过这幅构图应被推翻,此时的江岸已被冰雪覆盖,三九四九冻破石头,坐在石头上还不如坐在自己的小船里,船板毕竟是木头做的。

这个钓鱼的老汉,也容易让人想起渭川边的姜太公,但是姜太公当年钓鱼不是冬天,所谓的钓鱼钩也是直的,他是听说周文王要来,想用这个办法引起对方的关注,如果大冷天真

柳宗元(773—819),字子厚,唐代河东(今山西运城)人,杰出诗人、哲学家、儒学家乃至成就卓著的政治家,唐宋八大家之一。著名作品有《永州八记》等六百多篇文章,经后人辑为三十卷,名为《柳河东集》。因是河东人,人称柳河东,又因终于柳州刺史任上,又称柳柳州。与韩愈同为中唐古文运动的领导人物,并称"韩柳"。

诗说新塔 李白们是怎样作诗的

【原诗】

江 雪

柳宗元

千山鸟飞绝[①],
万径人踪灭[②]。
孤舟蓑笠翁[③],
独钓寒江雪[④]。

的坐在河边钓鱼,一个八十多岁的老头子肯定会冻出重感冒。《古唐诗合解》中有人向柳宗元提出这么一个问题:"江寒而鱼伏,岂钓之可得?彼老翁独何为稳坐孤舟风雪中乎?"提问人说,江水这么冷,鱼都藏到水底下去了,这个老汉怎么能够钓到鱼呢?钓不到鱼他孤身一人坐在船上到底想干什么呢?

　　这个提问人怀疑到了渔翁的动机,但他提出的问题立刻就能被渔翁驳翻,"万径人踪灭",路上没有行人,却不等于水上没有;"千山鸟飞绝",鸟儿怕冷不假,鱼却是不怕冷的,鱼从小生活在冷水里,放进热水反而会变成鱼汤。在中国的传统教育中有一个最著名的故事,二十四孝之一的王祥先生因为老爹生病想吃鱼,他就把一身脱得精光趴在冰河上,硬是用一颗火热的心把冰趴出一个窟窿,一条鲤鱼跳了出来,让他抱回家去煮给老爹吃了。这事说明,"独钓寒江雪"这一句也是站得住的。

　　《古唐诗合解》后来明白过来,"世态寒冷,宦情孤冷,如钓寒江之鱼,终无所得。子厚以自寓也"。《而庵说唐诗》也认为"此诗乃子厚

孤舟蓑笠翁
獨釣寒江雪
甲午冬 爵鑫森

【注释】

①绝:无,没有。

②万径:虚指,指千万条路。人踪:人的脚印。

③孤:孤零零。蓑笠(suō lì):蓑衣和斗笠。笠是用竹篾编成的防雨的帽子,蓑是用稻草编成的防雨的衣服。

④独:独自。

在贬时所作以自寓也",但是想不通的是,"当此途穷日短,可以归矣,而犹依泊于此,岂为一官所系耶"?如果柳子厚回答说自己就是这个渔翁,如此冷遇还要守在这里钓鱼,自然不会有姜太公的心思。姜太公此时还没有见到文王,他却是被宪宗赶出长安,宪宗皇帝认识他,不会上他的钩,再说皇帝让他到艰苦的地方来锻炼,自己是决不来的,君臣二人难得在此见面。又再说了,他曾经对这个宪宗皇帝的老爹顺宗皇帝充满了希望,和二王一起在那人手上提了不少改革建议,顺宗一死,但宪宗粉碎了他们这个改革集团,他对这个皇帝已彻底地绝望了。

柳宗元自比渔翁的根据,我们又能找到一处,他还有一首诗名字就叫《渔翁》:"渔翁夜傍西岩宿,晓汲清湘燃楚竹。烟销日出不见人,欸乃一声山水绿。回看天际下中流,岩上无心云相逐。"这个夜里睡在西山岩屋的渔翁,我们可以认作就是在寒江上钓鱼的那个渔翁,大冬天夜里他敢在岩屋睡觉,白天就也敢到江上钓鱼。这首诗比《江雪》的色调暖了一点,那是有了烟火之气,知道早上起来打一桶湘江的水，捡些楚地的干竹子做柴禾，可能想把昨天钓的鱼煮了吃，然后撑着船儿"欸乃一声"又出发了。

这两首诗除了主人公的渔翁身份，诗中的现实处境和人物心境完全符合这位被贬的永州司马。永贞革新失败以后，柳宗元先由礼部员外郎被贬为邵州刺史，也就是唐朝湖南邵阳市的市长，但他刚刚上路，宪宗后悔处分的力度还不够大，于是又加贬他为永州司马，也就是再降到湖南零陵市的市长助理，或者比市长助理还小的一个闲职。永州地处潇、湘二水的汇合处，下面不远还有一个冷水滩，雅称潇湘，却也萧瑟得可以。对于犯了错误的干部，永州对他的到来谈不上有多么欢迎，只说州里住房紧张，安排他暂时住在城西一个名叫龙兴寺的和尚庙里。

现在我们应该知道"渔翁夜傍西岩宿"里的那个"西岩"是哪里了，他不仅夜里睡在那里，而且白天还要在那里做饭吃。当时他年近七十的母亲是随他一道去的，去后半年就病死了，从他那么关心好友刘禹锡的母亲，要求与贬得

李白们是怎样作诗的

【韵译】

所有的山上都不见了飞鸟的影子,所有的路上都没有了行人的踪迹。只有一位渔翁披着蓑衣戴着斗笠,冰雪中独自坐在一只船上钓鱼。

更远的刘禹锡调换单位的那一场大哭来看,他对母亲的孝敬不会小于卧冰求鲤的王祥。因此,改革的失败,八人的被贬,领袖二王的死,与好友刘禹锡的分离,本来已给了他人生第一次沉重的打击,这里的条件如此艰苦,世态如此炎凉,妻子早逝,相依为命的娘又因他而死,他的一颗孤独而寒冷的心正好比没有飞鸟和人踪的茫茫雪原。在唐朝的诗人群里,他是最会写寓言的,他将他的寓言寓于他的诗中,全世界没有比独钓寒江的渔翁更能成为他的心灵的象征了。

这位渔翁是坚强的,孤独和寒冷未能将他逼进狭小的船舱,这与他从生到死一直都在经历的磨炼有关。父亲的遭遇和母亲的教诲,让他早已不是一个脸谱式的文人,父亲贬官,他送别父亲上路,父亲说"吾目无涕";母亲将死,他趴在母亲面前,母亲说"明者不悼往事,吾未尝有戚戚者",因此,我们就看到了一位孤独而无涕,寒冷而不戚的渔翁。他回答《而庵说唐诗》"途穷日短,可以归矣"想不通的是,他要用屁股坐在永州司马的任上,用手写他的《永州八记》。甚至他还是幽默的,说不上黑色,说冷色则未尝不可。在他那首《溪居》中,他说他从和尚庙里搬了出来,到市东南一条名叫冉溪的小河边盖了一间房子住在里面。"久为簪组累,幸此南夷谪",这些年来,他就像被关在牢里一样憋得难受,幸亏把他贬到此地,让他过上了白天锄一锄地夜里划一划船的神仙日子。

他的那首诗中再次出现了渔翁的影子,"夜榜响溪石",晚上划着船儿出去,木桨碰着水里的石头发出好听的声响,"来往不逢人",这和"万径人踪灭"的情境没什么两样,所以深夜里他还能"长歌楚天碧"。既然在清早锄地的时候碰落了小草上的露珠,溪水上面能够"夜榜",证明冰雪已经融化,最寒冷的时候终于过去了。但是,那首歌的调子依然是冷的,那应该是一首冷水滩上的渔歌。

他在永州十年,总共写了诗文三百多篇,在他死后刘禹锡为他编辑的《柳河东全集》中占据大半,以上的三首诗,应该是他诗歌的代表作。

李白们是怎样作诗的

烽烟滚滚唱英雄

——说岑参《白雪歌送武判官归京》

岑参(cén shēn)(约715—770),汉族,原籍南阳(今属河南新野),迁居江陵(今属湖北),是唐代著名的边塞诗人,去世之时约五十五岁。现存诗四百多首,其中七十首边塞诗,另有《感旧赋》一篇,《招北客文》一篇,墓铭两篇。

唐朝边塞诗四大天王的第二号人物岑参先生,想不到在他死去一千二百年后,由于要大力发展旅游业,河南的南阳和湖北的荆州打起架来。前者说南阳是岑参的老家,根据是唐朝的户籍管理制度,后者说荆州是岑参的老家,根据是当今的户籍管理制度。情况又有点像河南的南阳和湖北的襄阳竞争诸葛亮,争得你死我活时,就搬出一个打给五岁小孩儿猜的谜语,"南阳诸葛亮,稳坐中军帐,摆开八卦阵,专捉飞来将",听听,诸葛亮不是南阳的么?于是正要买票去湖北襄阳古隆中的游客,就有一部分改为到郑州转车到南阳了。

遗憾的是这个曾经当过判官的岑参,已经不能为自己的籍贯问题作出裁判了。要让我来裁判,目前不是唐朝,就不要按唐朝的,中国目前是以父籍所在地为准,他就应该是湖北荆州人。他的祖上最先住在河南南阳,后来迁到湖北荆州,再后来他的父亲担任河南仙州的刺史,把他生在河南仙州,正如仙州只能是他的出生地,南阳也只能是他祖上的出生地。但是,有些国家会认为唐朝也不对,今朝也不对,我也不对,怎么才对呢?这人生在哪里,就是哪里的人,比方说孕妇坐在飞机里面,飞着飞着只听得哇的一声啼哭,一看空中版图和飞行日志,此时正在某个国家的上空,得,这孩子就是这一国的人了。这么一说,河南的南阳和湖北的荆州都别再争,岑参是河南仙州的骄傲,生他的时候他爸爸在这里上班,当地政府就赶紧的盖岑家大院,培训讲解员,印制门票。

在籍贯上有争议的岑参,按说在官二代的身份上是没有争议的,因为若要说起这个,他们岑家在当官上还远不止二代,他的曾祖父岑文本当过宰相,伯祖父岑长倩也当过宰相,堂伯父岑羲又当过宰相。整个家族比较起来,父亲当的仙州刺史最小,不过作为地市级的一把手,也让唐朝很多只当过县尉的诗人一生所望

【原诗】

白雪歌送武判官归京[1]

岑 参

北风卷地白草折[2],
胡天八月即飞雪[3]。
忽如一夜春风来,
千树万树梨花开[4]。
散入珠帘湿罗幕[5],
狐裘不暖锦衾薄[6]。
将军角弓不得控[7],
都护铁衣冷难着[8]。
瀚海阑干百丈冰[9],
愁云惨淡万里凝[10]。
中军置酒饮归客[11],
胡琴琵琶与羌笛[12]。
纷纷暮雪下辕门[13],
风掣红旗冻不翻[14]。
轮台东门送君去[15],
去时雪满天山路[16]。
山回路转不见君[17],
雪上空留马行处。

诗说新语 李白们是怎样作诗的

【注释】

①武判官：名不详，当是封常清幕府中的判官。判官，官职名。唐代节度使等朝廷派出的持节大使，可委任幕僚协助判处公事，称判官，是节度使、观察使的僚属一类。

②白草：西北的一种牧草，晒干后变白。

③胡天：指塞北的天空。胡，古代汉民族对北方各民族的通称。

④梨花：春天开放，花作白色。这里比喻雪花积在树枝上，像梨花开了一样。

⑤珠帘：用珍珠串成或饰有珍珠的帘子。形容帘子的华美。罗幕：用丝织品做成的帐幕。形容帐幕的华美。这句说雪花飞进珠帘，沾湿罗幕。

尘莫及。岑参却因父亲早死，从小跟着哥哥学习，十五岁隐居嵩山苦读，三十岁才考中进士。但他只当了一个右内率府兵曹参军的小官，不说比曾祖父们，比父亲都小多了，觉得脸上无光，经常利用诗歌发表不满言论。比如他去高冠草堂参观，就写"自怜无旧业，不敢耻微官"，送别朋友回河东老家，又写"天子不召见，挥鞭去从戎"。后来他竟真的挥鞭从戎了，并且两次从军，边塞诗人的生涯自此而始。

天宝八年，他在安西节度使高仙芝的幕府任掌书记，前赴现为新疆库车地区的龟兹，一去三载，仍不得志。天宝十一年返回长安，结识了李白、杜甫、高适等位诗友，又与高适四人同游慈恩寺，登上高入云端的佛塔之顶，顿觉人生渺小而又短暂，功名利禄神马都是浮云，曾生归隐之意，"净理了可悟，胜因夙所宗，誓将挂冠去，觉道资无穷"，大抵是他当时并非矫情的思想表达。但他回去以后，冷静一想，决定暂时还别忙着挂冠，可以再试一次。幸好这样做了，再试一次的结果，是一个与高节度使全然不同的知遇之人，在遥远边塞的大风雪中热情地迎接着他。

　　这人叫封常清，冰封大地的封，一如往常的常，为官清正的清。二人见面，竟是故旧，原来现任安西四镇节度使兼北庭节度使的封常清，曾经也是安西节度使高仙芝的幕僚，与岑参为军中同事。岑参现在就是他的判官，随他出征去往现为新疆吉木萨尔的北庭。因为相知，所以赏识，封节度使待岑诗人的态度远非过去的上司，岑参的心情也就不似此前的压抑，诗人的狂欢节，诗歌的三月天，转瞬之间扑面而至。"忽如一夜春风来，千树万树梨花开"，那不是塞外冰冷的雪花，而是他心中怒放的梨花。铺天盖地的边塞诗，汹涌澎湃的边塞诗，万马奔腾的边塞诗，气壮山河的边塞诗，就一首接一首地诞生在这风卷白草、胡天飞雪、珠帘罗幕和苍凉的胡琴琵琶与羌笛声中。

　　这首《白雪歌送武判官归京》，与他另外两首《轮台歌奉送封大夫出师西征》、《走马川行奉送出师西征》一起，是他饱蘸激情，为此次从军写下的义勇军进行曲中的三个乐章。在这支激动和振奋人心的战歌里，他集军中判官、

⑥狐裘：狐皮袍子。锦衾：锦缎做的被子。锦衾薄：丝绸的被子（因为寒冷）都显得单薄了。

⑦角弓：两端用兽角装饰的硬弓，一作"雕弓"。不得控：（天太冷而冻得）拉不开（弓）。控：拉开。

⑧都护：镇守边镇的长官此为泛指，与上文的"将军"是互文。铁衣：铠甲。难着：一作"犹着"。

⑨瀚海：沙漠。这句说大沙漠里到处都结着很厚的冰。阑干：纵横交错的样子。百丈：一作"百尺"，一作"千尺"。

⑩惨淡：昏暗无光。

⑪中军：称主将或指挥部。古时分兵为中、左、右三军，中军为主帅的营帐。饮归客：宴饮归京的

人,指武判官。饮,动词,宴饮。

⑫胡琴琵琶与羌笛:胡琴等都是当时西域地区兄弟民族的乐器。这句说在饮酒时奏起了乐曲。羌笛:羌族的管乐器。

⑬辕门:军营的门。古代军队扎营,用车环围,出入处以两车车辕相向竖立,状如门。这里指帅衙署的外门。

⑭风掣:红旗因雪而冻结,风都吹不动了。一言旗被风往一个方向吹,给人以冻住之感。掣:拉,扯。

⑮轮台:唐轮台在今新疆维吾尔自治区米泉县境内,与汉轮台不是同一地方。天山:一名祁连山,横亘新疆东西,长六千余里。

⑯满:铺满。形

随军记者、战地诗人为一体,将亲目所睹、亲耳所闻、亲身所历的远征将士塞外行军、宿营、战争的场面,以捷报的速度和欢呼的狂热,淋漓尽致而又精彩纷呈地抒写了出来。"瀚海阑干百丈冰,愁云惨淡万里凝"(《白雪歌》),"将军金甲夜不脱,半夜军行戈相拨"(《走马川》),"四边伐鼓雪海涌,三军大呼阴山动"(《轮台歌》),烽烟滚滚,征途漫漫,远征军的英雄们在艰苦卓绝的边塞浴血奋战,舍生忘死地保卫着自己的祖国。

《白雪歌》是他继任这支远征军的判官之日,在地处天山南麓和塔里木盆地北缘的轮台送别他的前任,一位姓武的判官任满还朝的一首诗。惜乎这位判官没有留下名字,若非从岑参的诗中出现,听说武判官会让人心生歧义,因为阴司也有两个判官,文判官负责人事调查,武判官负责捉拿归案。岑参此次作诗的现场,实在是一个有多重意义的联谊会,既是欢迎岑判官的到来,也是欢送武判官的归去,还是新旧两个判官的交接仪式。值此之机,我们这位已被远征英雄深深震撼的边塞诗人,把送别輪臺東門送君去，去時雪滿天山路。

李白们是怎样作诗的

容词活用为动词。

⑰山回路转：山势回环，道路盘旋曲折。

诗、就职宣誓和交接班的感言融为一体，像李白坐在酒席上发表对酒的演讲一样，他站在报告厅里对英雄的崇拜者们做了一次激情的诗的报告，押韵的文学报告。放在今天，可称为一篇催人泪下的报告文学。

身任北庭节度使判官的岑参，由此成了远征军将士喜欢的明星诗人。据说某日，他从武威办完军务，返回西域的途中经过赤亭，被边防战士围住要听他念诗，粉丝队伍里挤进一个回鹘的放羊娃，居然能用汉语念出他的诗句，还从怀里掏出一本鹘文《论语》请他签字。岑参不会鹘文，就用汉文在放羊娃的书上签道："论语博大，回鹘远志。"次日放羊娃的父亲来找到他，请他把自己的孩子收为义子，教导成才，岑参就收养下了这个孩子，取名"岑鹘"带回军中。这个孩子长大以后，成了汉文和鹘文的翻译家，帮助回鹘首领仆固俊在西州建立了高昌回鹘王国。元代高昌有一个著名的尼僧翻译家叫舍兰兰，查其宗谱，就是岑参养大的岑鹘的后代。

另一个故事已涉及当代，考古家在新疆吐

鲁番市以东的阿斯塔那·哈拉和卓古墓群506号墓穴,发现了一张糊在纸棺上的账单,上面记着:"岑判官马柒匹共食青麦三豆(斗)伍胜(升)付健儿陈金"。经考证这是天宝十二年至十四年,西州驿站的一笔马料出入账,上面有两个错别字,一个是把"斗"写成了"豆",一个是把"升"写成了胜,想必那位名叫陈金的驿站小保管员,文化水平是没有岑参高的。天宝末年,驻节西州北庭的节度使只有封常清一个,封常清幕府中的判官也只有岑参一个,那个带着一支马队奔走在弥天的北风和飞雪中,七匹马吃了三斗五升青麦的岑判官,不是他还是谁呢?

他在《白雪歌》的结尾对他的前任武判官写道:"轮台东门送君去,去时雪满天山路。山回路转不见君,雪上空留马行处。"不知那一行雪上空留的蹄印,有没有出自他带领的这七匹战马,我们只是悲叹这位马上诗人最后的凄然归宿。二次从军,直到安史之乱才东归勤王,经杜甫等推荐出任了右补阙,却因"频上封章,指述权佞"改任起居舍人。不满一月又贬虢州

【韵译】

席卷大地的北风吹断了荒草,才到八月的异域就大雪飘飘。就像昨夜里吹来一阵春风,无数朵梨花开满了万千树梢。雪花钻进门窗打湿了床帐,皮衣和棉被也挡不住寒气料峭。神箭将军的大弓在手中不能拉动,战士身上的衣甲冷得像雪凝冰雕。沙漠上结满的冰层纵横千尺,万里长空被惨淡的愁云笼罩。主帅的大帐里摆酒欢送回京的人,拉起胡琴弹起琵琶奏起羌笛的高调。黄昏的大雪在营门外纷纷落下,寒风把红旗冻得无法动摇。我们在轮台的东门送你东归,大雪覆盖了天山的通道。绕山过岭已看不见了你的影子,只有一行蹄印在雪地上久久不消。

李白们是怎样作诗的

长史，后迁嘉州刺史，任期未满又被罢官。回家路上，五十五岁的边塞诗人死在成都的一家小旅馆里。临终之时，他可曾在冥冥中又听到了"胡琴琵琶与羌笛"，看见了"纷纷暮雪下辕门"？

多情与误解的凶险

——说韦应物《滁州西涧》

这首七言四句的诗,被人研究、批评、争论了一千二百多年,差不多一百年两个字。在这支浩浩荡荡的队伍中,有一位名叫谢枋得的评论家目光最为敏锐,得出的结论能把韦应物给吓活,他说韦应物这首诗可不是写着玩儿的,是影射政治,攻击当局,原话说:"幽草而生于涧旁,君子在野,考槃之在涧也。黄鹂而鸣于深树,小人在位,巧言之如流也。潮水本急,'春潮带雨',其急可知,国家患难多也。晚来急,危国乱朝,季世末俗,如日色已晚,不复光明也。'野渡无人舟自横',宽闲之野,寂寞之滨,必有济世之才,如孤舟之横野渡者,特君相不能用耳。"

韦应物如果真被吓活过来,再打死他也不会承认,幸亏他俩没有生在同一个时代,也幸

韦应物(737—792),中国唐代诗人。汉族,长安(今陕西西安)人。今传有十卷本《韦江州集》、两卷本《韦苏州诗集》。散文仅存一篇。因出任过苏州刺史,世称"韦苏州"。诗风恬淡高远,以善于写景和描写隐逸生活著称。

李白们是怎样作诗的

【原诗】

滁州西涧①

韦应物

独怜幽草涧边生②，
上有黄鹂深树鸣③。
春潮带雨晚来急④，
野渡无人舟自横⑤。

亏唐朝没设文字狱，就算当时有人出卖，作者也不会像写"清风不识字，何故乱翻书"的徐骏一样被砍了脑袋。唐人把韦应物划入田园诗派，王孟韦柳，与王维孟浩然和柳宗元坐在一个主席台上，虽说是稍微地提拔了一点，但他写了大量的田园诗倒是事实，不能跃为领袖之列，作为其中的一员是可以的。而这类诗除了那首著名的《观田家》，《滁州西涧》也能牵强地算进去，诗中固然没有写到田园，那草，那鸟，那河，那渡，却都生在田园的边上，田家干活儿的时候能够看到。

好了，这么一划，谢枋得提出的问题基本上就得到了否定，既然韦应物是田园诗人，他还搞什么影射和攻击呢？王维和孟浩然就从来不搞影射和攻击那一类的名堂，自从发过一次"不才明主弃"的牢骚惹玄宗生气之后，孟夫子连牢骚都没再发过了。谢枋得的这话若是安给会写寓言，写过捕蛇者和黔之驴的柳宗元，说他如今又把比方打到鸟的头上，倒会真的有些说不清楚。

不过谢枋得绝对没有置韦应物于文字狱的

用心，时间已经过去了一个朝代，这么说是为了他好，目的是让他的作品更加深刻，让后人对他更加重视。当然也让同行的评论家重视自己的深刻洞见，不同凡响。因此，在分析此诗的前两句"独怜幽草涧边生，上有黄鹂深树鸣"时，谢枋得才说韦应物的意思是君子在野，宁愿做一棵无人知道的小草，小人在位，喜欢像黄鹂一样站在树上叽哇叽哇地叫个不停。这个小草一般的君子，自然是指只当了区区一个滁州刺史的韦应物，那些黄鹂一样的小人，也自然是指比刺史要吃香得多的朝中大官。

真要是顺着这个思路去理解的话，我们不妨索性就想，还不如让韦应物把"黄鹂"改成"知了"，以便让它的叫声难听，令人讨厌，担心春季涨潮的时候知了还没出来，改成其他形象和声音都不如黄鹂的大雀子也行。我们从杜甫的"两个黄鹂鸣翠柳，一行白鹭上青天"中看到的是一对美丽而又单纯的鸟儿，古往今来没有一个人说杜甫是写两个在位的小人。人家杜甫还是忧国忧民的诗圣，还不是隐于田园的诗农呢，要说影射小人在位，诗里还有比两个

【注释】

①滁州：在今安徽滁州以西。西涧：在滁州城西，俗名称上马河。

②独怜：唯独喜欢。幽草：幽谷里的小草。幽，一作"芳"。生：一作"行"。

③深树：枝叶茂密的树。深，《才调集》作"远"。树，《全唐诗》注"有本作'处'"。

④春潮：春天的潮汐。

⑤野渡：郊野的渡口。横：指随意飘浮。

李白们是怎样作诗的

【韵译】

　　我最喜欢长在这幽谷山涧的野草，也爱听黄鹂鸟在树林里鸣叫。春天的傍晚潮水上涨忽然又下起了雨，荒野的渡口有一条没人的小船在河上漂摇。

黄鹂在位更高的鸟，那一行白鹭不是还想上青天吗？况且，韦应物的黄鹂为什么在"深树鸣"？为什么不在"高树鸣"？树梢的高处难道不比树林的深处更出风头？

　　后两句"春潮带雨晚来急，野渡无人舟自横"，若按谢枋得的分析就更可怕了。又是涨潮，又是下雨，如同天上暮色的来临，地上盛唐已过的朝廷已快到了晚期，危难之际，船夫都扔下渡船躲了起来。或者再换一层意思，换成韦应物的心理活动，你不是不用我这个济世之才，不让我成为邦国之船的艄公和舵手吗？那好，不在其位，不谋其政，我就让它横在一个无人的野渡上，潮水冲走了都与我没有一毛钱的关系。

　　自古以来的评论家的毛病，是尽量把作家的作品往深刻里分析，若说多情和误解，那是对评论家而言，见美人回眸一笑，断定必然是爱上了谁，其实人家心里正想着回家去吃饺子。站在被误解的作家这边，说句实话，有时候简直是被强奸。但这样做也有它的好处，往往能够引起路人的关注，因此而出了名，成名之后再还自己一个清白不迟。或者既然深刻，总比

野渡無人舟自橫

甲午歲 聶鑫森 制

浅薄的好，那就只管含糊地接受着，让人多看几眼无妨，有利就颔首，不利就矜持。坏处当然也有，比方遇上谢枋得这样的眼睛，能看出韦应物唯愿风雨和浪潮把大唐这只已到傍晚的船给掀个四仰八翻才好。如果生在同代，再让皇上知道了，即便唐朝的政治多么开明，不取掉他的脑壳，也会取掉他脑壳上的那一顶滁州刺史的乌纱帽。

因此我们才应该用正常的眼睛，来看这篇正常的作品，它就是一首写景的诗，无非是比同类的许多写景诗写得别致，视野开阔一些，内容丰富一些，意境深邃一些，触景生情，以景抒情，借景造情，静静悄悄的一个"怜"字，让人偷听到了诗人的潜意识里有一种淡淡的哀伤和一声轻轻的叹息。总而言之，他是倾心着涧边的那几棵草，又关心着渡边的那一条船的。

韦应物的代表作不是《滁州西涧》，而是《观田家》，让我们感到意外的是，从这首诗里仍然没能看出田园诗人的那份恬淡和悠闲，由此会再次怀疑将他划入田园诗人，并且还是王孟之后候补的田园诗人领袖的做法是否合适。从他描写田家的这首诗中,我们看到的不是悠闲,而是忙碌,不是恬淡,而是艰辛,他给我们的印象分明不是和王维孟浩然坐在一桌,而是和杜甫白居易一行走动的。他更应该是一个现实主义诗人,脚踏土地,面向田野,走在乡间的小路上,按照时代的顺序,杜甫在前,他在中间,白居易在后,三人眼往一处看,心往一处想,做起诗来颇似接上下句。如杜甫说完"好雨知时节,当春乃发生",韦应物就说"微雨众卉新,一雷惊蛰始";韦应物说完"田家几日闲,耕种从此起",白居易就说"田家少闲月,五月人倍忙"。

在白居易的《观刈麦》中,我们发现他直接受影响于韦应物的《观田家》,除了从"田家少闲月,五月人倍忙"看到"田家几日闲,耕种从此起",还从"相随饷田去,丁壮在南冈"看到"丁壮俱在野,场圃亦就理",从"力尽不知热,但惜夏日长"看到"饥劬不自苦,膏泽且为喜",从"家田输税尽,拾此充饥肠"看到"仓禀无宿储,徭役犹未已"。尤其从两人的这两首观察田家刈麦的诗的结尾,我们惊喜地看到他们受到同样的触动,发出同样的感叹,韦应

物说，唉，"方惭不耕者，禄食出闾里"，白居易说，是啊，我就是这样，"今我何功德，曾不事农桑。吏禄三百石，岁晏有余粮。念此私自愧，尽日不能忘"！

很难想象，这样一位同情百姓的诗人，曾经是一个欺压百姓的恶少。这事是他晚年受到良心的责备，在一首名叫《逢杨开府》的诗里自己说出来的："少事武皇帝，无赖恃恩私。身作里中横，家藏亡命儿。朝持樗蒲局，暮窃动邻姬。司隶不敢捕，立在白玉墀……"说他十五岁在玄宗皇帝禁卫军中的时候，横行乡里，窝藏逃犯，赌博偷盗，警察知道也不敢抓他。后来安史之乱，玄宗逃到四川，他们的队伍被打散了，失业落魄，方才"焚香扫地而坐"，开始饱读诗书，重新做人。

这说明了，人，还是要读书啊。

情同情人的手足

——说苏轼《水调歌头·明月几时有》

苏轼（1037—1101），字子瞻，又字和仲，号东坡居士，宋代重要的文学家，宋代文学最高成就的代表。汉族，北宋眉州眉山（今属四川省眉山市）人。嘉祐进士。诗与黄庭坚并称"苏黄"。词与辛弃疾并称"苏辛"。又工书画。有《东坡七集》《东坡易传》《东坡乐府》等。

不读开头的序言，先看最后的结尾，有人会误以为他是写给自己离别的情人，嘱咐她要好好地活着，虽然分居两地，但一看到天上的月亮，就能想到两人天天在一起了。读过序中的"兼怀子由"，方知他是在思念自己的弟弟，苏辙字子由，名和字都是父亲取的。知子者莫如父，父亲苏洵为次子取名轼，字子瞻，是将他比作车子前面用于扶手的横杠，那里是车身的装饰，也是危险的所在，所以要学会瞻前顾后，注意安全；又为三子取名辙，字子由，是将他比作车轮留下的辙印，其车立功于他无利，其车翻了于他无害，因此可以过得自由一点。于是后来，这两个为父亲挣来无限骄傲的儿子果然人如其名，苏轼豪放，放纵笔墨，差点儿被皇上砍了脑袋，苏辙沉稳，不敢由着性子，

李白们是怎样作诗的

【原诗】

水调歌头·明月几时有

苏　轼

丙辰①中秋，欢饮达旦②，大醉，作此篇，兼怀子由③。

明月几时有？
把酒问青天④。
不知天上宫阙⑤，
今夕是何年。
我欲乘风归去⑥，
又恐琼楼玉宇⑦，
高处不胜寒⑧。
起舞弄清影⑨，
何似在人间⑩？
转朱阁⑪，
低绮户，
照无眠。
不应有恨⑫，
何事长向别时圆？
人有悲欢离合，
月有阴晴圆缺，
此事古难全⑬。
但愿人长久⑭，
千里共婵娟⑮。

相对就要平安得多。

我们怀疑老苏为这两个宝贝儿子取名，并不是一下地就急着取好，而是等他们长到了一定的年龄，性格已经基本形成才来取的。他在《名二子说》中作出以上解释的时候都快四十岁了，那时苏轼的勇敢和冒失，苏辙的小心和谨慎都已露出端倪。另一个根据是，既然都以车来打比方，那他为什么要为早夭的长子取名苏景呢？这个字和车子的前前后后可都没有关系，难道是坐在车上观景不成？另外，明知道车前的横木危险，取名可以避其凶险，他还可以让苏轼不叫苏轼。

回头说这首词，"兼怀"二字，说明苏轼并不是为弟弟一个人所写，前面一半他是仰脸对着青天向月亮发问，像《天问》的屈原，"夜光何德，死则又育"？也像《把酒问月》的李白，"青天有月来几时？我今停杯一问之"。他要么是想好了问完月亮才和弟弟说话，要么是正写着月亮，忽然就想起弟弟此时正在月亮下的另一个地方，这才一并写进词里。中秋节又到了，密州的中秋节，他从昨天夜晚喝到今日凌晨，酩酊大醉，刚刚醒来，脑子里残留着醉酒中的胡思乱想，一会儿天上，一会儿人间，刚想住进天上的琼楼玉宇，又觉得那里的气候太冷，还不如在人间对酒当歌。

他与李白有太多的相似，李白在《梦游天姥吟留别》里见到了那么多的仙景和仙人，在他历经乌台诗案，入狱险死，再贬黄州之后写下的《前赤壁赋》中，也想象过自己升仙的感觉："浩浩乎如冯虚御风，而不知其所止；飘飘乎如遗世独立，羽化而登仙"。但在他醉后写下的这首词里，"我欲乘风归去"中的一个"归"字，则透露出他已认同了黄庭坚对他的鉴定，贺知章惊叹斗酒百诗的李白，你真是一个从天上贬谪下来的太白金星啊！他的知己黄庭坚却说，不，谪仙人有两个，一个是李白，一个是苏轼！因此，他不是要到天上，而是要回天上，他原是从天上来，天上是他本来的居所。

你看他一袭白衣，手扶横木立于宝马香车之上，正"欲乘风归去"，心里却感到矛盾纠结，似乎觉得人间更好。留在人间还能"起舞弄清影"，这一句又和李白的"我歌月徘徊，我舞

【注释】

①丙辰：指公元1076年（丙辰年，即宋神宗熙宁九年）。这一年苏轼在密州（今山东省诸城市）任太守。

②达旦：到天亮。

③子由：苏轼的弟弟苏辙（1039—1112），北宋文学家，字子由。

④把酒：举起酒杯。把，握。

⑤天上宫阙(què)：指月中宫殿。阙：宫门、城门两侧的高台。

⑥归去：回去，这里指回到月宫里去。

⑦琼(qióng)楼玉宇：指神话中月宫里的亭台楼阁。

⑧不胜(shēng,旧读shēng)：经受不住。胜：承担、承受。

⑨弄清影：意思是月光下的身影也跟着做出各种舞姿。弄：赏玩。

⑩何似：何如，

李白们是怎样作诗的

怎么比得上。

⑪转朱阁，低绮(qǐ)户，照无眠：月儿移动，转过了朱红色的楼阁，低低地挂在雕花的窗户上，照着没有睡意的人（指诗人自己）。朱阁：红色的楼阁。绮户：彩绘雕花的门户。

⑫不应有恨，何事长(cháng)向别时圆：（月儿）不该（对人们）有什么怨恨吧，为什么总是朝着离别的人圆呢？何事：为何，为什么。

⑬此事：代指人的"欢""合"和月的"晴""圆"。

⑭但：只。

⑮千里共婵(chán)娟(juān)：只希望两人年年平安，虽然相隔千里，也能一起欣赏这美好的月光。共：一起欣赏。婵娟：形容月色明媚，这里代指明月。

影零乱"想到了一起。人间也有朱阁绮户，相比天宫的广寒，这里更有温暖的亲情，有中秋节月光下的不眠之夜，有思念中的远方的弟弟，他得为此而留在人间了。

恨的只是不能够在一起！不过光照人间的月亮本身不也时圆时缺，和聚散无常的人间一样吗？小时候他读过南朝谢庄的《月赋》："隔千里兮共明月"，神童王勃也曾说"海内存知己，天涯若比邻"，那么好吧，他们兄弟二人就在这中秋之夜，千里之外，月光之下，遥望天空的圆月，举杯互祝对方的平安和美好吧。

苏轼真是个好哥哥，每贬一地都给弟弟写诗寄词，"寄子由"、"戏子由"、"示子由"、"别子由"、"和子由"，算起来总有一百多首。苏辙也是个好弟弟，去年的中秋节千里相共，今年的中秋节一定要亲自见到哥哥，他竟来到徐州与哥哥一道登楼赏月，这次他也作《水调歌头·徐州中秋》一首回赠苏轼："离别一何久，七度过中秋。去年东武今夕，明月不胜愁。岂意彭城山下，同泛清河古汴，船上载凉州。鼓吹助清赏，鸿雁起汀洲。坐中客，翠羽帔，紫绮裘。

明月幾時有 把酒問青天 鼎盦森作

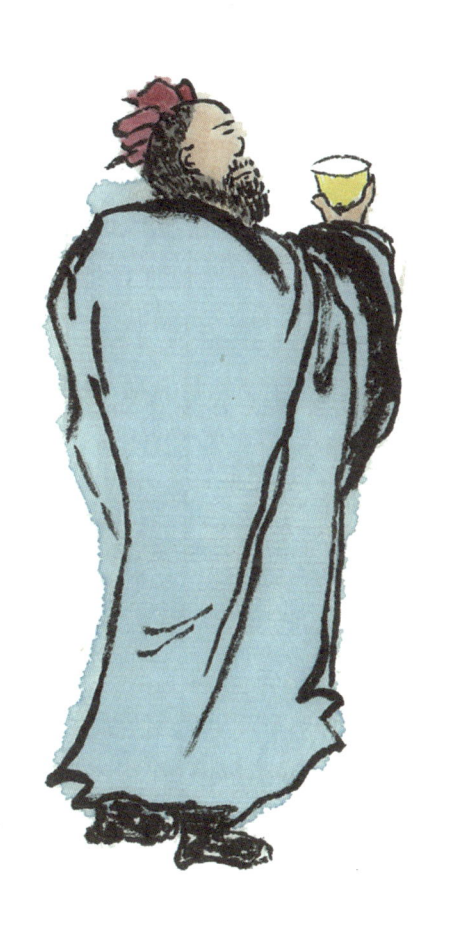

素娥无赖，西去曾不为人留。今夜清尊对客，明夜孤帆水驿，依旧照离忧。但恐同王粲，相对永登楼。"

苏辙的才华略输苏轼，也怨他不该是苏轼的弟弟，今生遇上了这位天神，两人唱和，总也拔不了头筹。这一对兄弟的感情在中国的文人中实不多见，长兄苏景夭折，苏轼只有苏辙一个弟弟，两人一同受教于父亲苏洵，一同考中进士，一同入朝为官，只不过一个是狂放的轼，一个是持重的辙。狂放的哥哥放官在外，难得归家，持重的弟弟就操持家务，照料父亲，这大概也是哥哥深感亏欠了弟弟，每逢佳节倍思亲的一个原因。在他的另一首《满江红·怀子由作》中，他曾对弟弟说，"辜负当年林下意，对床夜雨听萧瑟"，想象着有一天兄弟二人还要像小的时候那样，晚上面对面地睡在床上，听雨聊天。

但是这一天终究没有到来，苏轼调任湖州知州，在给皇上写的《湖州谢表》中称自己"愚不适时，难以追陪新进"，"老不生事，或能牧养小民"，被"新进"们诬为衔怨怀怒，并从

情同情人的手足

他的诗文中查出大量讥讽之语，怂恿神宗砍下他那颗才华出众的脑袋。于是，历史上就发生了著名的乌台诗案，苏轼被御史台的吏卒逮捕起来，押到开封。面对狂放的哥哥因狂放而大难当头，持重的弟弟再也不持重了，此时苏轼平日的好友怕受连累，多已断绝往来，在朝做官的苏辙却奋不顾身，把哥哥的家眷接到家中照料，并且效法缇萦救父，上书神宗，请求革去自己的官职，免去兄长的死罪。

这次事件，最后还是苏轼的政敌王安石一句"岂有圣世而杀才士者乎"，在神宗面前保住了他的一条性命。苏轼坐完一百零三天大牢，放出来后贬为黄州团练副使，由当地官员监督改造，他一生有三妻三子，幼子死于贬官途中，苏迈、苏迨二子在他死后生活维艰，苏辙这时也被贬官降薪，这其中未免没有哥哥的影响，但却再一次地伸出亲人的双手，把亡兄一家所有的人口都收揽过来，两房合拢一百多人，大家以沫相濡，共渡难关。

苏轼的词已越千年，愈久弥新，如刘辰翁所谓"词至东坡，倾荡磊落，如诗，如文，如

【韵译】

究竟何时出现的这明月一轮？今晚我举起酒杯向天发问。不知道在天上的宫殿里，地上的今晚又是什么时辰。我想骑着风回到天上，又害怕住在那美玉建造的天庭因为太高而寒冷凄清。若要想轻歌漫舞享受快乐，哪里有在人间这样尽兴？银色的月亮转过红色的楼台，低低地挂在雕花的窗棂，映照着我这今夜不能入睡的人。莫非是你对人间有着怨恨，不然为何要圆在亲人离别的时分？却原来人有伤心快乐分散团聚，月亮也有晦暗明朗圆满缺损，自古以来这事就让人抱怨声声。只唯愿世上亲人都健康长寿，远隔千里在一片月光下共享太平。

天地奇观",胡仔《苕溪渔隐丛话后集》说的"中秋词,自东坡《水调歌头》一出,余词尽废",更给了这首代表词作以无上的评价。它在当时的影响之广,就已达到如今流行歌曲的程度,《水浒传》第二十九回,武松杀人之前还听了他这首词,书中这样写着:"武松吃得半醉,却都忘了礼数,只顾痛饮……张都监指着玉兰道:'这里别无外人,只有我心腹之人武都头在此。你可唱个中秋对月时景的曲儿,教我们听则个。'玉兰……顿开喉咙,唱一支东坡学士'中秋水调歌'。唱道是:'明月几时有,把酒问青天……'"

　　他的文章与欧阳修合称欧苏,他的诗与黄庭坚合称苏黄,他的词与辛弃疾合称苏辛,他的书法与黄庭坚、米芾、蔡襄合称宋四家,他与父亲苏洵和弟弟苏辙合称三苏,在唐宋八大家中,唐朝两百多年只有两个,宋朝三百多年只有六个,而他苏家独占一半。这样的传奇故事,借用诗骨陈子昂的一句名言,真是前不见古人,后不见来者!

　　但是对他评价最高的还是他的弟弟,"其

于人，见善称之，如恐不及；见不善斥之，如恐不尽；见义勇于敢为，而不顾其害。因此数困于世，然终不以为恨。"这已经不是评他的文章词赋，而是评他这个人了。在他的墓碑上，苏辙让人刻下了这样八个字："扶我则兄，诲我则师。"

李白们是怎样作诗的

士可饿而不可折腰

——说陶渊明《饮酒·采菊东篱下》

陶渊明（约365—427），名潜，字渊明。又一说字元亮。号五柳先生，私谥"靖节"，东晋末期南朝宋初期诗人、文学家、辞赋家、散文家。汉族，东晋浔阳柴桑人（今江西九江）。曾做过彭泽县令，后辞官回家，从此隐居田园，相关作品有《饮酒》、《归园田居》、《桃花源记》、《五柳先生传》、《归去来兮辞》等。

从陶渊明的画像中我们总会看到，一个并非农夫的穿长袍者手握一枝菊花或站或卧在南山脚下的一道篱笆墙边，因此我们也总会想起鲁迅的《题未定草》。鲁迅在这篇文章中列举了许多的诗赋和作者，其中最多的是陶渊明。"就是诗，除论客所佩服的'悠然见南山'之外，也还有'精卫衔微木，将以填沧海，刑天舞干戚，猛志固常在'之类的'金刚怒目'式，在证明着他并非整天整夜的飘飘然"。

"悠然见南山"出自陶渊明二十首《饮酒》诗中的第五首，前句是"采菊东篱下"，合并起来成了中国人都会背诵的隐士指南。而"精卫衔微木"等句则出自他十三首《读山海经》诗中的第十首。另外他还在这个系列的第九首中写了"夸父诞宏志，乃与日竞走"，这是三个神

280

话里的英雄,一个在东海游玩被淹死了,她的魂灵变成一只小鸟,每天叼些石子之类的东西发誓要把东海填平;一个和黄帝争当天神时被砍掉了头,他用两个乳头当眼睛,一个肚脐眼当嘴巴,举着手里的斧头继续战斗;还有一个要把太阳摘下来,快要赶上太阳时自己却被渴死了,但他没有变鸟也没有变无头人,而是变成一片绿色的树林为人遮荫。

从这三位神话中的英雄,可以窥见陶渊明的心里也曾和鲁迅一样有过呐喊,他让我们看到了另一幅画家未曾画出的画,一位穿长袍者手握一卷《山海经》,眼睛望向的是南山之上黑暗的夜空,手里若再夹一支香烟,下面写一行"于无声处听惊雷",活脱就是一个鲁迅了。鲁迅写这篇文章自然不是攻击陶渊明的,他是说评论家要学会多面地了解一个作家,不能仅从一篇文章甚或一篇文章中的一句话,给人下一个简单的定义。"这'猛志固常在'和'悠然见南山'的是一个人,倘有取舍,即非全人,再加抑扬,更离真实。譬如勇士,也战斗,也休息,也饮食,自然也性交,如果只取他末一点,

【原诗】

饮酒·采菊东篱下

陶渊明

结庐在人境[1],
而无车马喧。
问君何能尔[2]?
心远地自偏[3]。
采菊东篱下,
悠然见南山[4]。
山气日夕佳[5],
飞鸟相与还[6]。
此中有真意[7],
欲辨已忘言。

李白们是怎样作诗的

【注释】

①结庐：建造住宅。这里有居住的意思。结，建造、构筑。庐，简陋的房屋。人境：人居住的地方。

②何能尔：为什么能够这样。尔：如此。

③心远地自偏：心远离世俗，自然觉得住的地方僻静了。

④悠然：悠闲自得的样子。见：在这里读音为："jiàn"，看见。

⑤山气：指山中景象，气息。日夕：傍晚。山气日夕佳：山上的云气傍晚时很美。

⑥相与还：结伴而归。

⑦此中有真意，欲辨已忘言：这里边有人生的真正意义，想说出来却忘了要说的话。此中，上面描述的景物之中。真意，从自然景物中领悟到

画起像来，挂在妓院里，尊为性交大师，那当然也不能说是毫无根据的，然而，岂不冤哉！我每见近人的称引陶渊明，往往不禁为古人惋惜。"

幸好陶渊明被人取的不是末一点，而是归去来兮，否则就更要受惋惜了。大家还应该知道他"悠然见南山"之前的历史，知道他曾做过一次夸父式的英雄，知道他九岁丧父，寡母将他兄妹二人带到"行不苟合"、"旁若无人"的名士外祖父家，让他"存心处世，颇多追仿其外祖辈者"，从此他就有了一些清高，还有了一些骄傲。长大后的他最先担任的官职是江州祭酒，因为不能忍受被人轻看，他给辞了，接着州里召他去做主簿，他也辞了。后来他在桓玄门下做了一名属吏，当他发现桓玄有篡夺东晋政权的野心，不愿苟同，遂又离开，"如何舍此去，遥遥至西荆"。桓玄果然举兵对抗朝廷，攻入建康，篡国夺权，把安帝囚禁在浔阳，当国人都在谈论桓玄称帝的时候，只有他一个人轻蔑极了："寝迹衡门下，邈与世相绝。顾盼莫谁知，荆扉昼常闭。"

下邳太守刘裕等起兵平叛，桓玄兵败，安

采菊東籬下
悠然見南山

甲午冬 聶鑫森 畫

李白们是怎样作诗的

的人生与自然之理，辨：辨识。本想说一说这种"真意"，却没有说，因为他认为既然已经领悟到了，就不需用言词来表达了。想要辨识却不知道怎样表达。

帝被他们从浔阳带到江陵，陶渊明知道这个消息，乔装打扮冒险进城，把这事报告给了刘裕。他很得意自己在不惑之年干了一件勇敢的事："四十无闻，斯不足畏，脂我名车，策我名骥。千里虽遥，孰敢不至！"由此他在刘裕幕下担任了镇军参军。刘裕打入建康以后，陶渊明觉得此人的作为很像自己那个曾是东晋开国元勋的曾祖父大司马陶侃，一度对其充满敬意，但是不久看到刘裕滥杀无辜，又深深地感到失望，"目倦川途异，心念山泽居"，再次辞职。随后又做建威将军的参军，很快又辞，最后在叔父陶逵的介绍下当了彭泽县的县令，前后才八十一天，又辞职了。

这人真是一个辞职大王，十三年来辞了又任，任了又辞，稍不如意就拍屁股走人。这次辞职的原因说来简直太好笑了，彭泽县的上级机关浔阳郡派一个督邮下来检查工作，按规矩上面来人下面应该迎接，就不该手下一个太会办事的办公室主任多了一句嘴，说起来也是为了他好，提醒他要穿上正装，束好腰带，没想到一下子把诗人气质的陶渊明给惹火了，"我岂能为五斗米折腰向乡里小儿!"神马玩意儿,一个小乡巴佬要我向他弯腰屈膝,不就是一个月五斗米的工资吗?辞!这一辞就永不再任。

关于那件不为五斗米折腰的事,后世有标新立异者提出五斗米并非县令的月薪,而是他的一位信奉五斗米道教的上司,两人上下级的关系没有处好,上司要他折腰,他实在不愿再折就辞职了。我认为这话是故弄玄虚,陶渊明在此之前已辞职多次,总不至于每次都遇上领导是五斗米道,那个宗教组织的人总不至于多到无处不有的程度,不信把陶渊明叫来问他,一准儿他会付之一笑。另外又有人说晋代的五斗米只有十多斤,县令哪怕是个文官,饭量再小也只够吃半个月,下半个月难道要饿肚子不成?这些学者太可爱了,何时嫌科研任务重了不想再干,说声"就为这两千块钱真不值得",别人听了真会认为你每月连三千元都不到吗?又不是个傻子!

从他的辞官史上我们可以看出,他的这个官随时都是要辞的,官再大一号,米再多几斗,他早晚还是要辞。督邮的到来和小吏的多嘴,

【韵译】

把房子盖在有人的地方,竟然听不到车马的喧嚷。你可知道我如何能做到这样?因为心思远离凡尘地方自然清爽。在东边的篱笆下采几朵菊花,一抬头就能看见南边的山岗。日落时山上的空气也好景色也美,成群结队的鸟儿都飞回栖居的树上。这里面有人生真正的意义,我想讲出来却已想不起如何去讲。

只是最后这次辞官的导火线，即便他听了小吏的提醒换上官服，天知道他会不会在迎接督邮的时候听对方一句话没有说好，突然把那条腰带扯下来往地上一扔，最后还是拂袖而去。自从对腐败的政治极度失望以后，他心里窝下的这股火从来也没有熄灭过，之所以辞而又任，看似反复无常，那却完全是为了谋生。在《饮酒》诗第十首中他已说得明白不过："此行谁使然？似为饥所驱。倾身营一饱，少许便有余。"这种忍受是有限度的，一旦能活下来，他便不会付出更多。

他还有一首和酒有关的诗，名叫《述酒》，写于刘裕废晋恭帝司马德文为零陵王，并且将其杀死之后。他在诗中用了很多的典故表达自己心中的愤怒，要被鲁迅看见又得说他，这一年他五十七岁，已经是一个资深的隐士了。鲁迅的眼睛真毒，竟能从他的"悠然见南山"外看到那么多的内容，甚至还从他的《闲情赋》里发现了他"愿在丝而为履，附素足以周旋"的摩登爱情，于是嘲笑他居然要做"阿呀呀，我的爱人呀"的鞋子，还庆幸他此情后来止乎于礼,好歹被自己克制了下去。

陶渊明的隐士身份,一多半出自后人的追认,思想浅薄者对他是一种误解,别有用心者对他则是一种曲解。其实他当初的挂冠只是想离开,想归去,而不是想隐,更不是想以隐的方式让人追寻和捉拿,以此达到由隐而显,不隐难以出头的目的。他与前面汉末乱世的所谓隐士不同,卧龙先生诸葛亮之隐引来了刘备,水镜先生司马徽之隐换得了曹操,另有元直先生许庶等莫不如是,在襄阳的隐士群中,唯有老奸巨猾的庞德公一人打死也不出山,但他却把自己精心培养的远房侄子凤雏先生庞统托付给了司马徽,相当于送到人才交流中心,以便一有机会就向山外输送。

也与后面盛世唐朝的所谓隐士有别,孟浩然是没官做,常建是嫌官小,王维是隐着好玩儿,端着朝廷的饭碗,做着小孩的游戏,捉迷藏似的一会儿躲着一会儿出来,还只管假装往那些没有人间烟火的地方走。那技术也可以叫脚踏两只船,一手硬一手软,永远留着一手,还可以为身后赢得一个清高的美名。陶渊明却

李白们是怎样作诗的

不是这样一个搞法，他是完全彻底地解下束带，以后再怎么说也不系上了，并且也真的下地生产。他的结庐并不在终南山，太远了不好买日用品，三病两痛请医也不方便，所以还得在人境，只不过没有喧闹的车马而已。

他在《归园田居》组诗中的一些句子，如"晨兴理荒秽，戴月荷锄归"，"试携子侄辈，披榛步荒墟"，那都是他真实的劳动日记。换了唐朝那些站在田边看人割割麦子，回到家里谈谈体会的田园诗人，是体会不出"道狭草木长，夕露沾我衣"的切肤感受的，更别说若是遇上年成不好，还会"夏日抱长饥，寒夜列被眠"的滋味了。

风流而未成性的才子

——说温庭筠《送人东游》

温庭筠活着的时候如能想到,后世有人说他的这首诗是写给他的女学生鱼玄机的,会不会他在死前也像晴雯一样说出那句"早知如此……"。关于这话,也有人称晴雯没有说过,或者没有这么说过。因为要写谁是温庭筠笔下那个东游的人,我又翻了一下《红楼梦》第七十七回,发现晴雯不仅说了,而且连着说了三遍,第一遍见了宝玉就呜咽:"早知如此,我当日也另有个道理",第二遍是剪下指甲,又脱下贴身的小袄,一起交给宝玉道:"只是担了虚名,我可也是无可如何了",第三遍想到已是生离死别,哭了起来:"既担了虚名,越性如此……"大家尽管各取所需,随便拿去用好了。

我们要为温庭筠感到冤枉的是,他连鱼玄

温庭筠(约812—866),唐代诗人、词人。本名岐,字飞卿,太原祁(今山西祁县东南)人。屡举进士不第,长被贬抑,官终国子助教。精通音律。工诗,与李商隐齐名,时称"温李"。为"花间派"首要词人,对词的发展影响较大。与韦庄齐名,并称"温韦"。存词七十余首。后人辑有《温飞卿集》及《金奁集》。

李白们是怎样作诗的

【原诗】

送人东游

温庭筠

荒戍落黄叶①，
浩然离故关②。
高风汉阳渡③，
初日郢门山④。
江上几人在⑤，
天涯孤棹还⑥。
何当重相见⑦？
樽酒慰离颜⑧。

机的指甲壳和小内衣都没有留作一个纪念，到头来却落了一身膻气，死后一千多年也洗不干净。近日听说，有人还写了他们的电视剧，将这男女二人的老少恋写得让人身子发冷，便越发觉得历史这个鬼东西呀，真是让人怀疑得很。

这首诗有三个名字，一是《送人东游》，一是《送人东归》，一是《送人归东》。前一个的意思好像是说，被送的那位朋友家在长江以西，在家待了一些日子，现在要回到自己的工作岗位去上班了。后两个的意思看来有点儿相反，然而统统都不知道是男是女，作者对此守口如瓶。不过我们分析那人不是鱼玄机也未尝没有道理，因为不能以今天的年轻女子能够一个人跑到美国作为参照，而应该以唐朝的情况来作设身处地的考虑。鱼玄机刚认识他的那会儿大概才十岁多一点，长到他写这首诗时也不会翻上一倍，独自出一趟远门是不能让家里的人放心的。她倒可以随父而往，可惜父亲早已死了，母女同行，母亲为了生计又正在妓院里给人洗着衣服，所以，我们才有理由认为东游的人不是她，东归或归东的人更不是她。

那个时候她还不是鱼玄机,长安城外的咸宜观她连焚香许愿都没去过,她叫鱼幼微,字蕙兰。

另外,诗的第二句"浩然离故关"的"浩然"两字,哪像是形容一个小女孩儿呢?唐朝的女子固然以国母杨贵妃的丰满身段为美丽,但肉多并不等于骨大体壮,人多半还是纤弱的,会写诗更容易受温庭筠的影响进入花间,本人又不是花木兰,无法浩然得起来。因此我们几乎可以武断地说,被送的是一位有着雄心壮志的男人,或是赶考,或是求仕。"江上几人在,天涯孤棹还"一联,颇有李白在黄鹤楼送别他爱的孟夫子去广陵的深长意味,"孤帆远影碧空尽,唯见长江天际流",更像是孤人远去,就此壮别。而从结尾时的"何当重相见"一句,没能看出两人约好下次见面的时间,大概是要"不破楼兰誓不还"了。

有人考证此诗是温庭筠写给鱼幼微的根据,是在这一年里鱼幼微也给温庭筠写了一首诗,题目叫作《送别》,"水柔逐器知难定,云出无心肯再归。惆怅春风楚江暮,鸳鸯一只失

【注释】

①荒戍:荒废的边塞营垒。
②浩然:意气充沛、豪迈坚定的样子,指远游之志甚坚。
③汉阳渡:湖北汉阳的长江渡口。
④郢门山:位于今湖北宜都县西北长江南岸,即荆门山。
⑤江:指长江。几人:犹言谁人。
⑥孤棹:孤舟。棹:原指划船的一种工具,后引申为船。
⑦何当:何时。
⑧樽酒:犹杯酒。樽:古代盛酒的器具。离颜:离别的愁颜。

李白们是怎样作诗的

【韵译】

　　枯叶落在荒郊一片金黄，朋友你满怀豪情离别故乡。深秋的寒风吹拂着汉阳渡口，清晨的太阳照耀在郢门山上。江边有几双眼睛在看着你，期盼你驾着小船儿再返长江。重逢的日子什么时候才能到来？那一天要举酒相庆欢聚一堂。

群飞"。温庭筠诗里写到"汉阳渡"，鱼幼微诗里写到"楚江暮"，温庭筠诗里又写到"何当重相见"，鱼幼微诗里又写到"无心肯再归"，一渡一江，一问一答，简直正好对上了，后者将二人比作鸳鸯，不是一对情人又是什么？

　　然而我们发现不是，问题出在二诗的题目上，温庭筠的是《送人东游》，是他送人而不是人送他，鱼幼微的是《送别》，也是她送人而不是人送她，若是人送她的话诗题应叫《离别》才是。那么既然他俩都是送人，那人就是他俩之外的第三个人了。持温鱼情人说者还考证出，这一年是公元861年，鱼幼微十七岁，温庭筠四十九岁。这就好了，如果年龄没有考证错误，我们似乎可以得出这么一个结论，这对忘年交的异性朋友是一道去楚江和汉阳渡边，共同送别另一个男人，这人是否名叫李亿？三年前的一个春天考上的状元，在崇真观题诗时为鱼幼微的才华所动，温庭筠成人之美，让他们两个做了鸳鸯，自己宁可当一棵牵线搭桥的老树。

　　温庭筠大概也是来看榜的，他从四十岁开

江上幾人在
天涯孤棹還

甲午冬
聶鑫森畫

始赴考，这一次满怀希望，为此还带上了他几年前收下的女学生，但他一如既往地没有考上。十四岁的鱼幼微看见新科进士们纷纷在崇真观南楼上签名留念，心中的羡慕嫉妒恨让她情不自禁，写下《游崇真观南楼睹新及第题名处》一首向男权时代发出冤诉："自恨罗衣掩诗句，举头空羡榜中名"。接下来，温庭筠就该为自己的好心感到后悔了，鱼幼微不是鸳鸯，状元家原来有一个娘子的，一顿乱棒打得李亿只好把这只孤苦的野鸟送出家门，从此两相分离，直到她成为咸宜观里的鱼玄机。后来的事却正如邓丽君所唱，"你说过两天来看我，一等就是三年多"，任她写下无数呼唤李郎的诗，李郎再也听不到了。

然而我们又发现不是，这次的问题出在二诗所写的季节和时间上，温庭筠的诗里有一个"黄叶"，还有一个"初日"，鱼幼微的诗里有一个"春风"，后面就是"楚江暮"了。这就说明前者是秋天的清晨，后者是春天的黄昏，无论他们送谁还是互送，总不至于从头一年秋天的一个早上送到第二年春天的一个晚上，那人还赖在江边不肯走的道理。而且还有一个漏洞，鱼幼微说的那只将飞的鸳鸯是"失群",而不是"失伴",这就越发说明他们是在不同的时间,送着不同的人。温庭筠如送李亿,本应该叫上鱼幼微,鱼幼微如送李亿,也不应该说出"失群"的话,连小孩儿都知道鸳鸯是成双成对的,这么说等于在这个所谓的丈夫临走时她还当面指出他有一群雌鸟。

鱼幼微写给温庭筠的诗远没有写给李亿的多,后世可以确定的只有两首,那都是在她最是寂寞难耐的时候发出的呻吟。《冬夜寄温飞卿》中她向老师诉说自己身与心的寒冷和孤独,"苦思搜诗灯下吟,不眠长夜怕寒衾";《寄飞卿》中她怨老师连信也懒得给她写,连能给她带来安慰的秋天的小小礼物也不寄给她,"嵇君懒书札,底物慰秋情",她几乎是在呼救了,一个女子,其情堪怜。

她一跺脚,终于写下了这样一首诗,这首诗居然又有三个名字,一是《寄邻女》,一是《赠李员外》,一是《寄李亿员外》:"羞日遮罗袖,愁春懒起妆。易求无价宝,难得有情郎。枕上潜垂泪,花间暗断肠。自能窥宋玉,何必恨王

昌。"说是赠邻女是说得上的,这女子可能是她的一个闺蜜,她要把自己近来的生活状况和思想感悟告诉对方;说是赠李员外也是说得上的,因为即便是赠给邻女,也是想传进他的耳朵,让他知道她目前这一切都是他造成的;说是赠李亿员外更是说得上的,这个李员外不是别人,就是你李亿!写到最后二句,她已经打定主意,不禁从鼻子里发出一声冷笑,你以为我会恨你吗?才不会呢,我现在随时都能找到宋玉一般多才的新欢,何必还要苦苦守着你这个王昌一样无情的旧人!

鱼玄机从此开始了新的生活,二十二岁,花开正好,师父走了,清静空旷的咸宜观里唯她独尊,新收了几个小徒儿,都是十几岁的穷家小女。这一方净地何时成了吃茶听琴的雅舍,吟诗作词的沙龙,但逢知己,或留宿私寓,或彻夜长谈。寒衾已暖,长夜不再,心动时她一次一次想起飞卿,飞卿竟然一次也不曾来。风流老才子温飞卿在这些日子里,未尝没有过博饮狎昵,纵酒狂欢,藐视官府的事更是常有。《太平广记》所载,某日他因"醉而犯夜,为虞侯所系，败面折齿"，这是因为他酒后在官家重地扬子院犯了夜禁，被巡逻兵的耳光打破了脸，牙齿都打折了，在坊间声名狼藉。他需要有女人的温暖和慰藉，尤其是心有灵犀的知己红颜，但他宁可赋词买笑，也决不来找他的幼微。

人们不相信温庭筠和鱼玄机是干净的，万一信了，也把温庭筠这令人不可思议的禁忌说成是他自觉老迈，自觉丑陋，而为自己留下一点可怜的尊严。《旧唐书》载，温庭筠的确长得难看，曾得绰号为温钟馗，《北梦琐言》还说他有一个孙子，想在州牧门下做个门客，遭到拒绝，原因是他长得太像他的爷爷了。但这当然不能成为老丑男人偶尔高尚一回的秘密，当代周公永康年少与貌美否？缘何榻前嫩女如鱼哉！

温庭筠除了不肯侵犯自己的女学生，与当今诸多"叫兽""驳倒"行为有异，另还有许多动人的傻故事。如在考场让周围八名考生照抄他的卷子，自己却因犯规而未被录取；又如终于当上国子助教，主试科考以后，"乃榜三十篇以振公道"，公开贴出前三十名进士的文章让

大众评议,这一下就惹恼了宰相杨收,将他贬为方城县尉。温庭筠一到任就死了,送他上任的纪唐夫知道他是怎么死的,居然学他也写诗道:"凤凰诏下虽沾命,鹦鹉才高却累身。"

考场寒蝉和词坛卿相

——说柳永《雨霖铃·寒蝉凄切》

人们爱看柳永,其实是爱看他的伤痕,不受伤倒也没有了什么看头,这说明人们的内心世界里也装着一定的残酷。自古以来作家的得意之作,往往是作于自己的不得意时,得意时作出来的反而不多,如白居易的"十七人中最少年",孟郊的"一日看尽长安花",说来说去也就只有这么两个句子,而为后世留下的海样名篇,绝大部分都是出自落第才子的手,或委屈,或哀怨,或悲愤,或索性忍不住了就跳脚骂人,他妈的老子以后再也不考了,回家当隐士去!

柳永的痛苦又是这类落第才子的两倍,他不光是要离开京城,而且他还要离开情人。这一年,他已经是第四次参加考试,年纪也有四十二岁了,原以为他会金榜题名,涉身宦海,

柳永(约987—约1053),北宋著名词人,汉族,崇安(今福建武夷山)人,原名三变,字景庄,后改名永,字耆卿,排行第七,又称柳七。宋仁宗朝进士,官至屯田员外郎,故世称柳屯田。自称"奉旨填词柳三变",以毕生精力作词,并以"白衣卿相"自诩。对宋词的发展有重大影响,代表作有《雨霖铃》《八声甘州》。

李白们是怎样作诗的

【原诗】

雨霖铃·寒蝉凄切[①]

柳　永

寒蝉凄切[②],
对长亭晚[③],
骤雨初歇[④]。
都门帐饮无绪[⑤],
留恋处,
兰舟催发[⑥]。
执手相看泪眼,
竟无语凝噎[⑦]。
念去去[⑧],
千里烟波,
暮霭沉沉楚天阔[⑨]。
多情自古伤离别,
更那堪冷落清秋节[⑩]!
今宵酒醒何处?
杨柳岸,
晓风残月。
此去经年[⑪],
应是良辰好景虚设。
便纵有千种风情[⑫],
更与何人说?

从此条件好了,能够和心爱的人儿常在一起,却没想到美梦再次破灭。这首凄凄切切的词就是在他这最痛苦的时候写出来的,是来自生命的体验,实可谓字字血,声声泪,之所以能传世不朽,感动着一代又一代的人,并不是没有道理的事。在这双重打击之下,柳永的心已凉到了冰点,拿起笔来身子都在发颤,像是秋天的寒蝉。说到寒蝉,这小动物来得正好,词人顺手就将它拈进了开篇,"寒蝉凄切,对长亭晚,骤雨初歇"。

为了营造凄切的情境,他连词牌都要进行一番安排,精挑细选,最后确定了冷冰冰、泪涟涟、水汪汪的《雨霖铃》。这个词牌的来头不小,马嵬兵变,杨玉环被逼缢死,一代帝王唐玄宗遭受的打击比起一个才子柳永来想必又要大得多了,在逃往四川的路上,风雨吹打着皇銮上的金铃,玄宗想起他死去的贵妃,感伤中作下了这支曲子。此事在《明皇杂录》和《杨妃外传》均有记载:"明皇既幸蜀,西南行,初入斜谷,霖雨弥旬,于栈道雨中闻铃,音与山相应。上既悼念贵妃,采其声为《雨霖铃》曲,

留恋霞
蘭舟催
发 聂鑫森
画

李白们是怎样作诗的

【注释】

①此调原为唐教坊曲。相传玄宗避安禄山乱入蜀,时霖雨连日,栈道中听到铃声。为悼念杨贵妃,便采作此曲,后柳永用为词调。又名《雨霖铃慢》。上下阕,一百零二字(《雨霖铃》词牌当为一百零三字,又作《雨淋铃》)。

②寒蝉:蝉的一种,又名寒蜩(tiáo)。

③对长亭晚:面对长亭,正是傍晚时分。长亭:古代供远行者休息的地方。

④骤雨:阵雨。

⑤都门帐饮:在京都郊外搭起帐幕设宴饯行。都门:京城门外。

⑥兰舟:据《述异记》载,鲁班曾刻木兰树为舟。后用作船的美称。

⑦凝噎:悲痛气

以寄恨焉。时梨园弟子惟张野狐一人,善筚篥,因吹之,遂传于世。"斜谷里,栈道上,筚篥声声,雨淋金铃,一个名叫《雨霖铃》的词牌应时而诞生了。

柳永在词中为我们讲述的故事是蝉声之中,长亭之外,傍晚时的一阵急雨刚住,一对情人在路边的篷帐饯别,哪有心思对饮,真是难分难舍,这时候船上的人却催着他赶快上船。"留恋处,兰舟催发",这真是一句要命的话,无情的船太公与判官小鬼又有何异,谁知这一脚踏将上去,哪年哪月才能相见!于是二人手拉着手,眼看着眼,泪流成四,"无语凝噎"。诗评家说,同一情境,林逋的《相思令》曾有"君泪盈,妾泪盈,罗带同心结未成,江头潮欲平"这样的句子,刘克庄的《长相思》也写过"烟迢迢,水迢迢,准拟江边驻画桡,舟人频报潮",但是,谁都没有柳永写得这么感人,这个柳三变,他变着法儿的用一个"噎"字,把人的喉头都给噎住了!

这次相别的这位情人,一千多年里没人知道她姓甚名谁,倒是有人知道柳永三十一岁那年第二次参加考试落第之后,还和一个名叫虫娘的歌女发生了口角。他写了一首《征部乐·雅欢幽会》回忆他们过去的甜蜜爱情,似乎想感动虫娘,唤起她像当初一样对他的热情:"但愿我、虫虫心下,把人看待,长似初相识。"有人提出那次的那个虫娘便是这次的这个女郎,但是据我分析,这种可能性是不大的。

柳永一生结识的歌女,可以说是不计其数,并非是他要结识歌女,而是歌女要结识他,因为他的艳词写得太漂亮了,都想拿到他的最新作品的首唱权,以便自己一炮打响,成为娱乐圈里走红的歌星,为此不惜争相向这位著名的词作家投怀送抱。他几乎成了宋朝最大的畅销书作家,排行榜上名列第一,作品既能赚钱,又能赚色,在妓馆酒楼所受欢迎的程度令同代作家望尘莫及。如此看来,那个和他吵嘴的虫娘小姐,只会是他很多女朋友中的区区一个而已。

再说从他那首词中,已透露出虫娘和他相好是有条件的,"况渐逢春色。便是有,举场消息。待这回、好好怜伊,更不轻离拆",指

塞,说不出话来。即是"凝咽"。

⑧去去:重复言之,表示行程之远。烟波:水雾迷茫的样子。

⑨暮霭:"霭"读(ǎi)傍晚的云气。沉沉:深厚的样子。楚天:战国时期楚国据有南方大片土地,所以古人泛称南方的天空为楚天。

⑩清秋节:萧瑟冷落的秋季。

⑪经年:经过一年或多年,此指年复一年。

⑫千种风情:形容说不尽的相爱、相思之情。风情:情意。情,一作"流"。纵:纵然,即使。

李白们是怎样作诗的

【韵译】

秋蝉叫得这样的急切，面对暮色中的长亭，一阵急雨才刚刚停歇。我无心在都城外的帐中饮酒，在这里正和你难以割舍，船上人又催我赶快告别。你拉着我的手我望着你的泪眼，心里的话想要出口却又哽咽。想着我这一次离开你后，将会是道路漫漫千里阻隔，天地茫茫云罩雾遮。多情的人从来最不忍分离，更何况在这凄凉的季节！不知我今晚喝醉何时醒来？或许会独自一人在杨柳岸边，伴着寒凉的晨风和残缺的明月。我这一去又将多年不能相见，再好的时光再美的风光也是摆设。纵然有再多的恩爱再长的思念，你不在我的身边我又该去对谁诉说？

望他能考取功名，而他又没考上，他就只好连哄带骗地安慰她说，眼看着春天就要来了，等到科举场上我一有了好的消息，一定好好心疼你，以后再不要轻易拆开了。词中的"春天"，既是指下次的春闱，也是指美好的将来，他是想让这个世俗的女人看到希望，不要为目前的困难影响两人的感情。从词的通俗性上看来，他三十一岁时的那个虫娘的文化水平，比他四十二岁时的这个情人要低得多，又有那些功名利禄的思想从中作怪，在他仍然没有考上的这些年头，应该早就和他"离拆"了。

或许是受了虫娘的刺激，接下来他和他的大哥柳三复一道又参加了第三次考试，大哥进士及第，他却再次落榜，于是愤然作《鹤冲天·黄金榜上》一首，号称"才子词人，自是白衣卿相"，而且"忍把浮名，换了浅斟低唱"。这话传到仁宗的耳里，有人推荐他入朝做官，仁宗的回答是"既然想要'浅斟低唱'，何必在意虚名"，让他"且去填词"！这话也传到柳永的耳里，以后再去给人作词，他就干脆自称，我是"奉旨填词柳三变"。

这个仁宗皇帝还真有仁心,在文化艺术和教育上也有一些自己的想法,景祐元年,他亲自主持了一次"高考改革",宣布以特开恩科的形式对历届因故落选的优秀人才,摒除陈规,放宽条件,进行一次破格考试。正趴在桌上写着新词的柳永一听到这个喜讯,毅然从歌女的簇拥中突出重围,和他的二哥柳三接一起杀奔考试,此次居然双双考中。兄弟二人大喜不禁,这一年柳永整五十岁,卸去白衣卿相的自封,对镜已是一位白发老翁。"高考改革"取得成功的仁宗,一高兴把他这个"浅斟低唱"的人给忘了,也忘了自己当初生气说过的话,还给了他一个官做,派到睦州,去当一个级别不高的团练推官。

柳永在词坛的名气之大,让目空一世的苏轼都感觉到了威胁。《历代诗余》引了俞文豹《吹剑录》中的一个故事,说是苏东坡有一次问他一个会唱歌的幕僚,我的词和柳七怎样?这人回答说,柳郎中的词,只适合十七八岁的女孩儿手里拿着一个红牙板,咿咿呀呀地唱"杨柳岸晓风残月",苏学士的词,却适合关西大汉

李白们是怎样作诗的

弹铜琵琶,敲铁绰板,烈烈轰轰地唱"大江东去浪淘尽",你们俩一个是婉约派,一个是豪放派,让我怎么比呵!苏东坡听了扑通一声笑倒在地,不再问了。

绝代才人和薄命君王的血书

——说李煜《虞美人·春花秋月何时了》

王国维说:"尼采谓一切文字,余爱以血书者,后主之词,真所谓以血书者也。"在尼采所爱的这些血书里面,应该有一本是李煜的《虞美人》,尼采未必读过李煜的血书,是王国维从尼采的话想到了李煜的词,方才将两人糅在了一起。有人索性称李煜的这篇血书是他的绝命词,因为在他四十一岁生日又是七夕节的这一天,写完这首词后,赵匡胤的弟弟就把他请去喝牵机酒了。

清朝有一个生下地来就长着一根白眉毛的诗人,名叫郭麐,这位诗人望着李煜留下的血书长叹了一口气说:"作个才人真绝代,可怜薄命作君王。"这句话为王国维说的李煜这本血书做了注解,因为是可怜他薄命做了君王,而非像别人一样批评他不该做了君王。批评他不该做了

李煜(937—978),五代十国时南唐国君,961年—975年在位,字重光,初名从嘉,号钟隐、莲峰居士。汉族,彭城(今江苏徐州)人。南唐元宗李璟第六子,于宋建隆二年(961年)继位,史称李后主。开宝八年,宋军破南唐都城,李煜降宋,被俘至汴京,封为右千牛卫上将军、违命侯。精书法、绘画、音律、诗文,尤以词的成就最高,主要有《虞美人》、《浪淘沙》、《乌夜啼》等。

李白们是怎样作诗的

【原词】

虞美人·春花秋月何时了①

李 煜

春花秋月何时了②？
往事知多少？
小楼昨夜又东风，
故国不堪回首月明中③。
雕栏玉砌应犹在④，
只是朱颜改⑤。
问君能有几多愁⑥？
恰似一江春水向东流。

君王的人是横蛮不讲理的，至少不懂得当时的国情，也不懂得李煜的气质和追求，李煜似乎是真的不同于历代争夺皇位的皇子，在他眼里，坐在书房里写诗作词，比坐在龙椅上听人山呼万岁有意思得多，他天性就是一颗艺术的种子。

这位薄命君王本是南唐中主李璟的第六个儿子，原名李从嘉，与已经立为太子的大哥李弘冀之间相隔了四个皇兄，连同长兄一起，这等于是他通向皇位的五座大山。又偏生喜欢诗文书画，按照我们常人的思维，等到老皇帝李璟蹬腿之后，对太子哥哥继承皇位的威胁不是很大。但是他的太子哥哥不是常人，在这个不是常人的太子哥哥眼里，六皇弟的那一双眼睛才不是常人的呢，那双眼睛一只里面有两个瞳子，两只加起来有四个瞳子，听说当年西楚霸王项羽就是这样。那多出来的两个眼仁儿不就是盼着父皇驾崩吗？

李从嘉既然长着四个眼仁儿，自然能看出太子哥哥的这点鬼心眼子，为生命安全着想，他给自己取了一系列的外号，一个叫"钟隐"，一个叫"钟峰隐者"，一个叫"莲峰居士"，意思全都是让他的太子哥哥知道，他的所爱是隐，是隐在山里，是找一个有莲花的山谷住着不出来，而不是和谁争夺那把值钱的椅子。但他没有想到，李弘冀因为心眼太多，年纪轻轻突然就死了。大臣钟谟发现老皇帝李璟的眼睛转向了老六李从嘉，而自己却和老七李从善是一伙的，就向这个老皇帝建议说，老六生性柔弱，又信佛教，将来当皇帝不合适的，皇帝应该让老七来当。

这件事在陆游的《南唐书》中曾有记载："……弘冀卒，后主以母弟当立，而谟与元宗爱子从善同使周，相与亲厚，乃言后主器轻志放，无人君之度，因盛称从善才……"。谁知李璟一听大怒，将这多嘴多舌之人削官降职，流放饶州，最后干脆赐死了事，偏要让柔弱信佛的老六继位太子。果不其然，做完这个重大决定以后老皇帝第三年就驾崩了，新太子老六在金陵登基，改名李煜。

现在我们要怀念这位钟谟先生了，追认他一个事前诸葛亮，实践是检验真理的唯一标准，他向李璟指出的老六作为帝王的性格缺陷，看

【注释】

①虞美人：原为唐教坊曲，后用为词牌名。此调初咏项羽宠姬虞美人死后地下开出一朵鲜花，因以为名。又名"一江春水""玉壶水""巫山十二峰"等。双调，五十六字，上下片各四句，皆为两仄韵转两平韵。

②了：了结，完结。

③故国：指南唐故都金陵（今南京）。

④砌：台阶。雕栏玉砌：指远在金陵的南唐故宫。应犹：一作"依然"。

⑤朱颜改：指所怀念的人已衰老。朱颜，红颜，少女的代称，这里指南唐旧日的宫女。

⑥君：作者自称。能：或作"都""那""还""却"。

李白们是怎样作诗的

【韵译】

春花秋月的美景何时才能忘却？有多少如烟的往事能够磨灭？昨夜又有东风吹进我寄身的小楼，我不敢回想那一轮故国的明月。当年那华丽的殿堂应该还在，却只是物去人非与往日有别。若问我心里究竟有多少哀愁，就像那一条远去的江水滔滔不绝。

来有些道理，至于他和老七的私人关系如何，那是另外一码子事。这个老七也会做诗，写过《蔷薇诗一首十八韵呈东海侍郎徐铉》："绿影覆幽池，芳菲四月时"，虽说比不上词帝六哥，韵还是押得上的，据说这种水平适合从政，太高级了反而不行。从大义上讲老七也能忠于自己的祖国，李煜即位后派他去朝贡北宋，宋太祖以"仁肇愿归顺我朝，先寄画像为信物"暗示他也归顺，他并不因自己没得皇位而叛国投敌，却回去就把这件事告诉六哥，李煜遂以毒酒杀死了林仁肇。

但是老皇帝给李煜留下一个烂摊子，这也是个事实。别说是一个诗人兼画家又兼佛教徒，便是乱世英雄李渊父子活转过来也没有了回天之力。面对"陈桥兵变，黄袍加身"的赵匡胤建立的北宋，他和他的臣子们不是没有想过抵抗，发现抵抗不住，这才采取不抵抗政策，年年请安，岁岁进贡，逢有红白喜事还得派人去慰问。只有这样，才能保住老李家的宗庙。

接下来国号也注销了，称呼也改变了，皇宫大殿的瓦当鸱吻也摘下来了，天子身上的黄袍也换成了紫袍，连自己的亲兄弟都去做了人

小樓昨夜又東風故國不堪回首月明中　甲午冬鑫森畫

质,赵家的人还不满意,最后还要发兵攻城。李煜只是请求对方缓兵,还不是请求他们退兵、罢兵,无非可怜巴巴地提出申请,请赵先生稍微等两天再进攻好吗?但是人家宋太祖说,那哪行哪,"卧榻之侧,岂容他人酣睡!"一鼓作气打进金陵,把他给带走了。掳到汴京,封他一个名字古怪的右千牛卫上将军,再加一个更加难听的违命侯。

被捕之前,我们的著名词人正拈着胡子在宫中填写一首名叫《临江仙》的新词:"樱桃落尽春归去,蝶翻轻粉双飞,子规啼月小楼西。玉钩罗幕,惆怅暮烟垂。别巷寂寥人散后,望残烟草低迷。炉香闲袅凤凰儿。空持罗带,回首恨依依。"据说刚填到"烟草低迷"这一句上,宋军震天动地的呐喊声传进了他的御耳,后面三句,是他被掳到开封以后补上的,让它成为了一部完整的作品。那时候他已经有了很多的时间,不用开会也不用听报告,可以做一个专业作家了。

那首词的尾句有一个"恨"字,那时他的心里还有着恨,怨恨,愤恨,悔恨,家破国亡妻离子散之恨。但在他人生最后的这一首被王国维称之为血书的绝命词中,他连恨都没有了,他只有愁,"问君能有几多愁,恰似一江春水向东流。"多么忧伤而又凄美的句子,平仄音韵和节奏都好得没有话说,是春水,不是其他季节的水,冰雪初融,从容徐缓,一点儿也不怒涛汹涌,设若是一幅丹青,站在这春江之畔望着那悠悠流水的一定不是亡国之君,一定是原本就善感多愁的诗人。

这一天是他被囚在这里的第两年零六个月,是他四十一岁的生日,是七月七日牛郎织女相会的日子。午觉起来,独自喝了一杯冷酒,回想起恍惚就在昨日的三年前,此时他的乐庭里正莺歌燕舞,美人入怀,而眼下的他却冷清孤独得连个牛郎也不如。鹊桥安在?织女呢?哦,为他弹琵琶的周娥皇早已死了,陪他下棋的小周后也被那个名叫赵光义的王八蛋接入了内宫,举目身边只有空空四壁。他又想填词了,取来纸笔,词牌就定为《虞美人》吧,此调是项羽宠姬虞美人的初咏,正好用于他的两位姊妹皇后,也算是自己送给自己的生日礼物吧,

祝我生日快乐!

"春花秋月何时了?往事知多少?小楼昨夜又东风,故国不堪回首月明中。雕栏玉砌应犹在,只是朱颜改。问君能有几多愁?恰似一江春水向东流。"从小就跟着父皇学习填词,什么样的词没有填过?真是驾轻就熟,跟玩儿似的,比日试万言倚门可待的李白不差半毫分。其实腹稿提前就打好了,就等着这三杯两盏淡酒下肚,让这些珠圆玉润的句子一串串浮上心头。昔日多少的春秋美景多少的如烟往事,全都被昨晚那一袭凉风轻轻撩起,仰望明月,回首故国,或许那一切都还是旧的模样,唯独斯人不在呵……愁!愁!愁!

大约是他越来越响亮的哽咽声透过重重叠叠的宫墙,辗转传到了宋太宗的耳中,派人宣他过去,赐他一杯御酒消愁解闷。此时已泪流满面的词人双手接过,仰脸饮下,悄然倒地。《宋史》记载:"三年七月,卒,年四十二。废朝三日,赠太师,追封吴王。"但在宋代王铚的《默记》中,却记有宋太宗派徐铉见李煜的一段悲情,"后主相持大哭。及坐,默不言。忽长吁叹曰……

铉不敢隐。遂有秦王赐牵机药之事……又，后主七夕在赐第命故妓作乐，声闻于外。太宗闻之，大怒。又传'小楼昨夜又东风'及'一江春水向东流'之句，并坐之，遂被祸云"。

牵机药据说就是中药马钱子，服后全身抽搐，头脚相缩，状如牵机，旧时宫廷密杀多用此药，李煜也曾用它毒死过有叛国之嫌的林仁肇。有人还将此事与宋太祖赵匡胤的离奇死亡联系起来，说是兄弟二人同帐共宿，第一天还兄弟喝酒，第二天就哥哥驾崩，第三天就弟弟即位，以此故事，作为李煜之死也为宋太宗谋杀的暗示。

赵光义谋杀赵匡胤，或有可能，赵匡胤是皇帝，在中国的历史上，为皇位而兄弟相残的故事已不会让人目瞪口呆。但是赵光义谋杀李煜，我却暂时保留一下意见，李煜是俘虏，虽然也有用文学作匕首和投枪进行战斗的鲁迅一类战士，但在这位婉约派词人的作品里，我们却连一根麦芒也找不出来，他只有春水一样向东流去的眼泪，宋太宗还怕被淹死了不成？况且我们今天还能读到李煜的这首词，就更证明

宋太宗不会因为"小楼昨夜又东风"而请他喝牵机药,几句写在纸上的话,点一把火,就永远地失传了。

　　我倒希望他是自杀。国破,家亡,人掳,妻……连纤弱的爱人也被肥壮的敌人所占有,明人沈德符在《万历野获编》中记载:"……宋人画《熙陵幸小周后图》,太宗头戴幞头,面黔色而体肥,器具甚伟;周后肢体纤弱,数宫人抱持之,周作蹙额不能胜之状。盖后为周宗幼女,即野史所云:每从诸夫人入禁中,辄留数日不出,其出时必詈辱后主,后主宛转避之。"沈氏云:"此图后题跋颇多,但记有元人冯海粟学士题云:'江南剩得李花开,也被君王强折来……'"

　　被一个器具甚伟的黑大胖子关在卧室,每次个把星期,由于纤弱还让宫人从旁协助。女人都这样了,男人还活着写个什么婉约词呢?

一个热爱自己生命的人

——说曹操《龟虽寿》

如果把这首诗谱上曲子，以快四的进行速度，让凤凰传奇组合引领全国的退休老人跳起广场舞来，其阵势一定惊心动魄得很。那才是真正的骑马舞，让人跳着跳着就想到了魏武挥鞭，想到有一个名叫曹操的人走在南征北战的大路上，风吹着头盔上的红缨一飘一飘的，就像那一把火。

曹操在写这首诗的时候正是亲率大军，北上平定了乌桓的叛乱，消灭了袁绍的残部，接下来又要南下攻打孙权和刘备的时候。这一年他五十三岁，在一些缺乏斗志的人眼中已经是一匹老骥，应该伏在马槽边慢慢地嚼着草料，平静地度过它的余生了。然而曹操是个英雄，他认为不行，那怎么行呢？老骥伏枥，志在千里，吃饱了还要重上征途，奔赴战场，骑在老骥背

曹操（155—220），字孟德，一名吉利，小字阿瞒，沛国谯（今安徽亳州）人，汉族。东汉末年政治家、军事家、文学家、书法家。三国中曹魏政权的缔造者，其子曹丕称帝后，追尊为武皇帝，庙号太祖。曹操精兵法，善诗歌，开启并繁荣了建安文学。

李白们是怎样作诗的

【原诗】

龟虽寿[①]

曹 操

神龟虽寿[②],
犹有竟时[③]。
腾蛇乘雾[④],
终为土灰。
老骥伏枥[⑤],
志在千里。
烈士暮年[⑥],
壮心不已[⑦]。
盈缩之期[⑧],
不但在天[⑨]。
养怡之福[⑩],
可得永年[⑪]。
幸甚至哉[⑫],
歌以咏志。

上的老将更得是这样,烈士暮年,壮心不已,还有很多的大事在前方等待着他呢!于是他写下了这组《步出夏门行》,其中气魄最大的就是这首《龟虽寿》。

他记起庄子说过的一句话:"吾闻楚有神龟,死已三千岁矣",心想可不是吗,那么长的寿命还是要死。不仅神龟,韩非子说的"飞龙乘云,腾蛇游雾,云罢雾霁,而龙蛇与螾螘同矣",与神龟同寿的腾蛇也和虫虫蚂蚁一样,都有化成灰烬的一天。人的生命就更短暂了。不过活的年头也不能让老天爷说了算,只要好好保养就能多管一些年头。这首诗大概就是这么一个意思,最后两句"幸甚至哉,歌以咏志",是他翻来覆去的一句话,在这组诗的另外几首如《观沧海》、《冬十月》、《河朔寒》中,每一首的结尾都要重复一遍,和民歌里的"咿儿呀子歪打歪,真是好来我要唱"是差不多的。

这又是一支号召热爱生命、珍惜生命、建议如何有意义地度过生命的歌。我们似乎还可以作出这样的理解,人的生命的长度不能完全以肉体的存在为标志,还应该取决于他的精神,

養怡之福
可得永年
甲午歲
聶鑫森畫

诗说新语 李白们是怎样作诗的

【注释】

①曹操所作乐府组诗《步出夏门行》中的第四章。

②神龟：传说中的通灵之龟，能活几千岁。寿，长寿。

③竟：终结，这里指死亡。

④腾蛇：传说中龙的一种，能乘云雾升天。

⑤骥：良马，千里马。伏：趴，卧。枥（lì）：马槽。

⑥烈士：有远大抱负的人。暮年：晚年。

⑦已：停止。

⑧盈缩：原指岁星的长短变化，这里指人的寿命长短。盈：增长。缩：亏，引申为短。

⑨但：仅，只。

⑩养怡：指调养身心，保持身心健康。怡：愉快、和乐。

⑪永：长久。永年：

取决于他在人类历史上留下的痕迹，类似于很多年后一位诗人所说的"有的人活着，他已经死了；有的人死了，他还活着"。在那次著名的赤壁大战之前曹操还写过另一首诗，诗中他曾发出过"对酒当歌，人生几何？譬如朝露，去日苦多"的叹息，与这首斗志昂扬的战歌相比，那首对生命的慨叹更多一些，但他很快就从那种忧伤的心情中走了出来，认为在这个世界上能够解忧的除了杜康，还有永不停止的战斗。

曹操其诗如同曹操其人，在评论界有着非常之大的争议性，喜欢的人自然不少，《世说新语》记载东晋时代有一个王敦大将军，每次喝酒以后都要念一遍"老骥伏枥"，一边念一边还打拍子，人家是用筷子在桌沿上打，他却是用如意在痰盂上打，久而久之竟把盂口敲出一圈儿缺口，大概他在忘我的沉醉中把自己当成一个暮年的烈士。但在《诗品》这部优秀的诗歌评论集里，钟嵘把世上所有的诗分为五个品级，曹操的这一首被划在最下品，作者居然特别不待见他，说他写得毫无文采，直杠杠的。也有的因为反感他的为人，于是将情绪带进他的为文,这反感主要是他只热爱自己的生命,而把普天下别人的生命当作螟蛉。

战争杀人就不说了,认为该杀,不杀人人家就要杀你。杀臣子也不说,也认为该杀,不杀人就会杀自己的威望。但问题是杀第三种人,明知不该杀还要杀,而且杀了还要说自己没错。比方说为他做饭吃的吕伯奢一家八口,在几乎所有的史书记载中都指着他的眼睛窝子骂了,唯有在他们的《魏书》中反咬一口,说是那个好心的吕老汉家人想要杀他,他因防卫过当才把他们给杀了。看看,国史就是这样写成的。

再比方说那个为他盖被子怕他睡着了受凉的服务员,万一要是来杀他的,不主动出手行吗?再比方说,还有为他看病的华医生华佗。说到曹操杀华佗这个问题,可以引用一千个人眼里有一千个哈姆雷特的那句名言,归纳起来有四种态度,一种是曹操该杀,一种是曹操不该杀,一种是华佗不该杀,一种是华佗该杀。

说曹操该杀的人,理由是曹操犯了偏头疼的毛病,请华佗来给他看,华佗给他看了,也看好了,只是没治断根,提出要想根治必须做

长寿,活得长。

⑫幸甚至哉:庆幸得很,好极了。幸:庆幸。至:极点。

李白们是怎样作诗的

【韵译】

　　神龟虽然能活好几千年，但它总会有死的一天。腾蛇腾云驾雾那么大的本事，但它也还要化成灰烟。老马趴在马槽旁边，但它还在想着千里征战。老将的年纪虽然大了，但他的雄心壮志丝毫不减。人的生命是长是短，并不是老天爷说了算。只要懂得养生之道，他就能活很长的时间。幸运幸运啊真是幸运极了，今天我要写下这首诗作个纪念。

手术，用斧子把脑袋劈开，把里面一个什么玩意儿取出来。生性多疑的曹操担心华佗想谋害他，只敢同意保守疗法，还要把华佗留在身边成为自己的私人保健医生，随时发病用起来方便。华佗不愿意，假称回家探亲一去不回，曹操一生气派人把这老先生给提溜来，最终演出"吾不杀此子，亦终当不为我断此根原耳"这一幕。谋士荀彧曾经劝曹操千万别杀这位神仙级的医生，据《三国志·华佗传》记载，曹操回答说："不忧，天下当无此鼠辈耶？"担心个神马，这种小老鼠一样的医生满大街都是！听听，如此狂妄，如此霸道，如此残忍，该杀！

　　说曹操不该杀的人，理由是曹操偏头疼的毛病，乃是为了国家和民族的统一事业用脑过度而得下的，他一心想恢复健康，早日结束军阀割据的分裂局面，让人民都过上安居乐业的好日子。但是他的这种伟大理想不能得到华医生的理解和支持，他越是着急越是头疼，没办法只好按照国家的法律，将不履行人道主义精神的华医生判处死刑。

　　说华佗不该杀的人，理由是并非华佗不理

解和不支持曹操，而是曹操不理解和不支持华佗。作为神医，知道这种保守疗法不能解决根本问题，随着病情的延误，再不做手术就会有生命危险了，即便让自己日日夜夜守护在病人身边，到时病一发作，别说他只是被人比作神仙，就是真的神仙下凡也治不好了，所以他才躲在家里不来。

说华佗该杀的人，理由是根据华佗的医术，根本不必用斧子把曹操的脑袋打开，只要用一根银针在曹操的脑袋顶上一扎，曹操的偏头疼立马就好了。甚至连银针都不用扎，上山去挖几味中草药，放在药罐子里一熬，让曹操连喝三碗也能好。他为什么不这么做呢？因为他想胁迫曹操，逼着曹操签字给他弄个卫生部长当着，当官比当医生高贵，不用山上山下地跑，收入除了固定工资还有一部分不固定的。用曹操的话说，"佗能愈此。小人养吾病，欲以自重"，别看老子脑袋有病，老子眼睛雪亮着呢，一下就能看出这个"鼠辈"的用心，因此宁可牺牲自己的生命，也不违背组织原则，杀。

持这种观点的人我认为是糊涂蛋，他们终

李白们是怎样作诗的

究忘了曹操的"宁我负人，毋人负我"。曹操是大诗人不假，《龟虽寿》写得雄赳赳气昂昂，是大英雄也不假，把吕布都捆起来了，然而是大恶棍也不假。若说孙权评价他"其惟杀伐小为过差，离间人骨肉以为酷耳"，这话是出自他的敌人之口，和他一天仗也没打过的刘禹锡在纪念白衣战士华佗的一篇文章里面，不也评价他"执柄者之恚，真可畏诸？"

或者不是糊涂蛋，而是另一种姓王的蛋。华佗要想当官他早当官了，年轻时太尉黄琬建议他去征辟，陈登的父亲陈珪推举他做孝廉，曹操就是二十岁时通过举孝廉走上的仕途，华佗却两条阳关大道都不走，偏偏选择了行医这条以为保人平安自己也能平安的山路。给曹操看脑袋的这一年他都六十三岁了，还想去当什么官呢？以想当官者小人之心，度想当医者仁人之腹，这人要得偏头疼的。

荣获词坛金奖的剧作家

——说马致远《天净沙·秋思》

如果没有电视和电视剧，中国又回到几十年前的那些夜晚，人们可能不会通过这支只有二十八个字的小令才知道一个名叫马致远的人，戏台上有的是比枯藤老树昏鸦更好看的东西，它们至少有十五部是他写的。在国人喜欢以"四大"作总结的历史文化现象中，马致远是和关汉卿、白朴、郑光祖合称为元代四大戏剧家的，《西厢记》的作者王实甫还不在其内。但是因为有了电视和电视剧，马致远的名字就只能和《天净沙·秋思》更多地联系在一起了，那是人们偶尔也会念叨起几首小诗小词的时候。

这支被称为"秋思之祖"的小令无须多说，因为说的人太多了，实在没有新话可说那就不说也罢。现在我们能说的新话就只有把里面一个一个的词组比成珠子，一般人要想让这些珠

马致远(1250—1321)，字千里，一说字致远，晚号"东篱"。汉族，大都（今北京）人，另一说是河北省东光县马祠堂村人，号东篱，以示效陶渊明之志。年辈晚于关汉卿、白朴等人，与关汉卿、郑光祖、白朴并称"元曲四大家"。

李白们是怎样作诗的

【原词】

天净沙·秋思

马致远

枯藤老树昏鸦①,
小桥流水人家②,
古道西风瘦马③。
夕阳西下,
断肠人在天涯④。

子变成珠串,必须得用丝线才行,不然相互之间就没联系,它们就是一盘散珠。比方说,第一句要写成"枯藤老树卧昏鸦",这个"卧"字就是丝线,用它才能把"昏鸦"和"枯藤"、"老树"串起来;第二句要写成"小桥流水有人家",这个"有"字就是丝线,用它才能把"人家"和"小桥"、"流水"串起来;第三句要写成"古道西风走瘦马",这个"走"字就是丝线,用它才能把"瘦马"和"古道"、"西风"串起来。但是,艺高人胆大的马致远居然抽去每句中间的那一个字,不用丝线就能串起这些珠子,给人的感觉就像这些珠子的内部藏着一根隐形的丝线。

这是一种高级的技术,这种技术似乎只有温庭筠用过一次,"鸡声茅店月,人迹板桥霜",两句诗,六个词,一句三个,各自中间也没有丝线,他也把它们串起来了。但他只敢做局部的试验,前面两句"晨起动征铎,客行悲故乡",还是要用"动"和"悲"两个动词和形容词进行串连,后面两句"槲叶落山路,枳花明驿墙",也还是要用"落"和"明"两个动词和形容词进行串连。唯有马致远才敢一开始就这么干,一点也不担心把珠子散落一地,当他成功地弄出三串之后,蓦然将它们推到一个遥远的天边,让一片落日的余晖照着一个孤独的旅人,"夕阳西下,断肠人在天涯。"

作者并不是专门写诗词的,信手一支《天净沙·秋思》竟把自己写成秋思之祖,这事可能会让人心生嘀咕。就好比所谓著名的散文家和诗人写不出一篇好的诗文,本属他们领域的代表作却让一个写电视剧的写了,年底作起总结报告来都不好下牙。不过聊可解释的是元代的杂剧更接近于现代的歌剧,歌剧是以唱词为主体,这一套已被马致远练得倍儿溜,所以著名的散文家和诗人在办公室里吭哧多年不能出来的作品,老马从戏台后面轻轻一哼就哼出来了。再加上文学艺术原本相通,真正的作家应如有多种厨艺的良庖,若只会炸油条一种,无论清早的油锅前面生意多么红火,一到吃正餐时连个人影儿都没有了,最终给人留下的印象是一根越炸越瘦的老油条。

马致远就能双管齐下,左右逢源,他甚至还能和关汉卿以及莎士比亚们一样上台去跑龙套。

【注释】

①枯藤:枯萎的枝蔓。昏鸦:黄昏时归巢的乌鸦。昏:傍晚。

②人家:农家。

③古道:已经废弃不堪再用的古老驿道(路)或年代久远的驿道。西风:寒冷、萧瑟的秋风。

④断肠人:形容伤心悲痛到极点的人,此指漂泊天涯、极度忧伤的旅人。天涯:天边,非常远的地方。

李白们是怎样作诗的

【韵译】

　　黄昏时乌鸦站在爬满枯藤的树上，小桥下河水绕着农家轻轻地流淌，西风中驿道上的那匹老马已瘦得不成模样。傍晚的太阳在西边落下去了，身在他乡的人牵肠挂肚地思念着家乡。

　　可惜的是逢缘而不逢时，由于蒙元的入主中原，作为汉人他纵有满腹的才华也难以施展，只能一生都骑着瘦马走在西风中的古道上，成为夕阳下穷途末路的断肠人，可以寄托心灵的唯有那一线天涯的亮光，这就是他的文学创作。除了词曲，杂剧是他更能表达思想情绪的创作形式，他在代表作《汉宫秋》里谴责的对象，不仅是侵犯中原的异邦，也有无能抵御外侮的君王。在昭君出塞的路上，枯藤古树昏鸦何尝不是昭君眼前悲凉的景色，小桥流水人家何尝不是昭君不能停留的驿站，古道西风瘦马何尝不是昭君此时真实的写照，让昭君一路弹着琵琶一路唱着这支令人肠断的歌，又何尝不可以呢？

　　《汉宫秋》的大概剧情在当代中国已经家喻户晓，说是我们汉朝有一个皇帝臭狗屎，惹不起北边的匈奴国，只好把自己的老婆送给人家去做老婆。这个名叫王昭君的美人进宫很有一些日子了，只因没有暗地里给宫廷画家毛延寿塞红包，毛画家画她像时在她眼睛下面点了一个小黑点儿，骗元帝说那叫丧夫痣，谁给她当男人谁就短命，吓得元帝再美的美人也不敢

枯藤老樹昏鴉
小橋流水人家
古道西風瘦馬
夕陽西下斷腸人
在天涯
甲午歲鑫森畫

沾手了。直到有天夜里元帝顺着琵琶声亲自见到了昭君,发现她眼睛下面并没有那个黑点,一问才知道有人从中搞鬼,气得要杀毛画家,毛画家连夜逃往匈奴国,把这幅画像献给国王。于是那人就兴兵进犯中原,接着才有了昭君出塞,走到国境线上一头栽进黑龙江的故事。

马致远太能编了,同时这个故事在民间流传已久,再用他的一支生花妙笔二度创作,多少年来就赚去了人们无数的眼泪。其实中国历史上有没有毛延寿这个人都是个疑问,王昭君也没有成为汉元帝的妃子,《后汉书·南匈奴传》里,关于这事的记载是:"昭君字嫱,南郡人也。初,元帝时,以良家子选入掖庭。时,呼韩邪来朝,帝敕以宫女五人以赐之。昭君入宫数岁,不得见御,积悲怨,乃请掖庭令求行。呼韩邪临辞大会,帝召五女以示之,昭君丰容靓饰,光明汉宫,顾景斐回,竦动左右。帝见大惊,意欲留之,然难于失信,遂与匈奴。生二子。及呼韩邪死,阏氏子代立,欲妻之,昭君上书求归,成帝敕令从胡俗,遂复为后单于阏氏焉。"

是说那次我们赠送了呼韩邪五个宫女,昭

君是其中一个,她还是自己报名要求去的,等她打扮得漂漂亮亮的要跟人家一道走时,汉元帝后悔了,想把她留下来,又怕说话不算话得罪了外国朋友,就一咬牙还是把她送给了人家。昭君出塞以后,过了些年呼韩邪死了,呼韩邪的儿子又要娶她,昭君给祖国写信要求回来。这时候执政的是汉元帝的大儿子,就是那个和赵飞燕、赵合德姊妹二人合欢最后精尽而死的汉成帝,回信让她顺应外国的国情,老话说叫入乡随俗,昭君只好又接着做呼韩邪的儿子的老婆。

  在读这段文字的时候我的心里很不是滋味,为我们的四大美人,估计马致远当时也和我是一样的心情,不然他为什么要把它写成一个悲剧,谴责汉成帝的父亲是个臭狗屁呢?只不过他把悲剧的根源栽给画家这事做得有失公平,大抵这也是出于历史的局限吧。王安石按理说是读过《后汉书》的,但他对昭君一人侍候两代胡君的事没有意见,倒是批评元帝对昭君不好,方才导致昭君自己报名出国,"汉恩自浅胡恩深,人生乐在相知心",既然这样,他也认为这事更不该怪人家画画的人:"意态由

来画不成,当时枉杀毛延寿。"

公元1977年,我在刚刚复刊的《人民戏剧》上惊喜地看到了曹禺写的《王昭君》,然而读完之后又为我们的四大美人难过了。中国现代文学史上的第六号人物,曾经写过《雷雨》和《日出》的曹禺先生传神笔下的王昭君,兴高采烈地嫁到匈奴,为两代呼和单于生下了一大堆孩子,还每天用抹布擦拭老单于王后玉人的雕像。直到我又读完了此剧的创作谈才恍然大悟,原来是一位领导提示他说,老万你何时也写一下王昭君呀?这位老万万家宝先生想了几天,终于想起世界和平和民族大团结来。当时我也在想,一个有尊严的大国,用这个办法来实现和平与团结好不好呢?行不行呢?持久不持久呢?因此我宁可认为,马致远的《汉宫秋》是写得好的,好在他站在了民间的立场,人的立场,王昭君的立场。

但是马致远接着也编出问题了。他还有一个杂剧叫《青衫泪》,不知道白居易的后人们看到了没有,也不知道看到以后有没有意见,会不会发生名誉权上的纠纷。这一次他不从民间下手，他从白居易的长诗《琵琶行》里挖出三个人来，一个是"自言本是京城女"的弹琵琶女子裴兴奴，一个是"商人重利轻别离"的是琵琶女的丈夫刘一，一个是"江州司马青衫湿"的江州司马白居易。他将这三人有机地结构成一个三角恋爱的关系，剧情是这样的：

白居易任吏部侍郎时曾与贾岛和孟浩然一道去见长安名妓裴兴奴，兴奴从三个嫖客里看中了白居易，愿意以身相许，白居易因事被贬为江州司马，临别时让兴奴等着他。江西茶商刘一听说兴奴美貌，要赎走她而兴奴不从，贪财的鸨母骗她说白居易已死，刘一方才将其买走。兴奴随刘来到江州，想起死去的白居易，夜晚在江船上弹奏琵琶寄托哀思，正好白居易与元稹在另一只船上饮酒赋诗，两人意外相逢，有情人终成眷属。

这里的问题是，白居易生于公元772年，孟浩然死于公元740年，孟浩然死了三十多年白居易才出世，如今又过了二十多年，还要让这两人一起去逛窑子，亏这个马致远也想得出来。元稹当官，做这种事是家常便饭，贾岛当

过和尚，还俗以后偶尔去一次也行，唯有孟夫子即便还活着，一个从没见过世面的隐士刚一走进翠楼，迎面扑来一群三陪小姐只怕会把他吓个后滚翻。这一点马致远想得不够周到，大概是刚写完《天净沙·秋思》，一句"枯藤老树昏鸦"把他写昏了吧。

苏太守乱点鸳鸯谱

——说苏轼《念奴娇·赤壁怀古》

文学创作需要体验生活，这话是不假的，然而体验了一肚子生活也未必能搞出好的创作，这话也是真的。苏东坡写《念奴娇·赤壁怀古》把生活体验错了，曹操和周瑜打仗本来是在蒲圻的赤壁，他却跑到黄冈的赤壁去体验，并且写出这么一首词来。当代有人听说这件事情以后，就前仆后继地坐车到蒲圻的赤壁去，心想这苏大学士看假赤壁都能写得这么生动，俺们去看真赤壁岂不能写得更加活泼则个？于是看完回来就写，苏东坡写"大江东去"，他们就写"巨龙横走"，一样的有气势，苏东坡写"卷起千堆雪"，他们就写"开出万朵棉"，一样的白花花。想的是以十倍的数目超越苏大学士，结果给人一看说是不行，还和人争得脸红脖子粗，俺们这可是体验过生活的呀，在赤壁下面还差点儿摔了一跤！

苏轼（1037—1101），字子瞻，又字和仲，号东坡居士，宋代重要的文学家，宋代文学最高成就的代表。汉族，北宋眉州眉山（今属四川省眉山市）人。嘉祐进士。诗与黄庭坚并称"苏黄"。词与辛弃疾并称"苏辛"。又工书画。有《东坡七集》、《东坡易传》、《东坡乐府》等。

李白们是怎样作诗的

【原词】

念奴娇·赤壁怀古[1]

苏 轼

大江东去[2],
浪淘尽[3],
千古风流人物[4]。
故垒西边[5],
人道是：
三国周郎赤壁[6]。
乱石穿空,
惊涛拍岸,
卷起千堆雪[7]。
江山如画,
一时多少豪杰。
遥想公瑾当年[8],
小乔初嫁了[9],
雄姿英发[10]。
羽扇纶巾[11],
谈笑间,
樯橹灰飞烟灭[12]。
故国神游[13],
多情应笑我[14],
早生华发。
人生如梦,
一尊还酹江月[15]。

说苏东坡把赤壁认错了，这真是小看了苏东坡，《苕溪渔隐丛话·后集》记载了苏东坡的一段话："黄州西山麓，斗入江中，石色如丹，传云曹公败处所谓赤壁者。或曰：非也。曹公败归，由华容道，路多泥泞，使老弱先行践之而过，曰：'刘备智过人而见事迟，华容夹道皆蒹葭，若使纵火，吾无遗类矣'。今赤壁少西对岸即华容镇，庶几是也。"前面一个"非也"，后面一个"是也"，证明他已经知道他所在的这个赤壁不是"曹公败处"的那个赤壁，而这个赤壁西边对岸的那个华容镇一带，说不定才是的。

他说的那里就是蒲圻。那里有一个四岸长满蒲草的湖，现在叫西凉湖，三国时代叫蒲圻湖，圻就是湖的岸边，当时属于吴国的地盘。《蒲圻县志》的解释也是"沙羡境内有蒲圻湖，以湖产蒲草故名"。但是苏东坡说完"非也"的"是也"之后，接着又说出一句模棱两可的话来："然岳州复有华容县，竟不知孰是？今日李委秀才来，因以小舟载酒，饮于赤壁下。李善吹笛，酒酣，作数弄。风起水涌，大鱼皆出，山上有栖鹘，亦惊起。坐念孟德、公瑾，如昨日耳！"他说岳州还有一个华容县，不知道和华容镇究竟哪个才是曹操逃跑的路线。其实这事简单得很，去看一下不就是了，两地之间并没有多远的路程，黄冈和蒲圻现在都归湖北管辖，在宋代也不过是邻居关系，是这个天才的作家懒得去采访，只想凭着自己的天才搞出一个魔幻现实主义。

另外一个客观原因是李秀才李委来了，他陪李委驾着一只小船，船上装了些酒，划到黄冈的这个赤壁下面去喝。这个李秀才会吹笛子，边喝边吹天上就刮大风了，风起浪涌，惊涛拍岸，由此他想起当年曹操和周瑜的一场大战，管它是不是魏吴之战的那个赤壁，写了再说。会吹笛子的李秀才会不会写词，写没有写，是否看苏东坡写了不敢动笔，历史上都没有留下记载，我们也都不能知道。但是我们从留下的记载中，知道这首词在当时的评价并不如今天这么高。陈师道的《后山诗话》里说："退之以文为诗，子瞻以诗为词，如教坊雷大使之舞，虽极天下之工，要非本色"，说韩愈以散文的笔法写诗，苏轼以诗的笔法写词，这就像一个名叫雷大使的人跳舞，跳得再好也不是一个大

【注释】

①念奴娇：词牌名。又名"百字令""酹江月"等。赤壁：此指黄州赤壁，一名"赤鼻矶"，在今湖北黄冈西。而三国古战场的赤壁在今湖北赤壁市蒲圻县西北。

②大江：指长江。

③淘：冲洗，冲刷。

④风流人物：指杰出的历史名人。

⑤故垒：过去遗留下来的营垒。

⑥周郎：指三国时吴国名将周瑜，字公瑾。

⑦雪：比喻浪花。

⑧遥想：形容想得很远；回忆。

⑨小乔初嫁了(liǎo)：《三国志·吴志·周瑜传》载，周瑜从孙策攻皖，"得桥公两女，皆国色也。策自纳大桥，瑜纳小桥。"乔，本作"桥"。

⑩雄姿英发(fā)：谓周瑜体貌不凡，言谈卓绝。英发，谈吐不凡，见识卓越。

⑪羽扇纶(guān)巾：古代儒将的便装打扮。羽扇，羽毛制成的扇子。纶巾，青丝制成的头巾。

⑫樯橹(qiáng lǔ)：这里代指曹操的水军战船。樯，挂帆的桅杆。橹，一种摇船的桨。"樯橹"一作"强虏"，又作"樯虏"。

⑬故国神游："神游故国"的倒文。故国：这里指旧地，当年的赤壁战场。神游：于想象、梦境中游历。

⑭"多情"二句："应笑我多情，早生华发"的倒文。华发(fà)：花白的头发。

⑮一尊还(huán)酹(lèi)江月：古人祭奠以酒浇在地上祭

男人的本行。

陈师道看来和苏东坡的师徒关系不错，南宋曾季狸的《艇斋诗话》里还有一个记载："东坡'大江东去'词，其中云：'人道是三国周郎赤壁'，陈无己见之，言：'不必道三国'。东坡改云'当日'。今印本两出，不知东坡已改之矣。"但是我们看过这首词的所有不同版本，苏东坡并没有把"三国周郎"改成"当日周郎"，倒是后来被黄庭坚改成了"三国孙吴"。或有可能是苏东坡当着陈师道的面改过之后，回头又受老婆是别人的好这一理论的影响，觉得文章还是自己的好，于是又改了回去。

清朝的丁绍仪写了一本《听秋声馆词话》，称"东坡《念奴娇·赤壁怀古》词盛传千古，而平仄句调都不合格。《词综》详加辨正，从《容斋随笔》所载山谷手书本云……"《词综》是清代朱彝尊选了唐宋金元六百多人的两千多首词编辑而成，其中苏东坡的《念奴娇·赤壁怀古》，用的是黄鲁直手书本，并作按语："按他本，'浪声沉'作'浪淘尽'，与调未协；'孙吴'作'周郎'，犯下'公瑾'字；'崩云'作'穿空'，

人生如夢一樽還酹江月

聶鑫森畫

莫。这里指洒酒酬月，寄托自己的感情。尊：通"樽"，酒杯。

'掠岸'作'拍岸'，又'多情应是笑我生华发'作'多情应笑我早生华发'，益非。今从《容斋随笔》所载黄鲁直手书本更正。"

是说这首词还有另一个版本，是苏东坡的朋友和学生，苏门四学士之一的黄庭坚以手书的形式为他修改过的。黄庭坚素喜"点改"他人作品，曾有"夺胎换骨，点铁成金"之美谈，对自己崇敬的人物也不排除。此外还有一个版本，倒数第二句的"人生如梦"乃是"人生如寄"，见惯了"人生"、"浮生"、"如梦"、"若梦"之后，再读"如寄"能让人蹲在车站的行李寄存处旁边，多想一分把钟。

古往今来，写过赤壁的文人不少，李白、陆游、王安石、辛弃疾都曾写过，会写诗的写诗，会写词的写词。苏轼的弟弟苏辙看见哥哥写《赤壁怀古》，他也写《赤壁怀古》，不过是一首七律，"新破荆州得水军，鼓行夏口气如云"，一般般。苏轼的弟子秦观看见老师写《念奴娇》，他也写《念奴娇》，不过是舟中咏雪，"中流鼓楫，浪花舞，正见江天飞雪"，也一般般。比较不一般般的是杜牧，他专门到长江边去体验过生活，从沙子里刨出几截生锈的戟杆和枪头，在石头上磨了几磨，认出是当年曹操周瑜他们丢的，回到家里夜不能寐，浮想联翩，感觉着那次若要是东风不给周瑜行方便，爱好颜色的曹操可就把他的爱妻姊妹二美人都弄去困觉了。

三年前，岳阳文联主席蔡世平君邀请他的恩师李元洛先生与聂夫子鑫森先生及我，三人共赴他的南园别墅小住，期间我等乘船渡湖，去到蒲圻赤壁，看了真正的孙曹战场。元洛是诗评家，鑫森是诗人兼小说家，世平是领一代新风的词家，想起李白和崔颢的故事，大家均未曾做一诗，我自然更不敢做。但我在萧瑟的秋风中久立于当年孔明的草船借箭处，竟忽然生出一个怀疑。《三国演义》第四十六回写道，周瑜要杀孔明，令其十日内造十万支箭，孔明手摇羽扇回答，大敌当前，十日太久，要只争朝夕，三日足矣，逾期当斩。鲁肃吓得屁滚尿流，问孔明说你怕是不想活了吧？孔明让他别管闲事，第三日取箭便是。"至第三日四更时分，孔明密请鲁肃来到船中。肃问曰：'公召我来何意？'孔明曰：'特请子敬同往取箭。'肃曰：'何处去取？'孔明曰：'子敬休问，

【韵译】

远去的江水翻卷着波浪，古来有多少英雄今在何方。在那过去的营垒西边，有人说那里就是三国时周瑜抗曹的战场。江水冲着乱石在空中飞溅，浪涛拍打江岸发出惊天巨响，浪花像卷起的白雪千丈。美丽的河山宛如图画一样，曾经有无数好汉挺立在世上。想起当年的周大都督，刚刚迎娶小乔做了新娘，那真是英姿焕发血气方刚。手摇白色的羽扇头戴青色的丝巾，说着笑着敌军战船就烧个精光。想象中我来到激战的旧地，连我自己也笑我多情，如今头发都花白了还作此想。人的一生真像是一场梦呵，还是斟一杯酒祭奠这江中的月亮。

前去便见。'遂命将二十只船，用长索相连，径望北岸进发。是夜大雾漫天，长江之中，雾气更甚，对面不相见……"

我怀疑人既对面不见，小船亦然，船上草人亦然，战鼓呐喊声中，曹军的十万支箭如何能够射中草人，一面射五万支，换一面又射五万支？回京查阅资料，发现果不其然，又是罗贯中编的，《三国志》中曹军射箭确有其事，但射的不是孔明的小船，而是孙权的大船，船上不是草人，而是真人，此日不是有雾，而是晴天。裴松之注曰："权乘大船来观军，公使弓弩乱发，箭着其船，船偏重将覆，权因回船，复以一面受箭，箭均船平，乃还。"把个白脸奸雄曹操佩服得说出了一句千古名言：生子当如孙仲谋！要是换了刘表的儿子刘琦，那就是个蠢猪蠢狗了！

罗贯中可能听说苏东坡的《念奴娇·赤壁怀古》写于此地之后，方才决定这么干的，心想你姓苏的能把蒲圻的赤壁写成黄冈的赤壁，我姓罗的就不能把孙权写成孔明，把晴天写成大雾？艺术这个东西嘛。

水军联欢晚会上的男高音独唱

——说曹操《短歌行·其一》

最新调查数据表明，中国的诗人很多，父子诗人也多，兄弟诗人同样多，父子和兄弟都是诗人的还是多。随着进入全民写诗的网络时代，在未来的几年里以上情况还会向着更多的方向发展。但是，父子和兄弟都是大诗人的，估计就不会太多了。在这不多的文学现象里，北宋的苏家算是一个组合，魏晋的曹家算是一个组合，这两家人的相同之处，都是父子兄弟三个都是大诗人；不同之处，苏家是老大写得最好，名气最大，曹家是老爹写得最多，名声最响。

曹家父子三人内部也有不同，题材、风格、表现形式、长歌短调的不同就不说了，我要说的是他们做诗时的姿势不同。我们知道，曹植

曹操（155—220），字孟德，一名吉利，小字阿瞒，沛国谯（今安徽亳州）人，汉族。东汉末年政治家、军事家、文学家、书法家。三国中曹魏政权的缔造者，其子曹丕称帝后，追尊为武皇帝，庙号太祖。曹操精兵法，善诗歌，开启并繁荣了建安文学。

李白们是怎样作诗的

【原诗】

短歌行·其一

曹　操

对酒当歌①，
人生几何②！
譬如朝露，
去日苦多③。
慨当以慷④，
忧思难忘。
何以解忧？
惟有杜康⑤。
青青子衿，
悠悠我心⑥。
但为君故，
沉吟至今⑦。
呦呦鹿鸣⑧，
食野之苹⑨。
我有嘉宾，
鼓瑟吹笙。
明明如月，
何时可掇⑩？
忧从中来，
不可断绝。
越陌度阡⑪，
枉用相存⑫。
契阔谈䜩⑬，

最著名的诗是《七步诗》，在他哥哥以及有关人员的目光注视之下，他把年轻的双手剪在背后，一步一步地向前走着，步子不能太慢也不能太快，太快了做不出来是一死，太慢了拖延时间也是一死，估计那步伐的速度和三军仪仗队的高个子队员差不多。好在走到第七步时，他的诗出来了："煮豆持作羹，漉菽以为汁……"，这时候，他发现哥哥的眼里终于有了晶莹的泪花，不能煮这颗豆，他和我这根黄豆秆儿是一个根上生出来的呀，来人，把他放了！捡了一条命的曹植回去以后，本性难移，又写思念嫂子的《洛神赋》了："翩若惊鸿，婉若游龙。荣曜秋菊，华茂春松。仿佛兮若轻云之蔽月，飘飘兮若流风之回雪。"

曹丕是端坐在总统的办公桌上，弟弟思念的女人他不思念，他却替社会底层的民女思念在外打工的丈夫："秋风萧瑟天气凉，草木摇落露为霜。"这就是他的代表作《燕歌行》里的诗句，当时叫乐府诗，现在像本山体，和才高八斗的弟弟不可同日而语。但他生动地反映了年轻夫妻两地分居的艰难生活，"忧来思

何以解忧
惟有杜康
甲午岁
聶鑫森

心念旧恩。
月明星稀，
乌鹊南飞。
绕树三匝[14]
何枝可依？
山不厌高，
海不厌深[15]。
周公吐哺[16]，
天下归心。

君不敢忘，不觉泪下沾衣裳"，"明月皎皎照我床"，"牵牛织女遥相望"，简直通俗得不能再通俗，易懂得不能再易懂了。

曹操是双手紧握红缨枪，站在军舰的前甲板上，身上散发着冲天酒气，眼里放射出虎狼之光，喉咙里咕噜几下，"啊"的一声朗诵开始。儿子是《燕歌行》，他的比儿子要短一点，就叫《短歌行》吧："对酒当歌，人生几何！譬如……"历史上有名的横槊赋诗，原来就是这么个由来，那种非凡的气概，两个儿子捆绑在一起也不够他一半，什么叫英雄？这就叫英雄！

本来曹操家的诗人，还可以多于苏轼家的诗人，因为曹操的儿子比苏洵的儿子多，按照粮食亩产的比例也理所当然地要占据上风，几妻几妾加起来给他生了十好几个。出于同一基因同一家教和同一文化氛围的孩子，本应该没有天才和傻子之分。比方长子曹昂，从小聪明不下曹丕和曹植，悔不该二十岁的那一年要昂着头跟随曹操攻打宛城，在掩护自己的爸爸和张绣的婶婶作爱以后逃跑的时候壮烈牺牲。同时牺牲的还有一个典韦叔叔，一个安民堂弟，一匹好马,以及无数的好兄弟。不然的话,曹昂也可以写一首《宛城行》的。

《短歌行》的写作背景恢宏空前,作者平定北方,挥师南下,率领八十三万人马征讨东吴。这一天是建安十三年冬十一月十五日,是夜皓月当空,曹操下令在船上大摆酒宴,召开南下水军誓师大会,告诉众将,现在我要做诗了,我唱一句你们和一句吧!然后一手持杯,一手持枪,走到船头开口唱道:"对酒当歌,人生几何!"众将和道:几何哇几何!曹操又唱道:"譬如朝露,去日苦多。"众将又和道:苦多哇苦多!曹操又唱道:"慨当以慷,忧思难忘。"众将又和道:难忘啊难忘!曹操又唱道:"何以解忧?唯有杜康。"众将又和道:杜康啊杜康,我们要喝就喝杜康!

威武雄壮的军乐覆盖了滚滚长江的涛声,轰然响彻在浩瀚的江面与深沉的夜空之间,一次次惊飞夜宿江岸的水鸟。幸亏今晚没有西北风,不然就要随风吹到大江对面东吴的军营,吓倒那个以卵碰石的周郎了。曹操大笑着抬起左手,喝了一口杯中的杜康酒,半是润嗓

【注释】

①对酒当歌:一边喝着酒,一边唱着歌。当,也是对着的意思。

②几何:多少。

③去日苦多:跟(朝露)相比一样痛苦却漫长。慨叹人生短暂。

④慨当以慷:指宴会上的歌声激昂慷慨。当以,这里"应当用"的意思。全句意思是,应当用激昂慷慨(的方式来唱歌)。

⑤杜康:相传是最早造酒的人,这里代指酒。

⑥青青子衿(jīn),悠悠我心:出自《诗经·郑风·子衿》。原写姑娘思念情人,这里用来比喻渴望得到有才学的人。子,对对方的尊称。衿,古式的衣领。青衿,是周代读书人的服装,这里指

代有学识的人。悠悠，长久的样子，形容思虑连绵不断。

⑦沉吟：原指小声叨念和思索，这里指对贤人的思念和倾慕。

⑧呦（yōu）呦鹿鸣，食野之苹。我有嘉宾，鼓瑟吹笙（shēng）：出自《诗经·小雅·鹿鸣》。呦呦：鹿叫的声音。鼓：弹。

⑨苹：艾蒿。

⑩何时可掇（duō）：什么时候可以摘取呢？掇，通"辍"，停止，拾取。

⑪越陌度阡：穿过纵横交错的小路。陌，东西向田间小路。阡，南北向的小路。

⑫枉用相存：屈驾来访。枉，这里是"枉驾"的意思；用，以。存，问候，思念。

⑬讌（yàn）：通"宴"。

⑭三匝（zā）：三周。匝，周，圈。

半是再为自己助兴，接着唱时竟有能力把两句歌词连在了一起："青青子衿，悠悠我心。但为君故，沉吟至今。"众将这次只能和上前面一句，后面一句怎么也记不住了，嘴上呜噜心里直犯疑惑，这不是《诗经》里的词儿吗，曹丞相这么大的一个诗人，怎么像收编别人的队伍一样也给收编过来啦？人家是说男女两个的事，唱给我们这些打仗的人听有什么用处！曹操却什么也感觉不到，耳边除了逼人心潮激动的军乐和催人热血沸腾的和声，再就只有自己气势非凡的领唱了，他就一往无前地往下唱着："呦呦鹿鸣，食野之苹。我有嘉宾，鼓瑟吹笙。"众将一边呜噜一边又想，不还是《诗经》里的词儿吗，刚才只有两句，这一下子却来了四句，若是让对岸的孙仲谋听了去，还不得攻击我们丞相是抄袭人家……"

当曹操唱到"月明星稀，乌鹊南飞；绕树三匝，无枝可依"的时候，战船上的情况出现了一点变化，武将们还在南飞呀南飞呀、可依呀可依呀地和着，但是知识分子的声音却小了下去，甚至还有人小声地嘀咕着，等曹操把全诗唱完之后,有一个名叫刘馥的扬州刺史举手发言了,丞相啊,您刚才可说了一句不吉利的话!曹操问,我怎么不吉利了?刘刺史说,乌鸦是一种吃人死尸的鸟,您让它围着大树飞了三圈,最后还没个落脚处,那不是说咱们这次要死无葬身之地吗?曹操大怒,骂声你这张臭嘴,你才是乌鸦,老子杀了你!噗哧一枪刺去,就把这个刘刺史给刺死了。

这个情节又是小说家罗贯中编的,《三国志》中没有,罗贯中是想为赤壁大战曹军的惨败设置预兆,增添一点神秘的色彩,同时也再次加深对曹操专横和残暴的刻画。而且他还让这个倒霉的刺史姓刘,差点儿没让曹操怀疑是打入革命队伍的刘备的族弟,不然还会刺上两枪。几天以后,战争果然向着刘刺史不幸言中的结局走去,周郎的妙计,孔明的东风,黄盖的火船,将庞统献计让曹操连环一体的战船烧了个精打光,《短歌行》的作者真的成了一只无枝可依的乌鹊,险乎儿被烧死在大火之中。

国人的集体无意识心理是对强者充满着崇拜,而不苦苦纠缠道德,既然成者为王,那么

⑮海不厌深:这里是借用《管子 形解》中的话,原文是:"海不辞水,故能成其大……"

⑯哺:口中咀嚼着的食物。周公因忙于接待天下贤士,有时连吃饭都要吃吃停停。吐哺,把口中咀嚼的食物吐出来。《韩诗外传》:"一饭三吐哺,犹恐失天下之士。"

李白们是怎样作诗的

【韵译】

对着杯中的美酒应该放声歌唱，人生没有多少美好的时光！就好像清早的露水很快就要消散，过去了的日子也让人多有感伤。今晚大家尽量慷慨些吧，虽然心中的忧思要忘也难忘。怎样才能彻底地忘忧？唯一的办法是喝好酒杜康。普天下的优秀人才啊，一直都记挂在我的心房。正是因为要得到你们，我才每天从早上念叨到晚上。麋鹿发出欢乐的鸣叫，是找到了长满野草的牧场。若是有远方的朋友前来投我，我一定让乐队把鼓乐奏响。像明月一样让我仰望的贤人啊，什么时候才能来到我的身旁？想到这里我就忧心似焚，丝丝缕缕挂肚牵肠。来吧！朋友！无论从东西还是南北小

王者之诗之词也就要大大地优于寇。历代的评论家对此诗的好评车载斗量，但也从来不失异样的声音。《短歌行》全长十六句三十二行，归根结蒂是最后两句四行，而结尾的"周公吐哺，天下归心"，又与开头的"对酒当歌，人生几何"形成因为所以的关系，因为人的生命如此短暂，所以天下之人快来归我。诗人以吐哺的周公打比方，酒后吐真言，表达了自己一统天下的雄心壮志。

《史记》载，武王死后，周公旦代自己的侄儿成王处理政务，把自己的儿子伯禽送到鲁国，说了一段天下总理应当牢记的话："吾文王之子，武王之弟，成王之叔父也，又相天下，吾于天下亦不轻矣。然吾一沐三捉发，一饭三吐哺，起以待士，犹恐失天下之贤人。"南宋刘克庄读了《短歌行》，在《后村诗话》中忍不住愤然质问："孔融、杨修俱毙其手，操之高深安在？身为汉相，而时人目以汉贼，乃以周公自拟，谬矣。"

清朝状元陈沆在《诗比兴笺》里继续发问："试问篇中《子衿》、《鹿鸣》之诗，'契阔谈䜩'

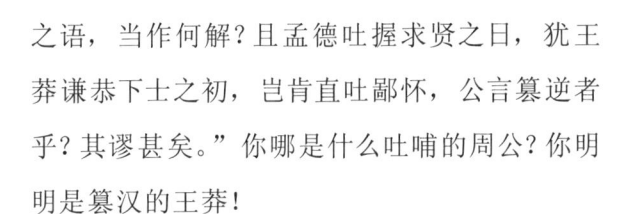

之语,当作何解?且孟德吐握求贤之日,犹王莽谦恭下士之初,岂肯直吐鄙怀,公言篡逆者乎?其谬甚矣。"你哪是什么吐哺的周公?你明明是篡汉的王莽!

后来曹操也发现他这个比方打错了,但不是人品之错,而是关系之错,成王姬诵是周公的侄子,魏王曹丕却是他的儿子。于是他对劝他称帝的部下们重新打了个比方说:"若天命在吾,吾为周文王矣。"

路,劳驾你们快些来和我相依相傍。我会大摆酒宴和你高谈阔论,往日的友情更要叙个欢畅。今晚星星稀落月光明亮,一群乌鸦向着南边飞翔。它们围绕着大树飞了三圈,不知道哪里才是栖身的地方?山峰不嫌自己太高太大,海水不嫌自己太深太广。周公吃饭时放下饭碗来迎接人才,为的是让天下的贤士真心向往。

李白们是怎样作诗的

英雄的强国梦

——说辛弃疾《永遇乐·京口北固亭怀古》

辛弃疾（1140—1207），南宋词人。原字坦夫，改字幼安，别号稼轩，汉族，历城（今山东济南）人。出生时中原已为金兵所占。二十一岁参加抗金义军，不久归南宋。历任湖北、江西、湖南、福建、浙东安抚使等职。一生力主抗金。曾上《美芹十论》与《九议》，条陈战守之策。由于抗金主张与当政的主和派政见不合，后被弹劾落职，退隐江西带湖。

国人喜欢用数学的合并同类项来处理文学，把两个以上旗鼓相当的人编在一组，取个简明的称号，这样方便记忆，也方便表达。如鲍谢，如李杜，如小李杜，如韩柳，如元白，如温韦，如苏辛，还有诸如此类很多。这种外表形似的组合，内在成分则又不同，有的是名气，有的是成就，有的是风格，苏辛组合三者兼有。有人组合得上了瘾，把辛弃疾和李清照也组合成一对，这就有些不合适了。这么说的意思并非当代体育界才发明男女混双，古代没有这个先例，而是这样组合的理由不够充分，只因为两人的姓名和字号里各有一个"安"字，辛弃疾字幼安，李清照号易安居士，就强行推出一组"二安"。

其实被封豪放词之宗的苏辛，各自的豪放

也是不一样的,苏是才子的豪放,辛是英雄的豪放,读来容易让人与作者本人发生联想。爱好组合的诗词评论界,似乎还没人把辛弃疾与李煜进行组合,原因是觉得这两个人实在太风马牛不相及,真叫八竿子也打不着了。但假若是组合在了一起,双双站在台上,一个金戈铁马气吞万里如虎,要去杀人,一个愁眉流泪一江春水向东流,等着被杀,那样子就像是一对说相声的,一定滑稽得很。

辛弃疾的英雄气一生下地就有了,那是他有一个与生俱来的名字,"弃疾"二字除了求老天保佑这个孩子无灾无病,别夭折了,而且还隐含着一个被金国人破解了会杀头的秘密,即希望他长大以后,能像让匈奴人闻风丧胆的西汉名将霍去病一样,保家卫国,抵御外侮,收复失地,杀敌雪耻。为他取名的人更像是他的祖父而非父亲,当然这只是我们的猜测,不多的根据是他父亲早丧,祖父一手将他抚养带大。他的祖父名叫辛赞,靖康之变,金兵攻破东京,俘虏了徽、钦二宗,辛赞因家族人口太多不能转移,无奈而留在金兵的统治区任职。在

【原词】

永遇乐·京口北固亭怀古[①]

辛弃疾

千古江山,
英雄无觅,
孙仲谋处[②]。
舞榭歌台[③],
风流总被,
雨打风吹去。
斜阳草树,
寻常巷陌[④],
人道寄奴曾住[⑤]。
想当年[⑥],
金戈铁马,
气吞万里如虎。
元嘉草草[⑦],
封狼居胥[⑧],
赢得仓皇北顾[⑨]。
四十三年[⑩],
望中犹记,
烽火扬州路[⑪]。
可堪回首[⑫],
佛狸祠下[⑬],
一片神鸦社鼓[⑭]。
凭谁问,
廉颇老矣[⑮],
尚能饭否?

李白们是怎样作诗的

【注释】

①京口：古城名，即今江苏镇江。因临京岘山、长江口而得名。

②孙仲谋：三国时的吴王孙权，字仲谋，曾建都京口。

③舞榭歌台：演出歌舞的台榭，这里代指孙权故宫。榭：建在高台上的房子。

④寻常巷陌：极窄狭的街道。寻常：古代指长度，八尺为寻，倍寻为常，形容窄狭。引申为普通、平常。巷、陌：这里都指街道。

⑤寄奴：南朝宋武帝刘裕小名。

⑥"想当年"三句：刘裕曾两次领兵北伐，收复洛阳、长安等地。金戈：用金属制成的长枪。铁马：披着铁甲的战马。

⑦元嘉草草：元嘉是刘裕子刘义隆年

辛弃疾成年以后向朝廷上书抗金的《美芹十论》中，他描写自己有血性的祖父经常带着幼小的他"登高望远，指画山河"，向往着有"投衅而起，以纾君父所不共戴天之愤"的那一天。

从小受着祖父的影响，他在二十一岁的时候真就"投衅而起"了，这一年金主完颜亮亲率大军向南宋进发，身在北方的汉民趁此机会举行了起义，辛弃疾组织两千多人加入耿京率领的一支队伍，在军中担任了掌书记之职。起义军正准备从后方袭击完颜亮，这时情况发生意外，完颜亮在前线被手下人杀死，金军调头向北撤退。第二年，耿京派辛弃疾与南宋朝廷取得联系，在他完成任务返回的路上，又听到一个类似完颜亮被杀的消息，起义军领袖耿京也被手下一个名叫张安国的叛徒所杀。辛弃疾一怒之下，带领五十多人杀进五万多人的敌营，生擒了张叛徒，带回建康交给南宋朝廷，然后当街游行，砍下头颅。

洪迈《稼轩记》记载他因此举名重一时，"壮声英概，懦士为之兴起，圣天子一见三叹息"，宋高宗任命他为江阴签判，辛弃疾从此走入仕途。从他杀气腾腾的豪放词中我们看到,当官岂是他的理想,他的理想是当兵,当将,当帅,"将军百战身名裂。向河梁、回头万里,故人长绝。易水萧萧西风冷,满座衣冠似雪。正壮士、悲歌未彻"(《贺新郎》);"恨之极,恨极销磨不得。苌弘事、人道后来,其血三年化为碧"(《兰陵王》)。此时与其让他与苏轼相比,倒不如让他相比另一个人,他的词中再现了那人的沙场雄姿,征途恨影,"仰天长啸,壮怀激烈","壮志饥餐胡虏肉,笑谈渴饮匈奴血",那人就是在他两岁的时候被高宗赐死的岳飞。如果那人不是真真正正的率领千军万马披甲挺枪,餐虏饮血,而有闲暇写出更多的《满江红》来,这两人恰会是豪词一对。

辛词与苏词的区别,还在于他的用典频频,有时几乎一句一典,甚而至于一典数人。但这不能怨他为后世的读者设置障碍,只因他心中崇拜的英雄太多了,大败曹操的孙仲谋,领兵北伐的刘裕,远征匈奴的霍去病;两军成败的战例也太多了,陈说北征的王玄谟,仓促兴兵的刘义隆,铁骑南下的拓跋焘;壮志未酬的遗

号。草草:轻率。南朝宋刘义隆好大喜功,仓促北伐,反而让北魏主拓跋焘抓住机会,以骑兵集团南下,兵抵长江北岸而返,遭到对手的重创。

⑧封狼居胥:狼居胥山,在内蒙古自治区西北部。汉武帝元狩四年(前119年)霍去病远征匈奴,歼敌七万余,于是"封狼居胥山,禅于姑衍"。积土为坛于山上,祭天曰封,祭地曰禅,古时用这个方法庆祝胜利。

⑨赢得仓皇北顾:宋文帝刘义隆命王玄谟率师北伐,为北魏太武帝拓跋焘击败,魏趁机大举南侵,直抵扬州,吓得宋文帝亲自登上建康幕府山向北观望形势。赢得,剩得,落得。

⑩四十三年：作者于宋高宗赵构绍兴三十二年（1162年），从北方抗金南归，至宋宁宗赵扩开禧元年（1205年），任镇江知府登北固亭写这首词时，前后共四十三年。

⑪烽火扬州路：指当年扬州地区，到处都是抗击金兵南侵的战火烽烟。路：宋朝时的行政区划，扬州属淮南东路。

⑫可堪：表面意为可以忍受得了，实则犹"岂堪""那堪"，即怎能忍受得了。堪：忍受。

⑬佛（bì）狸祠：北魏太武帝拓跋焘小名佛狸。公元450年，他曾反击刘宋，兵锋南下，在长江北岸瓜步山建立行宫，即后来的佛狸祠。

⑭神鸦：指在庙

恨同样不少，烈士暮年的廉颇……提起廉颇，这才是辛弃疾最后要说的一个重要人物，因为"廉颇老矣"，而他这一年也已经六十六岁，再过一年他就要饮憾而去了。此时他受命担任镇江知府，戍守江防要地京口，面对宋金两国的战局，一方面支持北伐，一方面又反对冒进，忧思如焚，心有万感，遂登上京口北固亭，怀古忆旧，怆然悲叹，写下了这一首词。

他以赵国老将廉颇自居，再次感慨自己报国无门。《史记》载廉颇被免后到了魏国，赵悼襄王因战事想起他来，派使者去看他身体近况如何，廉颇一下又来劲儿了，当着使者的面放开肚皮，一顿吃了一斗米饭，十斤肉，然后披挂上马，舞动大刀显示还和当年一样勇猛无敌。却没想到他有一个死对头，名叫郭开，悄悄给使者塞了一个红包，暗示这人回去就说廉颇快不行了，让那老家伙搞不成。使者回国报告赵王，廉老将军虽说老了，却还能吃，只是吃完以后，和我坐着坐着，一会儿工夫出去拉了三次屎！这个拿了红包的使者原话是："廉颇将军虽老，尚善饭，然与臣坐，顷之三遗矢矣。"

想當年金戈鐵馬氣吞萬里如虎 甲午冬蕭鑫森畫

李白们是怎样作诗的

里吃祭品的乌鸦。社鼓：祭祀时的鼓声。

⑮廉颇：战国时赵国名将。

赵悼襄王一听都老成这样了，上了阵到哪里找厕所去？得，不用他了。

辛弃疾在写这首词的时候，肯定是替廉颇恨着行贿的郭开，恨着受贿的使者，只可惜忠心耿耿的老将军，饭和肉都白吃了，武功也白练了，这两个狗东西为了私怨和私利，完全不以国家大局为重。这样的人战国有，宋朝有，我们今天也有，很多大事都坏在这些小人身上。辛弃疾的晚年也曾因此心灰意懒，自辟一块土地盖房种田，别号稼轩就是这么来的。洪迈对他这个做法有些意见，《稼轩记》中写道："顷赖氏祸作，自潭薄于江西，两地震惊，谭笑扫空之。使遭事会之来，挈中原还职方氏，彼周公瑾、谢安石事业，侯固饶为之。此志未偿，因自诡放浪林泉，从老农学稼，无亦大不可欤？"

说他担任安抚史时，一个姓赖的发动武装叛乱，震惊了潭州江西两地，辛弃疾只一出马就把他们摆平了，借用苏东坡的话说，"谈笑间樯橹灰飞烟灭"。这样的人如果有机会带兵打仗，也能像周瑜和谢安那样建功立业，他为什么不去实现这个愿望，偏要学老农种庄稼呢？

这个洪迈真是可爱得很,这话别问辛弃疾,得问赵家的人,会给他这个机会吗?

喜欢稼轩的词,未尝没有喜欢词主的因素,人说是文如其人,反过来说也是人如其文。人说他是"人中之杰,词中之龙",刘辰翁非常同意杰龙之说,在《辛稼轩词序》中这样地说:"自辛稼轩前,用一语如此者,必且掩口。及稼轩,横竖烂熳,乃如禅宗棒喝,头头皆是;又如悲笳万鼓,平生不平事并巵酒,但觉宾主酣畅,谈不暇顾。词至此亦足矣。"

这种评价,已经高于苏东坡了。

【韵译】

历经千年万代的江山,找英雄到哪里去找第二个吴主孙权。昔日的歌舞亭台依然,只是那些风流人物却早已风吹云散。黄昏的太阳斜照着枯树荒草,以及那些狭窄的街面,有人说这里曾是宋武帝的宫殿。想起过去他的这里的时候,手持金枪身披铁甲骑马征战,气吞山河横行万里就像猛虎一般。可惜他的儿子在元嘉年里太草率了,急于像霍去病那样打到狼居胥山。最后落得仓皇逃回登山北看。距今已过去了四十三年,看见这里我就想起扬州大地的烽火狼烟。真不忍心回头再见太武帝修建的行宫里,已成祭神之地落满乌鸦一片。如今还有谁会问老将廉颇能否再上前线,一顿他还能吃多少饭?

诗说新语

李白们是怎样作诗的

一个女人一生中的二十四小时

——说李清照《声声慢·寻寻觅觅》

李清照(1084—1155)，号易安居士，汉族，山东省济南章丘人。宋代（南北宋之交）女词人，婉约词派代表，有"千古第一才女"之称。前期多写其悠闲生活，后期多悲叹身世，论词强调协律，崇尚典雅，提出词"别是一家"之说，反对以作诗文之法作词。能诗，留存不多，与其词风不同。有《易安居士文集》《易安词》，已散佚。后人有《漱玉词》辑本。今有《李清照集校注》。

这首词有两个版本，两个版本有两处不同的地方，一处是一个字，一处是一个断句。先说那个不同的字，A版是"怎敌他、晚来风急"，B版是"怎敌他、晓来风急"。坚持A版说的宋词专家李清照分专家认为，拂晓的风是清爽的，昨天夜里一直处于失眠状态的李清照清早起来，应该是打开窗户，深深地吸了一口拂晓的新鲜空气。只有晚上的风才会让她感到焦急而又凄凉，而且马上又要进入"独自怎生得黑"的黑夜了。另外她在写这首词的时候四十六岁，在古代的女人中已属于亚高龄，丈夫赵明诚也死了，其惨然的心境以晚风相衬自然比晓风更为合适。如果再往深里分析，大宋朝的两个皇帝都被金兵俘虏，首都从开封挪到商丘，金兵还在一个劲儿地往前攻打,可不就是"晚来风急"么?

坚持 B 版说的宋词专家李清照分专家则指出,不对,既然前面已经"怎敌他、晚来风急"了,怎么后来又"梧桐更兼细雨,到黄昏、点点滴滴"呢?晚上的风和黄昏的雨到底谁个在前,谁个在后?黄昏只是傍晚,还没正式进入夜晚,世上哪有先刮晚风后才下黄昏雨的道理!李清照再受打击,写作中也不至于糊涂到把时差都搞错了。因此,应该是"怎敌他、晓来风急"。

再说那个不同的断句,A 版是"守着窗儿,独自怎生得黑",B 版是"守着窗儿独自,怎生得黑"。坚持 A 版说的宋词专家李清照分专家认为,"守着窗儿"的是作者的身体,"独自怎生得黑"的是作者的心理,两者四六开,应该从第四字后面断开。有例可举,蒋捷的《声声慢·秋声》也是从这里断开的:"闪烁邻灯,灯前尚有砧声。"

坚持 B 版说的宋词专家李清照分专家则又指出,不对,蒋捷的《声声慢》是从苏门四学士之一晁补之的《胜胜慢》演变来的,晁补之本来是六四开,两者应该从第六字的后面断开。也有一个论据,把"独自"拨在前面说得通,

【原词】

声声慢·寻寻觅觅

李清照

寻寻觅觅[1],
冷冷清清,
凄凄惨惨戚戚[2]。
乍暖还寒时候[3],
最难将息[4]。
三杯两盏淡酒,
怎敌他、晚来风急[5]?
雁过也,
正伤心,
却是旧时相识。
满地黄花堆积。
憔悴损[6],
如今有谁堪摘[7]?
守着窗儿[8],
独自怎生得黑[9]?
梧桐更兼细雨[10],
到黄昏、点点滴滴。
这次第[11],
怎一个愁字了得[12]!

【注释】

①寻寻觅觅：意谓想把失去的一切都找回来，表现非常空虚怅惘、迷茫失落的心态。

②凄凄惨惨戚戚：忧愁苦闷的样子。

③乍暖还(xuán)寒：指秋天的天气，忽然变暖，又转寒冷。

④将息：旧时方言，休养调理之意。

⑤怎敌他：对付，抵挡。晚：一本作"晓"。

⑥损：表示程度极高。

⑦堪：可。

⑧著：亦写作"着"。

⑨怎生：怎样的。生：语助词。

⑩梧桐更兼细雨：暗用白居易《长恨歌》"秋雨梧桐叶落时"诗意。

⑪这次第：这光景、这情形。

倒装句是一个人"守着窗儿"，把"独自"拨到后面就说不通了，天不到黑的时候，管你一个人还是两个人，守着门儿它都不黑，到了黑的时候，不用人守它自然就黑了。

俞平伯支持后一种说法，《唐宋词选释》注解："'晓来'，各本多作'晚来'，殆因下文'黄昏'云云。其实词写一整天，非一晚的事。若云'晚来风急'，则反而重复。上文'三杯两盏淡酒'是早酒……"唐圭璋《读李清照词札记》也是这个观点："此词上片既言'晚来'，下片如何可言'到黄昏'雨滴梧桐，前后言语重复，殊不可解。若作'晓来'，自朝至暮，整日凝愁，文从字顺，豁然贯通。"

这一结论，是把这首词完全看作了李清照的日记，"写一整天，非一晚的事"，一天而不仅是一个晚上，那就是二十四小时了。事实上是这样否？如果把李清照的这首词理解为一个时期以来她的几乎每一天的心灵写照，则似乎要更加的合理一些。她并没有按照他们规定的次序先写拂晓，后写黄昏，她早晚都是一样的冷清，一样的凄惨，一样的孤独。若要坚决以"怎

三杯兩盞淡酒 怎敵他 晚來風急

甲午冬、聶鑫森畫

李白们是怎样作诗的

⑫怎一个愁字了得：一个"愁"字怎么能概括得尽呢？

敌他、晓来风急"来纠正词中错误的时序，那么既然清早起来就刮起了紧急的风，下面怎会有"满地黄花堆积"？应该是满地黄花打滚才是。并且根据我们的经验，急风多为要下大雨的征兆，再下面又怎会"梧桐更兼细雨"，还一直要等"到黄昏"时才"点点滴滴"？凄风苦雨对她来说是一种心境，而未必是一种实景，在这样的心境而未必是实景之下，孟浩然的"疏雨滴梧桐"，白居易的"秋雨梧桐叶落时"，晏几道的"卧听疏雨梧桐"，随时都有可能勾起她的同类联想。所以对诗人，对作家，对他们的诗词以及其他作品，是不能够如此钻牛角的。

更多的专家还在研究着她的仄韵、叠字、双调，以及哪些字是用牙齿、舌头发出来的，哪些是用嘴唇、口腔发出来的，快要进入声乐、医学乃至人体器官的研究范畴了。我的眼前有时会出现这样一幅图画，一个脸色憔悴的古装女子在一个不好的天气里随口念出一首忧伤的词来，也就是忧伤而已，再加上有才华又写得多了，突然冒出几个新鲜的句子，几百年来就被成千上万的老男人抓住不撒手，为其中的某一个字争得不可开交,偶有斩获就喜刷刷拿去换终身低保。这些规模宏大的争论,其实可以转向其他更有价值的方面。

本世纪初,我与国内几位作家朋友受外文出版社之邀,以韵文的形式翻译了几部古典诗词,担纲宋词一卷的是隐居潇湘的聂夫子鑫森先生,其中就必不可少的有了李清照的这首《声声慢·寻寻觅觅》,此书行世以后甚得嘉誉。出版家缘何青睐作家而非索隐家,因为作为跨时代的同行毕竟更多一分文学上的默契,同时让文章与诗句在信、达的基础上又可兼雅。然而有一位耄耋之年岁的宋词专家李清照分专家生气了,说是这份工作中国大陆只有六个人可以做,余者来做是要出大事的,包括那"风急"是早来还是晚来,那"独自"是在前面还是后面。正这么生着气,气上加气的事又来了,这套书的英文译者居然是一对在中译英上国内堪称首席的伉俪,他们把这个有风的句子弄得不早也不晚,而是"一阵寒风吹来人都有些禁受不住了",把那个不知在何处切断的句子也连成了一体,"一个人坐在窗下盼望着黑夜快些来临"。

【韵译】

纵然是四处找寻,也仍旧一片冷清,正如我此时凄惨悲戚的心情。貌似天暖却又寒气袭人,这时节最难的是防病养身。想用三两杯酒来赶走愁云,可是怎么挡得住晚风的寒冷?眼前一行大雁从天上飞过,不禁撩起我一颗受伤的心灵,久久目送着那些熟识的身影。满地都堆积着枯萎的菊花,一朵朵形容憔悴在风中凋零,到如今谁还来欣赏它们?一人静坐在窗棂下面,心想着黑夜何时才能来临?傍晚的小雨滴落在梧桐叶上,一点点发出凄凉的声音。人生到了这般惨淡的光景,一个愁字怎能把我的苦楚说尽!

这说明那一阵秋风来得早晚并不重要,重要的是李清照感到了彻骨的寒冷,那一个句子如何断法也不重要,重要的是李清照的白天比夜晚更加的凄苦。国内文学界一直都在讨论写什么和怎么写,这对有中国第一才女之称的李清照不是问题,她的问题是为什么写,尤其是为什么要写这一篇。个中原因,生为苏轼学生李格非的女儿,状元王拱宸的重外孙女,在世代书香的缭绕下从小喜欢读书写作,"自少年便有诗名,才力华赡,逼近前辈"是不用说的,要说的是她为何从活泼少女浅斟低唱的《如梦令·昨夜雨疏风骤》,写到孤苦孀妇冷清凄惨的《声声慢·寻寻觅觅》。

先是父亲李格非罢官,因被打为元祐党人集团第二十六名,名字被宰相书法家蔡京写在端礼门的石头上,人被遣回乡里;接着自己也受株连,徽宗下诏"宗室不得与元祐奸党子孙为婚姻",已与赵家宗室为婚姻的李清照,只能离开丈夫赵明诚也去投奔娘家;再接着与父亲先是同僚后是亲家再是政敌的公公赵挺之也被罢官,自身病死,亲属下狱,儿子荫封撤销,她又随夫回到他的老家；再接着就是靖康之耻，罢了父亲和公公官的徽宗先生，也被金兵给罢了帝。

国破了还有家，家亡了还有夫，夫也死了，只剩自己一人天天"守着窗儿"。美人迟暮，才女老矣，同时伴之而来的还有一宗沉重的打击，一棒接着一棒，夫妇二人苦心经营一生的文物书卷，辗转颠簸半个中国的途中，被打掉得八九不离十了。说急风，时时却有狂风；说细雨，往往就是暴雨。点点滴滴，愁字了得，一个愁字不行，何不改成一个惨字，一个惨字还不行，何不再改成"凄凄惨惨戚戚"！

有人由李清照的"怎一个愁字了得"想到李白的"举杯消愁愁更愁"，虽说也有叠字，毕竟不是一个类型。于是又想到李煜的"问君能有几多愁"，这次沾上边了，沈谦《填词杂说》就将李清照与李后主编为混双："男中李后主，女中李易安，极是当行本色。"奇的是豪放派的辛弃疾居然也模仿婉约派的李清照，作《丑奴儿近》一曲，调下题"博山道中效易安体"："千峰云起，骤雨一霎儿价……"只是这位英雄如何能放慢步伐，一声声也有点儿慢不下来。

诗说新语 李白们是怎样作诗的

诗说新语

最早在延安开荒生产的军队

——说范仲淹《渔家傲·秋思》

范仲淹(989—1052)，字希文，汉族，北宋著名的政治家、思想家、军事家、文学家，世称"范文正公"。后历任兴代县令、秘阁校理、陈州通判、苏州知州等职，后遭贬斥。康定元年与韩琦共同担任陕西经略安抚招讨副使，庆历三年出任参知政事。庆历五年新政受挫，被贬出京，任邠州、邓州、杭州、青州知州。皇祐四年改知颍州，行至徐州辞世。传世文章有《岳阳楼记》等。

后世知道范仲淹，多是从那一句写在岳阳楼上的语录，"先天下之忧而忧，后天下之乐而乐"。或许也曾听说他在这六年以前，还在延安创作了一支雄壮的军歌，那时他受朝廷委派镇守西北边塞，任陕西经略副使兼延州的知州。"人不寐，将军白发征夫泪"，五十一岁的范老将军，为了防范西夏的军队常常夜里睡不着觉，头发已经开始白了。

同时被任命为陕西经略安抚副使的，另有一位后来当了丞相的韩琦，两人作为安抚使夏竦的副手，韩琦负责泾原路，范仲淹负责鄜延路，他们面对的是当时最强大的敌人西夏国，实可谓是重兵防守。说来是个巧合，范仲淹的前任，上一届的延州知州也姓范，更巧的是名字与他很早去世的父亲范墉念起来是一样的，叫做范雍。这老夫子对待来犯之敌,采取了一个荒唐的战术,派人抵挡时只派级别最低的将官,心想被人一枪戳死了损失不大。范仲淹上任以后,认为这种搞法很不对头,他首先挑出一万八千精兵,"分六将领之,日夜训练,量贼众寡,使更出御。"派六员将官分别率领,一边操练一边根据敌人多少轮流进行对付。西夏军知道了这个新来的范知州厉害,就坐在一起谈心得体会:"今小范老子腹中自有数万甲兵,不比大范老子可欺也!"

这个小范老子还有一招更厉害的,他能像变魔术一样把数万甲兵一眨眼的工夫变成农民,又把数万农民一眨眼的工夫变成甲兵,敌人一来就拿起枪杆子,敌人一走就拿起锄杆子。这种二杆子战术的好处是既不要朝廷远途运粮,也不向百姓就地征米,部队扎在延安就像住在自己家乡一样,一点也不急着拔营,西夏军一看心里就没底儿了。他这一手,我们不知道是不是向从前屯兵五丈原的诸葛亮学的,我们只知道后来在延安开荒的毛泽东学的是他,"解放区呀么嗨嗨,大生产呀么嗨嗨, 军队和

【原词】

渔家傲·秋思[1]

范仲淹

塞下秋来风景异[2],
衡阳雁去无留意[3]。
四面边声连角起[4]。
千嶂里[5],
长烟落日孤城闭。
浊酒一杯家万里,
燕然未勒归无计[6]。
羌管悠悠霜满地[7]。
人不寐[8],
将军白发征夫泪。

诗说新语 李白们是怎样作诗的

【注释】

①渔家傲：又名《吴门柳》《忍辱仙人》《荆溪咏》《游仙关》。

②塞：边界要塞之地，这里指西北边疆。

③衡阳雁去：传说秋天北雁南飞，至湖南衡阳回雁峰而止，不再南飞。

④边声：边塞特有的声音，如大风、号角、羌笛、马啸的声音。

⑤千嶂：绵延而峻峭的山峰；崇山峻岭。

⑥燕然未勒：指战事未平，功名未立。燕然：燕然山，今名杭爱山，在今蒙古国境内。据《后汉书·窦宪传》记载，东汉窦宪率兵追击匈奴单于，去塞三千余里，登燕然山，刻石勒功而还。

⑦羌管：羌笛，出自古代西部羌族的一

人民唏哩哩哩嚓啦啦啦嗦啰啰啰哒，齐动员呀么嗨嗨"。毛泽东学完以后佩服地说："中国历史上有些知识分子是文武双全，不但能够下笔千言，而且是知兵善战。范仲淹就是这样的一个典型。"

不过这支亦军亦民的部队战士也有思乡的时候，因为延安毕竟不是自己的乡。秋天来了，天气凉了，一群大雁往南飞，据说一直要飞到衡阳的回雁峰才会收下疲倦的翅膀，那里才是它们身心的驿站。"塞下秋来风景异，衡阳雁去无留意"，就连他们的统帅范仲淹也触景生情，耳听着"四面边声连角起"，那一阵阵凄凉的塞外之音在崇山峻岭中悠然回旋，让他仿佛看见王维诗中的大漠孤烟，长河落日，"千嶂里，长烟落日孤城闭"。由南归的雁阵想到未归的征夫，由立功的先烈想到无功的自己，黯然举杯，独饮落寞，"浊酒一杯家万里，燕然未勒归无计"。此时他还听到了悠悠的羌笛，而非铮铮的琵琶，就连耳边的乐器都来自边塞异地，以及随着这乐声落满一地的秋霜，"羌管悠悠霜满地"。

两位忠君报国的安抚副使,夜不能寐的白发将军,到底在对付西夏的问题上发生了矛盾。范仲淹的军事策略是打持久战,等待时机成熟再进行反击,韩琦却主张猛打猛攻,速战速决,拖延时日会增加财政开支和军需输出。对于朝廷派来的两位副手的两种意见,安抚使夏竦采取的办法是自己不表态,而让仁宗皇帝亲自表态,年轻的仁宗皇帝就表态了,下诏鄜延、泾原两路人马向敌人主动发起总攻,时间是庆历元年的正月。

韩琦派手下的任福为主将,桑怿为先锋,迎战西夏国王元昊的十万大军。西夏军里有一个汉奸军师名叫张元,教元昊假装抵挡不住,转身逃跑,让宋军追到好水川,那里有他派人预先安放好了的秘密武器。宋军果然乘胜追击,在河边发现了几个木盒子,听到里面有鸟的咕咕声,请示主将打开看看是个什么玩意儿,任福下令打开盒子一看,一群鸽子"卟"的一下飞了出来,在宋军头上乱扑乱叫,有的还往脸上找眼珠子。宋军慌了,此时预先埋伏好了的西夏军四面合围,把宋军打个大败,主将任福

种乐器。悠悠:形容声音飘忽不定。

⑧寐:睡,不寐就是睡不着。

李白们是怎样作诗的

【韵译】

　　西北边疆的秋色不像南方，每到这时大雁就会飞向衡阳。边塞的角号在四面回响。千山万岭层层叠叠，尘烟遮蔽夕阳边关被风沙掩藏。嘴里喝着米酒心中却想着万里以外，战争还未结束怎能回到家乡。悠长的羌笛声吹不去遍地的寒霜。在这久久不能入睡的晚上，将军白了头发战士泪水盈眶。

死在乱军之中。西夏军大获全胜，汉奸军师张元也学着诗人范仲淹的样子，在界上寺的墙壁上赋诗一首："夏竦何曾耸，韩琦未足奇。满川龙虎辇，犹自说兵机。"

　　仁宗即便再仁，也得撤了夏竦的职务，同时将韩琦和范仲淹降职调用，韩琦降为右司谏兼秦州知州，范仲淹降为户部员外郎，先兼耀州知州，再改兼庆州知州。接下来，宋军又在定川寨吃了更大的败仗，大将葛怀敏继任福之后又战死了，这时朝廷才回想起范仲淹的话来，派他和韩琦重新领兵把守泾川。接受了血的教训，实践证明自己错了的韩琦同意了范仲淹的论持久战，两人同心协力，守卫在祖国的西北边疆，组成一道钢铁长城。有人给他们编了一首歌，这首歌没有范仲淹的《渔家傲·秋思》那么有文化，却也是比较生动形象的，刻画了两个手挽着手的英雄人物："军中有一韩，西夏闻之心骨寒。军中有一范，西夏闻之惊破胆。"

　　从范仲淹一生的命运来看，虽也颠沛，虽也沉浮，比起许多倒了血霉的诗人却不知要幸运多少倍，派去戍边，不是贬谪，恰是重用，

濁酒一杯家萬里燕然未勒歸無計 甲午冬聶鑫森畫

李白们是怎样作诗的

这当然是因为遇上了一个很仁的仁宗。仁宗不仅仁,而且也孝,拿出一个讨论提纲,要朝中的文武百官为他母亲皇太后拜寿,共同祝愿她老人家万寿无疆万寿无疆。大家纷纷举手通过,只有范仲淹给皇上写信,皇上,我知道您是个孝子,但是您老娘过生日是自家的事,而不是国家的事,要过还是在自己家里过吧。看见皇上没有回他,他又给皇太后写信,太后,您把执政的权力交给儿子吧,他都十九岁啦!

看见皇太后也不回他,他还要继续写信,这下子把向皇上推荐他的著名诗人晏殊给吓坏了,劝他赶快别给他们写了,否则连自己这个推荐人都完蛋了!范仲淹说,我不给他们写,那我给你写吧,就给晏殊写了一封长信,题目叫《上资政晏侍郎书》:"有益于朝廷社稷之事,必定秉公直言,虽有杀身之祸也在所不惜。"他希望晏殊先生也能像他一样秉公直言,杀了算了。

太后终于没有万寿无疆,死后仁宗得以亲政,这一年又是旱灾,又是蝗灾,江淮和京东一带是重灾区。喜欢写信的范仲淹又拿起笔来,请皇上派人去视察灾情,皇上还是没有给他回信,他居然跑去质问皇上:"如果宫中停食半日,陛下该当如何?"这个仁宗,真还是仁,跟有些不仁不义的宗们就是不一样,知道自己错了赶快认错,立刻下诏给范仲淹,朕就派你去吧!范仲淹应诏而往,开仓济民,回来把灾民吃的野草拿给朝中大臣们传看,看看人家吃的什么,你们吃的什么,都是人呵!

宰相吕夷简在朝中一手遮天,一句话能让人升官,也能让人贬官,下面人都懂的,想当官,找夷简,嫌官矮,找吕宰。吕宰相既主宰了别人的命运,也给自己宰了不少好处,范仲淹就向仁宗献上一篇文章,名叫《百官升迁次序图》,说是"试玉要烧三日满,辨材须待七年期"。他似乎还画了一幅升官图,指着图上的箭头对仁宗说,这种人能升官,那种人不能升。吕夷简不高兴了,说他不通过自己就向皇上反映情况,这叫"越职言事、勾结朋党、离间君臣"。范仲淹说宰相怎么啦?我祖上范履冰还是唐朝的宰相呢,他就不像你们这样买官卖官!说完一鼓作气连奏四章,两人打得你死我活,这次仁宗只好把范仲淹放到饶州,第二年把吕夷简

的宰相也罢了。

梅尧臣写了一篇文章叫《灵乌赋》，劝范仲淹别像乌鸦一样叫唤，那样会讨人厌，会惹大祸的。范仲淹也写了一篇《灵乌赋》，说我就是一张乌鸦嘴，讨厌怎么啦？惹祸又怎么啦？"宁鸣而死，不默而生"，不叫我心里难受，情愿叫死了拉倒！

这首《渔家傲·秋思》其实也是一声不默之鸣，不过这叫声是秋雁的而不是乌鸦的，替已到晚年的自己，更替驻扎在延安一边战斗一边生产的几万征夫。他希望早日结束战争，换来和平，大家都回到万里以外的家中与亲人团聚。

英雄何故不能幽会美人

——说辛弃疾《青玉案·元夕》

一个带着五十人冲进五万人的大营,抓住叛徒押送朝廷的壮士,正月十五的晚上躲在观看花灯的人山人海中,苦巴巴地寻找着他心爱的姑娘。这事让公车上书的梁启超先生觉得不可思议,尤其那是在一个什么时代啊,金兵已经占领了中国的首都,大宋朝廷被迫从北方迁到南方,看看人家爱国诗人林升是怎么写的,"山外青山楼外楼,西湖歌舞几时休?暖风熏得游人醉,直把杭州作汴州。"如此地讽刺着半壁江山的国主,宋高宗还有没有心思过元宵节,那要看他没心没肺到什么程度,比林升更爱国的,"气吞万里如虎"的辛弃疾想必是不会这么做的。因此他在《艺蘅馆词选》中断定这首词另有深意:"自怜幽独,伤心人别有怀抱",一定是有什么别的抱负受到了冷落,或政治上

辛弃疾(1140—1207),南宋词人。原字坦夫,改字幼安,别号稼轩,汉族,历城(今山东济南)人。出生时中原已为金兵所占。二十一岁参加抗金义军,不久归南宋。历任湖北、江西、湖南、福建、浙东安抚使等职。一生力主抗金。曾上《美芹十论》与《九议》,条陈战守之策。由于抗金主张与当政的主和派政见不合,后被弹劾落职,退隐江西带湖。

诗词新说

李白们是怎样作诗的

【原词】

青玉案·元夕[①]

辛弃疾

东风夜放花千树[②],
更吹落,
星如雨[③]。
宝马雕车香满路[④]。
凤箫声动[⑤],
玉壶光转[⑥],
一夜鱼龙舞[⑦]。

蛾儿雪柳黄金缕[⑧],
笑语盈盈暗香去[⑨]。
众里寻他千百度[⑩],
蓦然回首[⑪],
那人却在,
灯火阑珊处[⑫]。

的,或军事上的,或爱情以外的其他方面上的。

说这话的时候,梁先生忘了自己在激烈的革命斗争中也曾给何小姐写过情诗,说什么"识荆说项寻常事,第一知己总让卿",那次让妻子知道了还很不高兴。革命和爱情未必总是要发生矛盾,让英雄在英雄的崇拜者们心中时刻准备着当英雄,这样非把英雄累死不可,只许辛弃疾爱国,抓叛徒,写豪放词,不许他看花灯,找女朋友,这是一种幼稚的要求,也不公平,同时还做不到。写豪放词的人应该诚实坦荡,光明磊落,辛弃疾如果还活着的话,接受媒体采访或者向年轻作者谈创作体会,可能会说出一句让梁先生目瞪口呆的大实话来,说他没有任何别的怀抱,他就是写一个男子和一个女子幽会,怎么啦?

辛弃疾和李清照是山东济南的老乡,李清照比辛弃疾大五十六岁,和他爷爷辛赞是一个辈分,死的时候他才十六岁。从他童年时代受到爷爷良好的思想教育和文化熏陶来看,他应该知道家乡有一个奶奶级的才女叫李清照,读过李清照的诗词,一个从小性格豪放的男孩子,

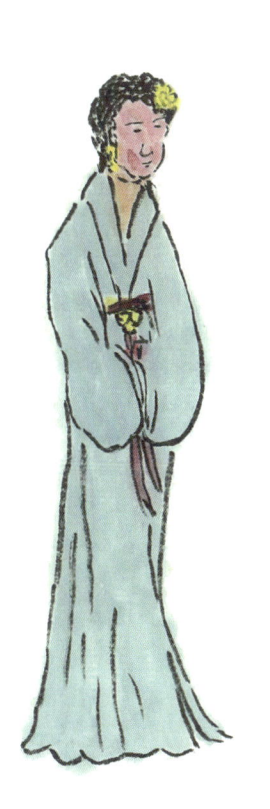

众里寻他千百度蓦然回首那人却在灯火阑珊处

甲午年聂鑫森画

【注释】

①元夕：夏历正月十五日为上元节，元宵节，此夜称元夕或元夜。

②花千树：花灯之多如千树开花。

③星如雨：指焰火纷纷，乱落如雨。星：指焰火。

④宝马雕车：豪华的马车。

⑤凤箫：箫的名称。

⑥玉壶：比喻明月。

⑦鱼龙舞：指舞动鱼形、龙形的彩灯。

⑧蛾儿、雪柳、黄金缕：皆古代妇女元宵节时头上佩戴的各种装饰品。

⑨盈盈：声音轻盈悦耳，亦指仪态娇美的样子。暗香：本指花香，此指女性们身上散发出来的香气。

⑩他：泛指，当时就包括了"她"。千百

或许还不太懂得她婉约的"凄凄惨惨戚戚"，但他若是项羽的小粉丝，就很有可能会背诵她的那首刚烈的"生当作人杰，死亦为鬼雄"了。当辛弃疾长大开始写词以后，我们从他大量的豪放词外还发现了他量也不小的婉约词，而且从这些词里发现了李清照的影子。

因为是豪放的词人，他一点儿都不闪烁地抄袭，反而是公然地模仿，以学习李清照的词体和风格为光荣，生怕别人认不出来。出门走在博山道中，他想起李清照来，竟然把他的刻意仿效做成了新词的题目，《丑奴儿近·博山道中效李易安体》："千峰云起，骤雨一霎儿价……"开头一句，就等不及地效了李清照《行香子》中的"霎儿"："牵牛织女，莫是离中，甚霎儿晴，霎儿雨，霎儿风"。这个"霎儿"他真是太喜欢了，一次没有效够再效一次，《三山作》中就又有了"放霎时阴，霎时雨，霎时晴"这样的三联句。

梁乙真写了一本《中国妇女文学史纲》，书中不仅认为李清照影响了辛弃疾，而且认为辛弃疾"受其影响最深"："至李易安出，而妇人之词乃盛。易安之词,在当时曾发生极大影响,受其影响最深者,乃其同乡辛稼轩弃疾也。"于是我们回头再看这两位同乡的作品,对比李清照的《永遇乐·落日熔金》和辛弃疾的《青玉案·元夕》,真的就可以从后者的"更吹落,星如雨"看到前者的"次第岂无风雨",从后者的"宝马雕车"看到前者的"香车宝马",从后者的"凤箫声动"看到前者的"吹梅笛怨",从后者的"蛾儿雪柳黄金缕"看到前者的"铺翠冠儿,捻金雪柳",从后者的"笑语盈盈暗香去"看到前者的"帘儿底下,听人笑语",又同是在一个正月十五看花灯的晚上,两者的相似之处非常之多,有些地方几乎要相同了。

但是毕竟还有不同的地方,首先不同的是主人公,李清照是写一个女子,芳龄已过,怕人见到她憔悴的面容和染霜的鬓发,这个晚上外面那般热闹,她竟把自己关在家里不肯出门,只躲在帘儿底下偷听游人的说笑。词中的这个"帘儿",我们似曾相识,回忆起在她的《声声慢》里出现过一个"窗儿","守着窗儿,独自怎生得黑",还让人为如何断句而发生过激烈的争

度:千百遍。

⑪蓦然:突然,猛然。

⑫阑珊:零落稀疏的样子。

李白们是怎样作诗的

【韵译】

　　一夜东风催开了千树繁花，又吹得满城焰火，像一阵流星雨凌空撒下。香气四溢的路上来往着华贵的车马。美妙的箫声动人心弦，皎洁的月亮闪耀着光华。千姿百态的灯笼像旋舞的彩霞。女儿们头上的金钗银饰美丽极了，缕缕香气随着笑语一路飘洒。我在人丛中千百次地将她寻找，就在这回头的一刹，却恰好看见了她，独自站在那稀落的夜灯之下。

议。辛弃疾写的却是一个男子，这天夜里他出去了，挤在花团锦簇的车马和游人之中，别人是看灯，他却是看人，看他心里装着的那一个人。千遍万遍地找哇找，却总也找不着，正焦急时忽一回头，无意中就看见了她，原来她站在一个灯光暗淡的地方，也在焦急地寻找着他。

　　不过也不排除那个女子早已经把他看见了，看见他一副焦急的样子觉得好玩儿，同时还借这机会考验一次她的爱人的耐心。有人说这男子就是辛弃疾，那女子就是李清照，利用这一首词，从精神上把山东济南，也是中国历史上，这一对最优秀的词人跨年代地结合在了一起。这个主意倒是不错，快要赶上民间流行不衰的那个夫妻观灯了。然而在这一首词的研究上，所有的宋词专家李清照分专家联合起来，都比不上一个红学家周汝昌，周先生完全是把词中露面和没露面的一对男女主人公放进大观园里，细说他们的儿女情长，谈笑风生，有趣极了。

　　在豪放词人辛弃疾的婉约词座谈会上，很多专家认为他在豪放词不输苏轼甚而胜之的同时，婉约词也丝毫不亚于柳永和晏殊，这与得了李清照的真传是分不开的。后面一说如果成立的话，就证明在辛弃疾的身上一直存在着豪放与婉约的两手，所谓的一手硬，一手软，那是因为豪放的那一只手应该硬，婉约的这一只手应该软。而这个软就是硬，越软越硬，若硬反倒软了，只有柔软才能在婉约词中占据一席硬地。这一块"笑语盈盈暗香"的地盘，高唱"大江东去"的苏轼别说插手，连脚都插不进去。

王国维写《人间词话》，独对此词不谈本身，却王顾左右而言他，谓"古今之成大事业、大学问者，必经过三种之境界：'昨夜西风凋碧树。独上高楼，望尽天涯路'，此第一境也。'衣带渐宽终不悔，为伊消得人憔悴'，此第二境也。'众里寻他千百度，蓦然回首，那人却在灯火阑珊处'，此第三境也。"说这千度百寻之后的回头所见，乃是学者的最高境界。当然，也是词人的最高境界。

李白们是怎样作诗的

宰相肚里的落花和归燕

——说晏殊《浣溪沙·一曲新词酒一杯》

晏殊(991—1055),字同叔,北宋词人、诗人、散文家,抚州府临川城人(今江西抚州人,其父为抚州府手力节级)。他是当时的抚州籍第一个宰相,与其第七子晏几道(1037—1110)在北宋词坛上被称为"大晏"和"小晏"。

有一个博导,带了四个博士生,毕业论文的题目是论一位写诗最多的诗人。这四个博士生眼里有四个哈姆雷特,一个官员的儿子论的是乾隆,说他一生写了四万多首诗,现存三万多首;一个学者的儿子论的是杨万里,说他一生写了两万多首诗,现存四千多首;一个军人的儿子论的是陆游,说他一生写了一万多首诗,现存九千多首;一个演员的女儿论的是晏殊,说他一生写了一万多首词,现存诗词各一百多首。结果,军人的儿子博士论文发表了,另三位没有发表的原因是这样的:

乾隆皇帝写得再多也不是真正的诗人。原因一,老干体,顺口溜,蹲在马桶上能一口气写上四首,"夕阳芳草见游猪",都是些什么玩意儿啊,猪都进来了;二,其中不少要么是臣子改的,要么是奴才续的,若都算成他的专著是一种侵权行为。比方说那个名叫沈德潜的倒霉蛋子,每当他写不出来的时候就给他擦屁股,以那首咏雪花诗为例:"一片一片又一片,三片四片五六片,七片八片九十片",十位数都用完了,正在为第四句傻眼着,沈倒霉蛋子挺身而出跪下续道:"飞入梅花都不见。"管它是不是偷了人家杨万里的"飞入菜花无处寻",反正力挽狂澜,化腐朽为神奇,成功地救了皇上大驾。然而啊然而,这人晚年不该把这些美好的句子都收进自己的《咸录焉》里,糊涂了不是?这就等于把皇上给卖了,幸亏这件事等他死后才被皇上发现,皇上正要下令砍头,再一想头都烂了,就下令把他的坟给平了。

杨万里写了两万多首诗,听起来比写了一万多首的陆游多出一倍,而且都是自己写的,著作权没问题。但是耳听是虚,眼见为实,陆游能眼见的存诗有九千三百多首,杨万里能眼见的存诗只有四千二百多首,还有一大半到哪儿去了?申报吉尼斯世界纪录,也得像法院一样要求有人证物证自然包括书证。通过这件事,

【原词】

浣溪沙·
一曲新词酒一杯[①]

晏　殊

一曲新词酒一杯[②],
去年天气旧亭台[③]。
夕阳西下几时回[④]?
无可奈何花落去[⑤],
似曾相识燕归来[⑥]。
小园香径独徘徊[⑦]。

李白们是怎样作诗的

【注释】

① 浣溪沙：唐玄宗时教坊曲名，后用为词调。沙，一作"纱"。

② 一曲新词酒一杯：此句化用白居易《长安道》诗意："花枝缺入青楼开，艳歌一曲酒一杯。"一曲：一首。因为词是配合音乐唱的，故称"曲"。新词：刚填好的词，意指新歌。酒一杯：一杯酒。

③ 去年天气旧亭台：是说天气、亭台都和去年一样。此句化用五代郑谷《和知己秋日伤怀》诗："流水歌声共不回，去年天气旧池台。"晏词"亭台"一本作"池台"。去年天气，跟去年此日相同的天气。旧亭台：曾经到过的或熟悉的亭台楼阁。旧：

我们当代文人一定要吸取教训，再艰难困苦，再阮囊羞涩，再遭到万恶的老婆殊死抵抗，也要挪用儿子上学的钱去买书号，把贴在博客里的那些水仙花一般美丽的作文印成书，留给后世的博士们。

晏殊的情况比杨万里更加糟糕，留存下来的作品还不到全部著作的百分之五，有的还是残句，甚至只有存目，让人联想到有幸遇上一个好朋友的卡夫卡。造成这个损失的原因，归咎于晏殊自己未能及时出版，按说他身为宰相，全国想巴结他的富商想必不少，财政部也是属他管的，他完全可以也像乾隆那样，把个人的作品用国家的资金印成豪华的版本。而他的作品既不是"夕阳芳草见游猪"，也不是"一片一片又一片"，一经推出他就会成为世界级的大作家，全部的非物质文化遗产都保护下来了。

但他没有这么做，这证明他是一个不宰国家，也不宰人民的好宰相。晏殊的诚实在当时有口皆碑，他本是宋朝的神童王勃，十四岁考中进士，被考官推荐到皇帝那里，皇帝给他出了一个试题让他再做，他接过一看，说是这个题他十天以前做过,请重新给他出一个。皇帝派调查组为太子挑选老师,派出的人回来禀告皇帝,官员们晚上都出去喝酒洗脚,只有晏殊在家和兄弟们一起闭门读书,皇帝就把他召来问有没有这回事,晏殊说,有是有,可我不是不想去玩儿,我是身上没有钱呵。

除此还有另一个原因,那就是他的词以小令为主,以后他的儿子晏几道也是这样,三言两语,短小精悍,似乎很多时候是随口而成,诞生于酒馆茶肆,而非在桌几案台。这便也为我们当代的诗人提了一醒,手机里,微博上,短信中,乘飞机卧火车坐大巴,灵光一现冒出的句子,都得勤劳地存起来,很多年后,它就可能是一首首《浣溪沙》。

既然以上三人都不算写得最多的诗人,剩下的就只好是一个陆游了。这位夺走吉尼斯世界之最的爱国诗人,打败晏殊的一件重要武器是年龄,晏殊活了六十四岁,陆游活了八十五岁,多出的二十多年,快要赶上王勃和李贺的一生了,在中国古代诗人中陆游简直可称彭祖,晏殊如能活这么大,一天写一首诗又能写上万首之

旧时。

④夕阳:落日。西下:向西方地平线落下。几时回:什么时候回来。

⑤无可奈何:不得已,没有办法。

⑥似曾相识:好像曾经认识。后用作成语,即出自晏殊此句。燕归来:燕子从南方飞回来。燕归来,春中常景,在有意无意之间。

⑦小园香径:花草芳香的小径,或指落花散香的小径。香径:带着幽香的园中小径。独:副词,用于谓语前,表示"独自"的意思。徘徊:来回走。

李白们是怎样作诗的

【韵译】

写好一首新歌，斟上一杯老酒，天是去年的天，楼是去年的楼。太阳落下西山，何时回到东头？花儿有开有谢，谁能让它常留，燕子去而又来，看着如此面熟。走在花园小路，心中独自忧愁。

多。他给我们留下最深刻印象的本来是那首《钗头凤》，什么"错错错"，什么"莫莫莫"，但是过了很多年后，出于一个偶然的原因，突然被《卜算子》所取代，听说是"驿外断桥边，寂寞开无主"的那枝梅花有消极浪漫主义的倾向。

他一生写了那么多的诗，还觉没有写够，临死时把儿孙们召集起来开了个会，又给他们写了一首，仍然是爱国诗，名字就叫《示儿》："死去原知万事空，但悲不见九州同。王师北定中原日，家祭无忘告乃翁。"儿子们，等我们的军队何时打败了北方的狗强盗，别忘了在老爹灵前说一声啊。

现在我们来说这首《浣溪沙》，这是晏殊的代表作之一。想不到能够代表宰相的文学作品，竟然不是天地乾坤的大喊大叫，竟然还是饮酒听曲的小情小调，有一点儿怀旧，还有一点儿感伤。有多少重大的题材他不写，他偏要写开了又谢的花儿，写飞去飞回的燕子，写今天的天气还跟去年一样，写太阳"落下去又回来"，让人觉得这个宰相啊，回家脱了紫袍取下那顶纸盒一样棱棱正正的高帽子，不就是那

無可奈何花落去似曾相識燕歸來

甲午歲聶鑫森制

个隔壁的老汉吗？于是就觉得他还像个人，于是他也就逗人喜欢了。

他的代表作之二，是被王国维称为成大事做大学问者第一境界的《蝶恋花》："昨夜西风凋碧树，独上高楼，望尽天涯路。"从题材和格调上看，这两首词应该是姊妹篇，都写离愁别恨，触景伤情，区别无非在一是残春的风貌，一是晚秋的景色。前者有"夕阳西下几时回"，后者有"斜光到晓穿朱户"，前者有"似曾相识燕归来"，后者有"燕子双飞去"，这阳光的一穿一回，双燕的一来一去，越发让人觉得是似曾相识了。白居易的"艳歌一曲酒一杯"，被这个在去年的天气旧时的亭台下独自徘徊于花园小路上的晏夫子，信口改成优雅的清词，是更加符合此时的身份和心境的。

有一个传说不知真假，说晏殊在维扬的大明寺中，发现墙上有人题诗一首，那是相当的有水平。他打听到那人姓王名琪，就派人去请来吃饭，席间说道，我也想像你一样在墙上题一首诗，可是有个句子在肚子里憋了一年也没憋出下句。王琪问，那是个什么句子呢？晏殊说，无可奈何花落去。王琪说，那还不好对？似曾相识燕归来呗！就这么着，这句诗就填补了这首《浣溪沙》的空白，而且还附带上一个文坛的佳话。

这个传说似乎想说明一个问题，写新词不能光靠喝酒，也不能老在小园香径里独徘徊，还得适当地开展一些学术讨论，当请教的就要请教。要知道，敢在大明寺墙上题诗的人，指不定就是第二个崔颢。

诗说新语 李白们是怎样作诗的

男儿有泪流成河

——说辛弃疾《菩萨蛮·书江西造口壁》

辛弃疾(1140—1207),南宋词人。原字坦夫,改字幼安,别号稼轩,汉族,历城(今山东济南)人。出生时中原已为金兵所占。二十一岁参加抗金义军,不久归南宋。历任湖北、江西、湖南、福建、浙东安抚使等职。一生力主抗金。曾上《美芹十论》与《九议》,条陈战守之策。由于抗金主张与当政的主和派政见不合,后被弹劾落职,退隐江西带湖。

两个豪放词的领袖,一人去了一个地方,写了一篇游记,以后都成了千古绝唱。苏轼是在黄州当团练副使的时候去了一次赤壁,留下了《念奴娇·赤壁怀古》,辛弃疾是在江西当提点刑狱的时候去了一次造口,留下了《菩萨蛮·书江西造口壁》。同样是一个好作品,但又有着两个不同,首先是生性浪漫的苏轼去体验生活的那个地方被他给搞错了,把周郎火烧曹操的蒲圻赤壁当成了他被朝廷流放的黄冈赤壁,作风严谨的辛弃疾去体验生活的这个地方却没搞错,他是带兵打过仗的人,出发之前会把地理和路线打探清楚,知道隆祐太后当年的确是被金兵追赶到了这里,上岸以后接着再逃走的。

第二个不同,是能书会画的苏轼把词写在纸上,念给坐在赤壁下面吹笛子的李秀才听,可能他的脑子里也曾闪过这么一丝创意,追怀赤壁的词写在赤壁上面岂不是好,壁是红的,字是黑的,红与黑搭配是很鲜明的,只是限于当时没带大笔,赤壁的光滑度也不够,身下的船只又被水上的风吹得一摇一晃,因此只好作罢;使枪弄棒的辛弃疾却是真的写在了造口的石壁上,这里的石壁是青灰色的,用石灰化浆代替墨汁,白与黑的差别就更加的醒目。他似乎是有备而来,克服了一定的难度,也要让所有路过这里的人都能看到。包括被金兵追赶的人,也包括以后追赶金兵的人,他心中所理想的更是后者。

宋人罗大经在《鹤林玉露》中谈到了辛弃疾这首词的创作动机:"盖南渡之初,虏人追隆祐太后御舟至造口,不及而还。幼安自此起兴。"被金兵追赶的隆祐太后是徽、钦二宗被金兵掳走,北宋灭亡,高宗在商丘称帝后被封的元祐太后,后来因忌讳祖父孟元的名字而改成隆祐太后。说来他这女子的一生总在倒霉,总在失火,但也总在因祸而得福,逢凶而化吉。她本名孟婵,十六岁时被大她一岁的宋哲宗选

【原词】

菩萨蛮·书江西造口壁[1]

辛弃疾

郁孤台下清江水[2],
中间多少行人泪。
西北望长安[3],
可怜无数山[4]。
青山遮不住,
毕竟东流去。
江晚正愁余[5],
山深闻鹧鸪[6]。

【注释】

①菩萨蛮：词牌名。造口：一名皂口，在江西万安县南六十里。

②郁孤台：今江西省赣州市城区西北部贺兰山顶，又称望阙台，因"隆阜郁然，孤起平地数丈"得名。清江：赣江与袁江合流处旧称清江。

③长安：今陕西省西安市，为汉唐故都。此处代指宋都汴京。

④无数山：很多座山。

⑤愁余：使我发愁。

⑥鹧鸪：鸟名。传说其叫声如云"行不得也哥哥"，啼声凄苦。

入宫里封为皇后，名义上被哲宗选入，实际上百分之百是被哲宗的父母选入，此事可以从哲宗更喜欢一个被封为婕妤的刘美女可以得知，因为孟婵长得没有刘婕妤好看。

后来的事据史书记载，刘婕妤生了一个女儿叫福庆公主，得了一种不大好治的病，孟皇后请她懂得一点民间医术的姐姐进宫以道家符水医治，刘婕妤诬告孟皇后装神弄鬼违犯了宫中的纪律，哲宗便将她废居瑶华宫，取了一个女道士的名字囚禁起来。这事我估计一定还有另外的说法，那就是长得不好的孟皇后有害死长得好的刘婕妤的宝贝女儿的嫌疑，被废的原因乃是这个，而非所谓的违纪，须知如能把公主治好，别说装神弄鬼，便是真的捉个鬼来也只会有功而不会有罪。

哲宗死后，弟弟徽宗即位，他们的妈妈向太后垂帘听政，才从瑶华宫里迎回被废的孟皇后，尊她为元祐皇后。却没想到向太后一死，刘皇后逼着徽宗又把她废了，于是她重回瑶华宫。从这件事上可以看出，这个会写瘦金体的皇帝真是个好孩子，妈妈活着听妈妈的话，妈妈死了听小嫂子的话，金兵打来了还听继位者儿子的话，被俘虏到五国城了又听金兵的话，让他坐井观天他就坐井观天。只是苦了他两进两出的大嫂子，瑶华宫失火，移居到延宁宫，延宁宫又失火，只好住进弟弟孟忠厚家，弟弟名副其实是个忠厚人，把扫地出门的老姐姐收容下来。这下好了，金兵打到汴京俘虏了那对父子皇帝，宫中的刘婕妤等尽数带走，却到处都找不到这个被废的隆祐皇后。

隆祐皇后有幸逃往江西造口的事，在《宋史》里有多处记载，如《后妃传》中"金人追急，太后乘舟夜行"，"太后及潘妃以农夫肩舆而行"，《胡铨传》中"铨募乡兵助官军捍御金兵，太后得脱幸虔"，证实她和潘妃一起坐船连夜逃到这里，忠实的臣子胡铨组织民兵和官军一起，掩护她们乘坐当地农民的轿子继续前逃。康王赵构在商丘称帝，对金兵采取不抵抗政策，一味逃命的做法引起护卫统制苗傅、刘正彦的不满，二人发动兵变逼他退位，拥立三岁的皇太子赵旉为帝，请隆祐皇后垂帘听政，却遭到她"今强敌在外，我以妇人抱三岁小儿

【韵译】

清清的赣江水从郁孤台下悠悠流过，这是一条亡国之人泪水汇成的河。多想再遥望一眼西北的京城，只恨那数不清的高山挡住了我。可是它挡不住我一颗深深思念的心，有一天我必定会看到光复的祖国。从江面吹来的晚风拂起我心头的愁绪，又听得鹧鸪鸟在深山呼唤行不得呀哥哥。

听政，将何以令天下"的拒绝。大将韩世忠、张浚、刘光世率三路兵马平定苗、刘，救出赵构，这位高宗才得以继续地当下去。"强敌在外"一语大大提高了隆祐皇后在国人心中的地位，陈寅恪在《论再生缘》也夸她是"维系人心，抵御外侮"。

　　说一句题外的话，隆祐皇后当时之所以这么拒绝，我认为陈寅恪所夸的"维系人心，抵御外侮"只是一个表面，内心到底是怎么想的还得分析。因为哲宗喜欢刘婕妤而不喜欢她，所以导致刘婕妤生有一儿一女而她一个都没生，苗、刘二人要拥立的三岁皇太子是高宗自己的儿子，又不是她的儿子，她干吗要参与他们父子两个的事，真是吃饱了撑的。这么做现在得罪老子不说，将来说不定连儿子也要得罪，到时轻则两头不落好，里外不是人，重则还得回她娘家忠厚弟弟那里住着。再说了，看这两人像一对毛脚猴子似的，并不像是要成气候的样子，一个女人家还是谨慎一点好。所以，若单说"维系人心，抵御外侮"，她答应这两人不也是"维系人心"？不也是"抵御外侮"？爱国

郁孤臺下清江水
中間多少行人淚
西北望長安
可憐無數山

将士们要抵御外侮，无论谁当皇帝都要抵御外侮，才不管是老子还是儿子呢。

　　吓出屎来的高宗重新坐好以后，拉着韩世忠的手放声大哭，封韩世忠为护国将军，封他夫人梁红玉为护国夫人。此时，中兴四将之首的岳飞正在前线与金兵浴血奋战，十一年后，终于与长子岳云和部将张宪一起，以莫须有罪被这位二次登台的高宗赐死在风波亭。再过些年，曾经拉着手哭的护国将军韩世忠也给撤去军权。直到赵构退位，赵昚即位称宋孝宗，才为怒发冲冠的岳飞平反昭雪。

　　现在，提点刑狱辛弃疾站在江西的造口，像苏轼遥望想象中周郎破曹的赤壁，他面对的是隆祐皇后被金兵追击逃亡的真实现场，看着郁孤台下泪水一样长流不尽的清江之水，看着妄想挡住他回望昔日京都的深情目光，在深山传来如怨似诉的鹧鸪声中，是否会为隆祐皇后感到了后悔，悔不该当年没有替代那个究竟有何之高的高宗，而眼睁睁地任由着他听信奸佞，残杀忠良，将仅存的半壁江山也拱手让人！

　　曾经误会他的《青玉案》是"自怜幽独，

伤心人别有怀抱"的梁启超，这一次在《艺蘅馆词选》中更是下大力气地为他叫绝："《菩萨蛮》如此大声镗鞳，未曾有也。"听这话似觉耳熟得很，原来像俞文豹讨好苏东坡，"学士词，须关西大汉，铜琵琶，铁绰板，唱'大江东去'"，又将两个豪放词人归在了一处。